TRANZLATY

Language is for everyone

言語はすべての人のためのもの

Folk Tales of Bengal

ベンガルの民話

Part One
パート1

1 / 2

Lal Behari Day

English / 日本語

Folk Tales of Bengal
ベンガルの民話

Life's Secret
人生の秘密
Phakir Chand
ファキル・チャンド
The Indignant Brahman
憤慨したブラフマン
The Story of the Rakshasas
ラークシャサの物語
The Story of Swet and Bachanta
スウェットとバチャンタの物語
The Evil Eye of Sani
サニの邪眼
The Boy whom Seven Mothers Suckled
七人の母親に乳を与えられた少年
The Story of Prince Sobur
ソブル王子の物語
The Origins of Opium
アヘンの起源
Strike, but Listen First
攻撃するが、まずは聞く

Life's Secret
人生の秘密

Once upon a time there was a king.
昔々、王様がいました。
This King had married two Queens.
この王は二人の女王と結婚しました。
The two queens were called Duo and Suo.
二人の女王はドゥオとスーオと呼ばれていました。
Both of the queens were childless.
どちらの女王にも子供がいなかった。
One day a Faquir came to the palace gate.
ある日、ファキルが宮殿の門にやって来ました。
The Faquir had come to ask for alms.
ファキアは施しを乞うためにやって来た。
Queen Suo went to the door.
蘇王妃は玄関へ行きました。
And she gave him a handful of rice.
そして彼女は彼に米を一掴み与えました。
The mendicant asked her a question.
托鉢僧は彼女に質問をした。
"Do you have any children?"
「お子さんはいらっしゃいますか？」
The queen had no children.
女王には子供がいなかった。
"I wish had children, but I have none"
「子供が欲しいけど、いない」
The holy man refused to take alms from her.
聖人は彼女から施しを受けることを拒否した。
In these times there were different traditions.
この時代にはさまざまな伝統がありました。
And the people believed many different things.
そして人々はさまざまなことを信じていました。
Don't take charity from the hands of a childless woman.
子供のいない女性の手から慈善を受け取ってはいけません。

Such hands were ceremonially unclean.
そのような手は儀式上汚れたものでした。
The mendicant offered her a drug.
托鉢僧は彼女に薬を勧めた。
This drug was to remove her barrenness.
この薬は彼女の不妊症を治すためのものでした。
She expressed her willingness to take the drug.
彼女はその薬を服用する意思を表明した。
The mendicant told her how to take the drug.
托鉢僧は彼女に薬の飲み方を教えた。
"This is the potion you must swallow"
「これはあなたが飲み込まなければならない薬です」
"Prepare the juice of a pomegranate flower"
「ザクロの花のジュースを作る」
"Swallow the drug with the juice"
「薬はジュースと一緒に飲みなさい」
"If you do this, you will soon have a son"
「そうすれば、すぐに息子が生まれるでしょう」
"Your son will be exceedingly handsome"
「あなたの息子はきっとハンサムになるでしょう」
"His complexion will be beautiful"
「彼の顔色は美しくなるだろう」
"He will have the colour of pomegranate flowers"
「彼はザクロの花のような色をしています」
"And you shall call him Dalim Kumar"
「そして彼をダリム・クマールと呼ぶのだ」
"But he will also have enemies"
「しかし彼にも敵はいるだろう」
"They will try to take your son's life"
「彼らはあなたの息子の命を奪おうとするでしょう」
"But there is a secret to his life"
「しかし、彼の人生には秘密がある」
"And I will tell you this secret"
「そして私はあなたにこの秘密を教えましょう」
"In front of your palace is a pond"
「あなたの宮殿の前には池があります」

"In that pond there is a big Boal fish"
「あの池には大きなボアルフィッシュがいる」
"Your son's life is connected to that fish"
「あなたの息子の命はその魚とつながっています」
"In the heart of the fish is a small box"
「魚の心の中には小さな箱がある」
"This small box is made of wood"
「この小さな箱は木でできています」
"In the box of wood is a necklace of gold"
「木の箱の中には金のネックレスが入っている」
"That necklace is the life of your son"
「そのネックレスはあなたの息子の命です」
The mendicant gave her the drugs.
托鉢僧は彼女に薬を与えた。
And they said their farewells.
そして彼らは別れを告げた。

Soon all in the palace whispered of an heir.
すぐに宮殿中の人々が後継者についてささやき始めまし
た。
Great was the joy of the King.
王の喜びは大きかった。
He had visions of an heir to the throne.
彼は王位継承者になるという夢を抱いていた。
A never-ending succession of powerful monarchs.
強力な君主が永遠に続く。
He dreamt of how they perpetuated his dynasty.
彼は彼らがどのようにして彼の王朝を永続させるかを夢
見ていた。
These ideas floated before his mind.
これらの考えが彼の心に浮かんだ。
It made him the happiest he had ever been.
それは彼を今までで一番幸せにしました。
Many ceremonies were performed for the occasion.
この機会に多くの儀式が執り行われた。
The people of the kingdom played loud music.

王国の人々は大きな音で音楽を演奏した。
The birth of a prince was a truly special event.
王子の誕生は本当に特別な出来事でした。
Soon queen Suo gave birth to a son.
やがて蘇王妃は男の子を産みました。
He was more beautiful than anyone had imagined.
彼は誰もが想像していた以上に美しかった。
The King saw his son's face.
王は息子の顔を見た。
And his heart leaped with joy.
そして彼の心は喜びで躍り上がった。
Soon the child ate his first rice.
やがて子供は初めてご飯を食べました。
Mukhe bhaat was celebrated with great joy.
ムケバートは大喜びで祝われました。
And the whole kingdom was filled with gladness.
そして王国全体が喜びに満たされた。

Dalim Kumar grew up to be a fine boy.
ダリム・クマールは立派な少年に成長しました。
There was one activity he particularly liked.
彼が特に好きな活動が一つありました。
He loved playing with the pigeons.
彼は鳩と遊ぶのが大好きだった。
However, the pigeons often flew to Queen Duo.
しかし、鳩はよく女王デュオのところに飛んできました
。
Nobody knows why they did this.
彼らがなぜこんなことをしたのか誰も知らない。
And they flew into her apartment.
そして彼らは彼女のアパートに飛び込んだ。
So Dalim Kumar often met Queen Duo.
そのため、ダリム・クマールは頻繁にクイーン・デュオ
に会った。
At first, she happily gave the pigeons back.
最初、彼女は喜んで鳩を返しました。

But later she wasn't as willing to return the pigeons.
しかし、その後、彼女は鳩を返すことにそれほど熱心ではなくなりました。
She gave the pigeons up with some reluctance.
彼女はしぶしぶハトを手放した。
She felt she could use this to her advantage.
彼女はこれを自分の利益のために利用できると感じた。
She naturally hated the child.
彼女は当然その子供を嫌っていた。
Since Dalim's birth the king had neglected her.
ダリムが生まれて以来、王は彼女を無視していた。
And the King idolized the mother of Dalim.
そして王はダリムの母親を崇拝した。
Somehow, she had heard of the mendicant.
どういうわけか、彼女はその托鉢僧のことを聞いていた。
She heard he had given queen Suo a medicine.
彼が蘇王妃に薬を与えたと聞いた。
She had also heard about what he had said.
彼女も彼が言ったことを聞いていた。
There was a secret to the prince's life.
王子の人生には秘密があった。
She had heard his life was bound to something.
彼女は彼の人生が何かに縛られていると聞いていた。
But she did not know what his life was bound to.
しかし彼女は彼の人生がどうなるのか知らなかった。
She was determined to get the secret.
彼女はその秘密を手に入れようと決心した。

Of course, the pigeons came back to her.
もちろん、鳩たちは彼女のところに戻ってきました。
And the pigeons flew into her room again.
そして鳩はまた彼女の部屋に飛び込んできました。
This time she refused to give the pigeons back.
今度は彼女は鳩を返すことを拒否した。
"I won't just give you your pigeon back"

「鳩を返すだけじゃないよ」
"First, you have to tell me something"
「まず、私に何か話してもらいたい」
"What do you want, aunty?" the boy asked.
「おばさん、何が欲しいんですか？」と少年は尋ねた。
"Oh, my darling, do not worry"
「ああ、愛しい人よ、心配しないで」
"It's just a small thing I want"
「私が欲しいのはほんの小さなものよ」
"I want to know where your life is hidden"
「あなたの人生がどこに隠されているのか知りたい」
The boy was very confused by this.
その少年はこれにとても困惑した。
"What is that, aunty?"
「おばさん、それは何ですか？」
"Where can my life be, except in me?"
「私の人生は、私の中にしか存在しないのでしょうか？
」
"No, child, that is not what I meant"
「いや、それは違うよ」
"A holy mendicant told your mother a secret"
「聖なる托鉢僧があなたのお母さんに秘密を告げた」
"Your life is bound up with something"
「あなたの人生は何かと結びついている」
"I wish to know what that thing is"
「それが何なのか知りたい」
The boy was confused by what she said.
その少年は彼女の言ったことに困惑した。
"I never heard of any such thing"
「そんな話は聞いたことがない」
But Queen Duo insisted it was true.
しかし、デュオ女王はそれが真実だと主張した。
"Promise to find out from your mother"
「お母さんに聞いてみろよ」
"Ask her where your life is hidden"

「あなたの人生がどこに隠されているのか彼女に聞いて
みてください」
"Then I will let you have the pigeons"
「それなら鳩をあげよう」
"Otherwise, I will keep the pigeons"
「そうでなければ、鳩を飼います」
The boy wanted his pigeons back.
少年は鳩を取り戻したかった。
So he agreed to get the information.
それで彼は情報を得ることに同意した。
But first she made him promise.
しかし、まず彼女は彼に約束させました。
"Promise me you won't tell your mother"
「お母さんには言わないでね」
And the boy promised not to tell her.
そして少年は彼女に言わないと約束した。
"I promise I won't tell my mum"
「お母さんには言わないって約束するよ」
Queen Duo freed the prince's pigeons.
デュオ女王は王子の鳩を解放しました。
Dalim was overjoyed to have his birds again.
ダリムさんは鳥たちがまた戻ってきて大喜びしました。
And he forgot the entire conversation.
そして彼は会話の全てを忘れてしまった。

The next day Dalim was playing again.
翌日、ダリムはまた演奏していました。
You can imagine what happened again.
何が起こったのかもう一度想像してみてください。
The pigeons flew to Queen Duo's apartment.
鳩たちはデュオ女王のアパートに飛んで行きました。
And they flew into her room again.
そして彼らは再び彼女の部屋に飛び込んできました。
Dalim went in to his stepmother's apartment.
ダリムは継母のアパートへ入った。
And he asked her for the pigeons.

そして彼は彼女に鳩を頼みました。
Of course she asked him for the information.
もちろん彼女は彼に情報を尋ねました。
Dalim could not tell her where his life was hidden.
ダリムは自分の命がどこに隠されているかを彼女に伝え
ることができませんでした。
"I promise I will ask her today"
「今日彼女に尋ねると約束する」
"But please can I have my pigeons"
「でも、鳩をください」
She didn't give the pigeons back so quickly.
彼女は鳩をすぐには返さなかった。
But, in the end, he got his pigeons again.
しかし、結局、彼は再び鳩を手に入れました。

After playing, Dalim went to his mother.
遊んだ後、ダリムは母親のところへ行きました。
"Mamma, please tell me where my life is hidden"
「ママ、私の命がどこに隠されているのか教えてくださ
い」
"What do you mean, child?" asked the mother.
「どういう意味なの、お子さん？」と母親は尋ねました
。
She was astonished at the question.
彼女はその質問に驚いた。
Why would her child ask her this?
なぜ彼女の子供は彼女にこんなことを尋ねるのでしょう
か？
"Yes, mamma," replied the child.
「はい、ママ」と子供は答えました。
"I have heard of a holy mendicant"
「聖なる托鉢僧のことを聞いたことがある」
"He told you something about my life"
「彼は私の人生について何か話してくれた」
"He said my life is hidden in something"
「私の人生は何かの中に隠されていると彼は言った」

"Tell me what that thing is"
「それが何なのか教えてください」
"My child, my darling, my treasure"
「私の子供、私の愛しい人、私の宝物」
"My golden moon," his mother pleaded.
「私の黄金の月よ」と彼の母親は懇願した。
"Do not ask such a question"
「そんな質問はしないで」
"Cover my enemies' mouths with ashes"
「敵の口を灰で覆う」
"Let my Dalim live forever," she begged.
「私のダリムを永遠に生き続けさせてください」と彼女
は懇願した。
But the child insisted knowing the secret.
しかし、子供はその秘密を知っていると主張しました。
He refused to eat or drink until he knew.
彼は分かるまで食べることも飲むことも拒否した。
Queen Suo had no choice but to tell him.
蘇王妃は彼に告げるしかなかった。
Eventually she told him the secret of his life.
ついに彼女は彼に人生の秘密を打ち明けた。

The next day Dalim was playing again.
翌日、ダリムはまた演奏していました。
You can imagine where the pigeons flew.
鳩がどこへ飛んだかは想像がつきます。
Dalim chased after the birds into the apartment.
ダリムは鳥たちをアパートまで追いかけた。
His stepmother told him many sweet words.
彼の継母は彼にたくさんの優しい言葉をかけました。
And finally, she got his secret from him.
そしてついに、彼女は彼から秘密を聞き出した。
She wasted no time to start her wicked plan.
彼女は時間を無駄にすることなく邪悪な計画を開始した
。
And she gave orders to her servants.

そして彼女は召使いたちに命令を下した。
"Get some dried stalk from the hemp plant"
「麻の乾燥した茎を手に入れてください」
"Make sure the stalks are very brittle"
「茎が非常に脆いことを確認してください」
Brittle hemp stalks make a cracking sound.
もろい麻の茎が割れる音がする。
The sound is similar to the cracking of joints.
その音は関節がポキポキ鳴る音に似ています。
And it sounds like the bones of old people.
そしてそれは老人の骨のような音です。
She put the brittle hemp stalks under her bed.
彼女はもろい麻の茎をベッドの下に置いた。
And then she lied on her bed.
そして彼女はベッドに横たわりました。
She wanted to test the hemp stalks.
彼女は麻の茎をテストしたかったのです。
The stalks cracked just as much as she wanted.
茎は彼女が望んだだけ割れた。
She was satisfied with how her plan was going.
彼女は自分の計画が順調に進んでいることに満足していた。
She gave more orders to her servants.
彼女は召使たちにさらに多くの命令を下した。
"Tell the King I am very ill"
「王様に私が重病であると伝えてください」
"He must come to see me immediately"
「彼はすぐに私に会いに来なければなりません」
The king did not love this queen.
王はこの王妃を愛していませんでした。
But he still had a duty to care for her.
しかし、彼にはまだ彼女を世話する義務があった。
If she was ill, he had to look after her.
彼女が病気なら、彼は彼女の世話をしなければならなかった。
The King came to her bedroom.

王様は彼女の寝室に来ました。
She rolled on the bed in pain.
彼女は痛みでベッドの上で転げ回った。
The King heard the cracking of her bones.
王は彼女の骨が折れる音を聞いた。
He ordered his best physician to attend her.
彼は最も優秀な医師に彼女を診るよう命じた。
But the queen had thought of this.
しかし女王はこのことを考えていたのです。
She had already spoken with the physician.
彼女はすでに医師と話をしていた。
"There is only one remedy," he told the king.
「解決策は一つしかない」と彼は王に言った。
"There's a pond in front of the palace"
「宮殿の前に池があります」
"In the pond there's a large Boal fish"
「池には大きなボアルフィッシュがいます」
"The remedy is in that fish"
「その魚に治療法がある」
So the king let the physician catch the fish.
そこで王は医者に魚を捕まえさせました。
Meanwhile Dalim was busy playing.
その間、ダリムは遊ぶのに忙しかった。
He knew nothing of his aunt's illness.
彼は叔母の病気について何も知らなかった。
The fish was taken out the water.
魚は水から取り出されました。
Dalim fell to the ground immediately.
すぐに地面に倒れた。
He flopped around on the floor.
彼は床の上で倒れた。
And he could not breathe.
そして彼は呼吸することができませんでした。
The guards immediately noticed.
警備員はすぐに気づいた。
Dalim was taken to his mother's room.

ダリムは母親の部屋に連れて行かれた。
And the King was informed of his son.
そして王は息子のことを知りました。
He couldn't believe his son's illness.
彼は息子の病気を信じられなかった。
The fish was taken to Queen Duo.
その魚はクイーンデュオのところへ運ばれました。
Queen Duo was being saved.
クイーンデュオは救われていた。
At the same time Dalim was dying.
同じ頃、ダリムは死にかけていた。
The fish was cut open.
魚は切り開かれた。
And they found the wooden box.
そして彼らは木箱を見つけました。
In the box lay a necklace of gold.
箱の中には金のネックレスが入っていた。
Queen Duo put on the necklace.
クイーンデュオはネックレスをつけました。
And Dalim died at the very same moment.
そしてダリムはまさにその瞬間に亡くなりました。

News of the tragedy reached the king.
その悲劇の知らせは王に届いた。
He was plunged into an ocean of grief.
彼は悲しみの海に沈んでしまった。
News of Queen Duo's recovery did not help.
クイーン・デュオの回復のニュースも助けにはならなかった。
He wept painful and bitter tears.
彼は苦しくて苦しい涙を流した。
No one thought he would recover.
彼が回復するとは誰も思わなかった。
He could not bear to bury his son.
彼は息子を埋葬することに耐えられなかった。
Nor did he allow his body to be burned.

彼は自分の遺体が焼かれることも許さなかった。
He could not accept that his son had died.
彼は息子が死んだという事実を受け入れることができなかった。
His death was so sudden and senseless.
彼の死はあまりにも突然で無意味なものだった。
He had the dead body moved to a garden-houses.
彼は死体を庭の家に移した。
This garden-house was in the suburbs.
このガーデンハウスは郊外にありました。
Here his son was laid in state.
彼の息子はここに安置された。
All sorts of provisions were put there.
そこにはあらゆる種類の規定が置かれていた。
Although everyone knew it was unnecessary.
それが不必要であることは誰もが知っていたが。
The young boy did not need food anymore.
その少年はもう食べ物を必要としていなかった。
The house was kept locked day and night.
その家は昼夜を問わず施錠されていた。
Dalim had had one very close friend.
ダリムにはとても親しい友人が一人いた。
Only this friend was allowed to visit.
この友人だけが訪問を許可されました。
He was the son of the prime minister.
彼は首相の息子だった。
He was entrusted with the key of the house.
彼は家の鍵を託された。
Once a day he could visit his dead friend.
彼は一日に一度、亡くなった友人を訪ねることができました。

Queen Suo retired after the loss of her son.
蘇王妃は息子を亡くした後、引退した。
Now the King spent the nights with Queen Duo.
今、王はデュオ女王と一緒に夜を過ごしました。

The Queen wanted to avoid suspicion.
女王は疑いを避けたかった。
So she took the necklace off at night.
それで彼女は夜にネックレスを外しました。
But Dalim's life was tied to the necklace.
しかし、ダリムの命はそのネックレスにかかっていた。
And his death was not so simple.
そして彼の死はそれほど単純なものではなかった。
He was dead when the queen wore the necklace.
女王がネックレスを着けていたとき、彼はすでに亡くなっていた。
But when she took the necklace off, he returned to life.
しかし、彼女がネックレスを外すと、彼は生き返りました。
And so he returned to life every night.
そして彼は毎晩生き返った。
Every morning she put the necklace on again.
彼女は毎朝そのネックレスを再びつけました。
And so, he died again every morning.
そして彼は毎朝また死んでいった。
At night he ate whatever food he liked.
夜は彼は好きなものを何でも食べた。
Because there was plenty of food for him.
なぜなら、彼には食べ物がたっぷりあったからです。
He walked around in the premises.
彼は敷地内を歩き回った。
And he meditated on the strangeness of his life.
そして彼は自分の人生の奇妙さについて思いを巡らせた。
Dalim's friend only visited him during the day.
ダリムの友人は日中だけ彼を訪ねた。
So he always saw him as a lifeless corpse.
だから彼はいつも彼を生気のない死体として見ていた。
But his body never seemed to change.
しかし、彼の体は一向に変化しなかった。
There was no sign of putrefaction.

腐敗の兆候は見られなかった。
The body was lifeless and pale.
その死体は生気がなく青白かった。
But there were no symptoms of death.
しかし、死に至る症状はなかった。
It all seemed too strange for him.
彼にとってそれはすべてあまりにも奇妙に思えた。
So he decided to watch the corpse more closely.
そこで彼は死体をもっと注意深く観察することにした。
And he visited his friend at night.
そして彼は夜に友人を訪ねた。
He was astonished at what he saw that night.
彼はその夜見たものに驚いた。
His dead friend was walking about in the garden.
彼の亡くなった友人は庭を歩き回っていた。
At first he thought Dalim might a ghost.
最初、彼はダリムが幽霊かもしれないと思った。
So he went to see if he could touch him.
そこで彼は、彼に触れることができるかどうか確かめに
行きました。
And then he saw it was really his friend.
そして、彼はそれが本当に自分の友人であることに気づ
きました。
Dalim told his friend everything that had happened.
ダリムは友人に起こったことすべてを話した。
He told him all the circumstances of his death.
彼は彼に自分の死の状況を全て話した。
And soon they solved the mystery.
そしてすぐに彼らは謎を解いた。
They understood why he revived only at night.
彼らは彼が夜だけ生き返る理由を理解した。
Every night the king came to see Queen Duo.
毎晩、王はドゥオ王妃に会いに来ました。
When the King visited, she took off her necklace.
王が訪問したとき、彼女はネックレスを外しました。
The life of the prince depended on the necklace.

王子の命はそのネックレスにかかっていました。
So the two friends worked on a plan.
そこで二人の友人はある計画を立てました。
Night after night they consulted together.
彼らは毎晩相談し合った。
But they could not think of any feasible scheme.
しかし、彼らは実行可能な計画を思いつくことができま
せんでした。

Eventually the Gods must have taken pity.
結局、神々も同情したに違いない。
And they decided to free Dalim.
そして彼らはダリムを解放することに決めた。
But we must understand how the Gods work.
しかし、私たちは神々がどのように働くかを理解しなけ
ればなりません。
These things are planned long before.
これらのことはずっと前から計画されています。
The sister of Bidhata-Purusha had had a daughter.
ビダタ・プルシャの妹には娘がいました。
Bidhata-Purusha was a great fortune teller.
ビダタ・プルシャは偉大な占い師でした。
He had written something on the child's forehead.
彼は子供の額に何かを書いていた。
"This child will marry the dead bridegroom"
「この子は死んだ花婿と結婚するだろう」
Her mother was very saddened by this.
彼女の母親はこれにとても悲しんだ。
She did not want this destiny for her daughter.
彼女は娘にこのような運命を望んでいませんでした。
But she could not argue with him.
しかし彼女は彼と議論することができなかった。
He never changed what he had written.
彼は書いたものを決して変えなかった。
The child became exceedingly beautiful.
その子は大変美しくなった。

But the mother could not take any pleasure in this.
しかし母親はこれに何の喜びも感じられなかった。
Because she knew the destiny of her child.
彼女は自分の子供の運命を知っていたからです。
Eventually the girl came to marriageable age.
ついにその少女は結婚適齢期に達した。
She had to find a way to avoid her fate.
彼女は自分の運命を避ける方法を見つけなければならな
かった。
So the mother fled the country with her child.
それで母親は子供を連れて国外に逃亡した。
Perhaps she could avoid her dreadful destiny.
おそらく彼女は恐ろしい運命を避けることができただろ
う。
But what was written was written.
しかし、書かれたものは書かれたものです。
And fate cannot be overruled like this.
そして運命はこのように覆されることはできない。
Together they journeyed through the land.
彼らは一緒にその地を旅した。
You can imagine how fate was working.
運命がどのように動いていたかは想像に難くありません
。
They wandered past Dalim's resting place.
彼らはダリムの眠る場所を通り過ぎた。
The shade of the evening was approaching.
夕闇が近づいてきた。
“Mother, I am thirsty,” said her child.
「お母さん、のどが渇いたよ」と子どもは言いました。
“Sit at this gate,” replied her mother.
「この門の前に座りなさい」と母親は答えました。
“I will search for water in the village”
「村で水を探しに行きます」
The girl was curious about the garden.
その少女は庭に興味を持っていた。
And in the garden she saw strange house.

そして彼女は庭で奇妙な家を見つけました。
She pushed the gate, which opened itself.
彼女は門を押すと、門は自動的に開いた。
When she went in, she saw a beautiful palace.
彼女が中に入ると、美しい宮殿が目に入りました。
But she had an uneasy feeling about the palace.
しかし彼女は宮殿に対して不安な気持ちを抱いていた。
However, the door had shut itself.
しかし、ドアはひとりでに閉まってしまった。
So she had no way of getting out.
だから彼女は脱出する方法がなかったのです。

When night came the prince revived.
夜になると王子は生き返りました。
As usual, he walked around in the garden.
彼はいつものように庭を散歩した。
But this time he saw a female figure.
しかし、今度は女性の姿が見えました。
The figure was standing near the gate.
その人物は門の近くに立っていた。
Soon he saw that it was a girl.
すぐに彼はそれが女の子だと分かりました。
And he saw she was of unsurpassed beauty.
そして彼は彼女が比類のない美しさを持っていることを
知った。
"Who are you?" he asked her.
「あなたは誰ですか？」と彼は彼女に尋ねた。
She told Dalim everything that had happened.
彼女はダリムに起こったことすべてを話した。
All the details of her little history.
彼女の小さな歴史の細部すべて。
"My uncle is the divine Bidhata-Purusha"
「私の叔父は神聖なビダタ・プルシャです」
"He wrote on my forehead at birth"
「彼は私の誕生の額に文字を書いた」
"This child will marry the dead bridegroom"

「この子は死んだ花婿と結婚するだろう」
"My mother did not want that life for me"
「母は私にそんな人生を望んでいなかった」
"So we left our house and city"
「それで私たちは家と街を離れました」
"And we wandered through the country"
「そして私たちは国中をさまよいました」
"We had come to the gate of your palace"
「私たちはあなたの宮殿の門に来ました」
"After our journey I was thirsty"
「旅の後で喉が渇いていました」
"So my mother went to look for water"
「それで母は水を探しに行きました」
"And now I am standing here before you"
「そして今、私はここに皆さんの前に立っています」
Dalim Kumar knew the meaning of the story.
ダリム・クマールはその物語の意味を知っていた。
"I am the dead bridegroom," he told the girl.
「私は死んだ花婿だ」と彼は少女に言いました。
"It is me who you will marry"
「あなたが結婚するのは私です」
"Come with me to the house," he asked of her.
「僕と一緒に家へ来てくれ」と彼は彼女に頼んだ。
But the girl wasn't so easily persuaded.
しかし、少女はそう簡単には説得されなかった。
"You are standing and speaking to me"
「あなたは立って私に話しかけています」
"How can you be the dead bridegroom?"
「どうして死んだ花婿になれるの？」
The prince understood her objection.
王子は彼女の反対を理解した。
"You will understand it afterwards"
「後でわかるよ」
The girl followed the prince into the house.
少女は王子の後を追って家の中に入った。
She had been fasting the whole day.

彼女は一日中断食していた。
So the prince gave her wonderful food.
そこで王子は彼女に素晴らしい食べ物を与えました。
Meanwhile, the girl's mother had come back.
その間に、少女の母親が帰ってきた。
She was standing at the gates of the garden.
彼女は庭の門のところに立っていました。
But her daughter was not there anymore.
しかし、彼女の娘はもうそこにはいなかった。
She cried out for her daughter.
彼女は娘を呼びながら叫んだ。
But she got no reply from her daughter.
しかし、娘からの返事はなかった。
So she went looking for her in the village.
それで彼女は村の中を彼女を探しに行きました。

As usual, Dalim's friend came that night.
いつものように、その夜ダリムの友人がやって来ました
。
Dalim was still entertaining his guest.
ダリムはまだ客人をもてなしていた。
He was not expecting to see a stranger.
彼は見知らぬ人に会うとは思っていなかった。
And the girl retold him her story.
そして少女は彼に自分の物語を語りました。
You can imagine his surprise when she told him.
彼女が彼に話したときの彼の驚きは想像に難くない。
He was able to confirm Dalim's story.
彼はダリムの話を確認することができた。
Soon they had all accepted destiny.
やがて彼らは皆、運命を受け入れた。
That night they fulfilled their fates.
その夜、彼らは運命を果たした。
They decided to unite the couple in matrimony.
彼らは結婚して夫婦になることを決意した。
It was going to be impossible to get a priest.

司祭を雇うのは不可能になりそうだった。
So Dalim's friend performed the hymeneal rites.
そこでダリムの友人が処女膜の儀式を執り行いました。
The friend of the bridegroom left the palace.
花婿の友人は宮殿を去った。
The newly-weds had the palace to themselves.
新婚夫婦は宮殿を独り占めした。
The happy couple did not sleep much that night.
幸せな夫婦はその夜あまり眠れなかった。
So it was long after sunrise that they woke up.
それで、彼らが目覚めたのは日の出からずっと後のこと
でした。
Of course it was only the young wife that woke up.
もちろん、目覚めたのは若い妻だけだった。
The prince had become a cold corpse again.
王子は再び冷たい死体と化した。
The queen had put on her necklace.
女王はネックレスをつけていた。
And life had departed from him again.
そして彼の命は再び失われた。
You can imagine how the young wife felt.
若い妻がどう感じたかは想像に難くありません。
She shook her husband to try and wake him.
彼女は夫を起こそうと揺すった。
She kissed him on his cold lips.
彼女は彼の冷たい唇にキスをした。
But all her efforts were in vain.
しかし彼女の努力はすべて無駄になった。
He was as lifeless as a marble statue.
彼は大理石の彫像のように生気のない人物だった。
The young wife was stricken with horror.
若い妻は恐怖に襲われた。
She smote her breast with her fists.
彼女は拳で自分の胸を叩いた。
She struck her forehead with her palms.
彼女は手のひらで額を叩いた。

And she tore her hair from her head.
そして彼女は頭から髪の毛を引き抜いた。
She ran through the garden like a mad woman.
彼女は気が狂った女のように庭を走り抜けた。
Dalim's friend did not come during the day.
ダリムの友人は日中来なかった。
He did not want to see his friend this way.
彼は友人をこんな風に見たくなかった。
The poor girl did not know what to do.
かわいそうな少女は、どうしたらいいのかわからなかった。
Time could not pass quickly enough.
時間が経つのが待ちきれないほど早かった。
The day seemed as long as a year.
その日はまるで一年のように長く感じられた。
But the even longest day has its end.
しかし、最も長い一日にも終わりは来ます。
The shades of evening were descending.
夕闇が迫ってきた。
Her dead husband was awakened into consciousness.
彼女の亡くなった夫は意識を取り戻した。
He rose up from his bed again.
彼は再びベッドから起きた。
And he embraced his new wife.
そして彼は新しい妻を抱きしめた。
Again they ate, drank, and became merry.
彼らはまた食べて飲んで楽しく過ごした。
His friend made his usual appearance.
彼の友人はいつものように現れた。
And the whole night was spent celebrating.
そして一晩中祝賀会が行われました。

They spent the next seven years this way.
彼らはその後7年間をこのように過ごした。
During the day Dalim was lifeless.
その日、ダリムは生気を失っていた。

But at night he came to life.
しかし夜になると彼は生き返った。
And their life was quite usual.
そして彼らの生活はごく普通のものでした。
The princess gave her husband two lovely boys.
王女様は夫に二人の可愛い男の子を授けました。
They were the exact image of their father.
彼らは父親にそっくりだった。
Of course the king and Queens did not know.
もちろん王と女王は知りませんでした。
They did not know they were grandparents.
彼女たちは自分たちが祖父母であることを知らなかった。
And they did not know Dalim was alive.
そして彼らはダリムが生きていることを知らなかった。
To be precise I should say he was alive at night.
正確に言うと、彼は夜も生きていたと言うべきでしょう。
They all thought he had long been dead.
彼らは皆、彼がずっと前に死んだと思っていた。
They assumed his corpse would now be gone.
彼らは彼の遺体はもうなくなっているだろうと推測した。
But the heart of Dalim s wife was yearning.
しかし、ダリムの妻の心は憧れていた。
She wanted nothing more than her mother-in-law.
彼女は義母以外には何も望んでいなかった。
Over the years she had come up with a plan.
何年もかけて彼女は計画を思いついた。
Perhaps she could see her mother-in-law.
おそらく彼女は義母に会えるだろう。
Maybe they could get hold of the necklace.
もしかしたら彼らはネックレスを手に入れるかもしれない。
She asked for the consent of her husband.
彼女は夫の同意を求めた。

And he allowed her to disguise herself.
そして彼は彼女が変装することを許可した。
She took on the appearance of a female barber.
彼女は女性の理髪師のような姿をした。
Like every female barber, she needed equipment.
他の女性理髪師と同様に、彼女にも道具が必要でした。
She took the following tools;
彼女は以下の道具を持っていきました。
An iron instrument for preparing finger nails.
指の爪を整えるための鉄製の器具。
Another iron instrument for scraping the feet.
足を削るためのもう一つの鉄製の器具。
A piece of burnt jhama brick.
焼けたジャマレンガの破片。
For rubbing the soles of the feet.
足の裏を揉むため。
And paint for the edges of the feet.
そして足の端をペイントします。
She took all her tools with her.
彼女は道具を全部持って行きました。
And she stood at the gate of the King's palace.
そして彼女は王の宮殿の門に立った。
I forgot something else she brought.
彼女が持ってきた別のものを忘れてしまいました。
She had come with her two sons.
彼女は二人の息子を連れて来ていた。
She spoke with the guards.
彼女は警備員と話した。
"I work as a barber"
「私は理容師として働いています」
"I have come to offer my services"
「私は奉仕するために来ました」
"I desire to see Queen Suo"
「蘇王妃に会いたい」
Queen Suo quickly gave her an interview.
蘇王妃はすぐに彼女に面会を許した。

The queen was quite fond of the two little boys.
女王様は二人の男の子をとても可愛がっていました。
They strangely reminded her of her own son.
それらは不思議なことに彼女に自分の息子を思い出させた。
And she remembered her lost treasure.
そして彼女は失った宝物を思い出した。
Tears fell profusely from her eyes.
彼女の目から涙が大量に流れ落ちた。
She had not the remotest idea who they were.
彼女は彼らが誰なのか全く知らなかった。
Of course we know who they are.
もちろん私たちは彼らが誰であるかを知っています。
The two little boys are her grandsons.
二人の小さな男の子は彼女の孫です。
She spoke to the barber.
彼女は床屋に話しかけた。
“My son died when he was young”
「息子は幼い頃に亡くなりました」
“I have given up these vanities”
「私はこれらの虚栄心を捨てました」
“I stopped having my feet ceremoniously dyed”
「足を儀式的に染めるのをやめました」
“But I would be glad to see your two fine boys”
「でも、あなたの二人の素晴らしい息子さんに会えたら嬉しいです」
The barber agreed to let Queen Suo see her boys.
床屋は蘇王妃が息子たちに会うのを許可することに同意した。
But she had one question before she went.
しかし、彼女は出発前に一つ疑問を抱いていました。
“Are there other ladies in the palace?
「宮殿には他にも女性がいるんですか？
“Someone else I could provide my service to”
「私がサービスを提供できる他の人」
She was told there was another queen.

もう一匹女王がいると告げられた。
And she was also allowed to go to that queen.
そして彼女もその女王のところへ行くことを許されました。
Queen Duo allowed her to prepare her nails.
デュオ女王は彼女に爪を整えることを許可した。
And she was allowed to scrape her feet.
そして彼女は足を擦りむくことを許された。
She painted her feet with alakta.
彼女は足にアラクタを塗りました。
And the queen was very pleased with her skill.
そして女王は彼女の技術にとても満足しました。
She also enjoyed the sweetness of her disposition.
彼女はまた、彼女の優しい性格を気に入っていた。
So she booked to have more of her services.
それで彼女は、さらにサービスを受けるために予約しました。
The female barber had come for something else.
その女性の理髪師は別の目的で来ていた。
And she quickly noticed the necklace.
そして彼女はすぐにネックレスに気づきました。
The necklace was around the Queen's neck.
そのネックレスは女王の首にかかっていました。

The day of her second visit had come.
彼女の二度目の訪問の日が来た。
She gave her eldest son the instructions.
彼女は長男に指示を与えた。
"We are going into the palace again"
「また宮殿へ行きます」
"When in the palace you have to cry"
「宮殿では泣かなければならない」
"Say you would like the queen's necklace"
「女王のネックレスが欲しいと言ってください」
"Don't stop crying until you have her necklace"
「彼女のネックレスを手に入れるまで泣き止まないで」

The female barber went to queen Duo's apartment.
女性理髪師はデュオ王妃の部屋へ行きました。
Soon the elder boy started to cry.
やがて、年上の男の子は泣き始めました。
The boy acted his role well.
その少年は自分の役を上手に演じた。
Nothing would console the boy.
少年を慰めるものは何もなかった。
"What is wrong?" Queen Duo asked.
「どうしたの？」デュオ女王は尋ねた。
They boy could hardly speak.
その少年はほとんど話すことができなかった。
"Your necklace is so beautiful"
「あなたのネックレスはとても美しいですね」
And he continued to sob.
そして彼は泣き続けました。
"Can I please hold the necklace?"
「ネックレスを持ってもらってもいいですか？」
Queen Duo did not want to let him.
デュオ女王はそれを許したくなかった。
"I cannot part with my necklace"
「ネックレスを手放せない」
"It is my most valuable jewel"
「それは私の最も貴重な宝石です」
But the boy did not stop crying.
しかし少年は泣き止まなかった。
So she took the necklace off her neck.
それで彼女は首からネックレスを外しました。
And she put the necklace into the boy's hand.
そして彼女はそのネックレスを少年の手に渡しました。
The boy quickly stopped crying.
その少年はすぐに泣き止んだ。
And he held the necklace in his hand.
そして彼はネックレスを手に持ちました。
The female barber had finished her work.
女性の理髪師は仕事を終えた。

She was packing up her tools.
彼女は道具をまとめていました。
And she was about to leave the palace.
そして彼女は宮殿を去ろうとしていました。
So the queen wanted the necklace back.
それで女王はネックレスを取り戻したいと思ったのです
。
But the boy would not let her have the necklace.
しかし、少年は彼女にネックレスを渡さなかった。
His mother attempted to snatch the necklace from him.
彼の母親は彼からネックレスを奪い取ろうとした。
But he wept bitterly when she tried.
しかし、彼女がそうしようとしたとき、彼は激しく泣い
た。
And he cried as if his heart would break.
そして彼は心が張り裂けるかのように泣きました。
The female barber politely asked the queen;
女性の理髪師は女王に丁寧に尋ねました。
"Please let the boy take the necklace home"
「少年にネックレスを持ち帰らせてください」
"He will fall asleep after drinking his milk"
「ミルクを飲んだら眠ってしまうでしょう」
"And then I will bring your necklace back"
「そしてあなたのネックレスを返してあげる」
She could see she had no choice.
彼女には他に選択肢がないことがわかった。
The boy would not allow her to take the necklace.
その少年は彼女にネックレスを持ち去ることを許さなか
った。
So she agreed to the proposal.
それで彼女はその提案に同意した。
"Dalim must now be long dead," she thought.
「ダリムはとっくに死んでいるはずだ」と彼女は思った
。
And she had nothing to worry about.
そして彼女は何も心配する必要がなかった。

The princess had the prized necklace.
王女様は貴重なネックレスを持っていました。
The treasure bound to her husband's life.
夫の人生に結びついた宝物。
She rushed back to the garden-house.
彼女は庭の小屋へ急いで戻った。
And she gave the necklace to Dalim.
そして彼女はそのネックレスをダリムに渡した。
Dalim had been alive all morning.
ダリムは朝から生きていた。
It was the first time he saw the sun again.
彼が再び太陽を見たのはその時が初めてだった。
Their joy of his life knew no bounds.
彼の人生に対する彼らの喜びは限りなく大きかった。
Their friend advised them to go to the palace.
彼らの友人は宮殿に行くように勧めた。
"Go to the palace tomorrow"
「明日は宮殿へ行きなさい」
"Present yourselves to the King and Queen"
「国王と女王の前に姿を現しなさい」
"Let them know you're alive and well"
「あなたが生きていて元気であることを知らせてください」
The couple accepted their friend's advice.
夫婦は友人のアドバイスを受け入れた。
And they prepared everything for their arrival.
そして彼らは到着に備えてすべてを準備しました。
An elephant was brought for the prince.
王子のために象が連れてこられました。
A pair of ponies were brought for the boys.
少年たちのために一組のポニーが連れてこられました。
And there was a grand chaturdala.
そして、壮大なチャトゥルダラがありました。
It was furnished with curtains of gold lace.
金色のレースのカーテンが飾られていました。

Word was sent to the king and the Queen Suo.
その知らせは王と蘇王妃に伝えられた。
"Prince Dalim Kumar is alive and well"
「ダリム・クマール王子は健在です」
"And he is coming to visit you"
「そして彼はあなたを訪ねてきます」
"Now he has a wife and two sons"
「今、彼には妻と二人の息子がいます」
The King and Queen Suo could hardly believe it.
蘇王と蘇王妃はそれを信じることができませんでした。
But they were assured that it was all true.
しかし、彼らはそれがすべて真実であると確信しました。
Queen Duo quickly realized her predicament.
デュオ女王はすぐに自分の窮状に気づきました。
And she became overwhelmed with grief.
そして彼女は悲しみに打ちひしがれました。
A band of musicians followed the prince.
音楽隊が王子の後を追った。
Prince Dalim Kumar approached the palace-gate.
ダリム・クマール王子は宮殿の門に近づきました。
The King and Queen Suo went to the gates.
蘇芳王と蘇芳王妃は門へ向かいました。
And they welcomed their long-lost son.
そして彼らは、長い間行方不明だった息子を歓迎した。
You can imagine how happy they were.
彼らがどれほど幸せだったかは想像に難くありません。
Dalim told his parents of his death.
ダリムさんは両親に自分の死を伝えた。
He told them of the pond by the palace.
彼は彼らに宮殿のそばにある池について話しました。
And he told them of the fish in the pond.
そして彼は池の魚のことを彼らに話しました。
He told them of the wooden box in the fish.
彼は魚の中に入っている木箱のことを彼らに話した。
He told them of the necklace in the wooden box.

彼は彼らに木箱の中のネックレスについて話した。
And he told them the secret of his life.
そして彼は彼らに彼の人生の秘密を話しました。
He told them how he died each night.
彼は毎晩、自分がどうやって死んだかを彼らに話した。
Of course he also mentioned his new wife.
もちろん彼は新しい妻についても言及しました。
The king was inflamed with rage at the news.
王はその知らせを聞いて激怒した。
He ordered Queen Duo into his presence.
彼はデュオ女王に自分の前に来るよう命じた。
A large hole was dug in the ground.
地面に大きな穴が掘られました。
The hole was as deep as the height of a man.
その穴は人の身長ほどの深さだった。
Queen Duo was made to stand in the hole.
クイーンデュオは穴の中に立たされました。
Prickly thorns were heaped around her.
とげとげした棘が彼女の周りに積み重なっていた。
The thorns went up to the crown of her head.
とげは彼女の頭頂部まで達していた。
And in this manner she was buried alive.
こうして彼女は生き埋めにされたのです。

Phakir Chand
ファキル・チャンド

There was once a king, who had a son.
昔、王様には息子がいました。
The king's minister also had a son.
王の大臣にも息子がいた。
The two sons loved each other dearly.
二人の息子はお互いを心から愛し合っていた。
And they did everything together.
そして彼らはすべてを一緒にやりました。
The two sons sat and stood up together.
二人の息子は一緒に座ったり立ち上がったりしました。
They walked together to the same places.
彼らは一緒に同じ場所まで歩いた。
They ate their meals together.
彼らは一緒に食事をした。
They slept and got up together.
彼らは一緒に寝て、一緒に起きた。
They spent years in each other's company.
彼らは何年も一緒に過ごした。
One day they both felt a new desire.
ある日、二人は新たな欲望を感じました。
They wanted to see foreign lands.
彼らは外国を見たかったのです。
And so they set out on their journey.
そして彼らは旅に出発した。
One of them was the son of a king.
彼らのうちの一人は王の息子でした。
One of them was the son of his chief minister.
そのうちの一人は首相の息子だった。
So of course they were both quite rich.
ですから、もちろん二人ともかなり裕福でした。
But they did not take any servants with them.
しかし彼らは召使いを一人も連れて行きませんでした。
They went by themselves, on horseback.

彼らは馬に乗って自分たちだけで出発した。
The horses were beautiful to look at.
馬は見ていて美しかった。
They were Pakshirajes horses.
それらはパクシラジェスの馬でした。
Such horses are known as the kings of birds.
このような馬は鳥の王として知られています。
The two sons rode together for many days.
二人の息子は何日も一緒に馬に乗って旅をしました。
They passed through extensive plains.
彼らは広大な平原を通過した。
And the plains were covered with paddy.
そして平野は水田で覆われました。
And they passed through strange cities.
そして彼らは奇妙な町々を通過した。
And they passed through towns, and villages.
そして彼らは町や村を通過した。
They passed through treeless deserts.
彼らは木のない砂漠を通過した。
And they passed through forests.
そして彼らは森を通り抜けました。
And the forests were dense with trees.
そして森には木々が生い茂っていました。
These forests were the abode of the tiger.
これらの森はトラの住処でした。
And the bear also lived in these forests.
そしてクマもこの森に住んでいました。
One evening they were overtaken by the night.
ある晩、彼らは夜に襲われました。
They had not seen any human habitations.
彼らは人間の住居を一切見ていなかった。
But it was getting darker and darker.
しかし、だんだん暗くなっていきました。
So they dismounted beneath a lofty tree.
そこで彼らは高い木の下で馬から降りました。
They tied their horses to the tree.

彼らは馬を木につなぎました。
And then they climbed up the tree.
そして彼らは木に登りました。
They covered the branches with thick foliage.
彼らは枝を厚い葉で覆いました。
So that they could sit on the branches.
枝の上に座れるようにするためです。
The tree had grown near a large body of water.
その木は大きな水域の近くに生えていました。
The water was as clear as the eye of a crow.
水はカラスの目のように澄んでいた。
The two friends made themselves comfortable.
二人の友人はくつろいだ様子だった。
Of course it wasn't very comfortable in a tree.
もちろん、木の上はあまり快適ではありませんでした。
But it wasn't uncomfortable in the tree either.
しかし、木の上でも不快ではありませんでした。
They had decided to spend the night there.
彼らはそこで夜を過ごすことに決めていた。
They sometimes chatted together in whispers.
彼らは時々、ささやき声で話し合った。
They felt whispering was better than talking.
彼らは話すよりもささやくほうが良いと感じました。
Because the region seemed very strange to them.
なぜなら、その地域は彼らにとって非常に奇妙に思えた
からです。
And soon they were falling into a doze.
そしてすぐに彼らは居眠りし始めました。
But their attention was suddenly jolted.
しかし、彼らの注意は突然揺さぶられました。
From the water they heard a noise.
彼らは水の中から音を聞いた。
It sounded like the rushing of water.
それは水が流れ落ちる音のようでした。
In front of them was a terrible sight!
彼らの目の前には恐ろしい光景が広がっていました！

A huge serpent came from under the water.
巨大な蛇が水の下から現れました。
The snake swam ashore and slithered around.
蛇は岸まで泳いで行き、這い回りました。
But something else attracted their attention.
しかし、彼らの注意を引いたのは別のものだった。
The crested hood of the serpent was shining.
蛇の冠羽は光っていた。
The snake had a brilliant manikya embedded.
蛇には光り輝くマニキヤが埋め込まれていました。
The jewel shone like a thousand diamonds.
その宝石は千個のダイヤモンドのように輝いていた。
The crystal lit up the water in the tank.
クリスタルがタンク内の水を照らしました。
The embankments and trees were irradiated.
堤防や木々も放射線を浴びた。
The serpent doffed the jewel from its crest.
蛇は冠から宝石を外した。
And the serpent threw the jewel on the ground.
そして蛇はその宝石を地面に投げました。
And then the serpent went in search of food.
そして蛇は食べ物を探しに出かけました。
They could not believe what they had seen.
彼らは自分たちが見たものが信じられなかった。
They stayed in the safety of the tree.
彼らは木の中の安全な場所に留まりました。
But they greatly admired the jewel.
しかし彼らはその宝石を非常に賞賛しました。
The ruby shed an ineffable luster.
ルビーは言葉では言い表せないほどの輝きを放った。
Everything had a magical glow around it.
すべてが魔法のように輝いていました。
They had never seen anything like it.
彼らはそのようなものを見たことがなかった。
Although, they had heard of this treasure.
とはいえ、彼らはこの宝物について聞いていました。

The jewel equaled the treasures of seven kings.
その宝石は七人の王の財宝に匹敵した。
But their admiration soon changed to fear.
しかし、彼らの賞賛はすぐに恐怖に変わりました。
The serpent came to the foot of their tree.
蛇は彼らの木の根元に来ました。
The serpent had found their horses!
蛇が彼らの馬を見つけたのです！
The poor horses had been tied to the tree.
かわいそうな馬たちは木に繋がれていた。
The animals had no way of escaping.
動物たちは逃げる方法がなかった。
One by one the serpent ate their horses.
蛇は一頭ずつ馬を食べました。
But the serpent's appetite did not seem satisfied.
しかし、蛇の食欲は満たされていないようでした。
They feared they would be the next victims.
彼らは自分たちが次の犠牲者になるのではないかと恐れ
ていた。
But their fears were soon relieved.
しかし、彼らの不安はすぐに解消されました。
The gigantic cobra had not seen them.
巨大コブラは彼らに気づいていなかった。
And eventually the snake left again.
そして結局、蛇はまた去っていきました。
The minister's son saw an opportunity.
大臣の息子はチャンスだと考えた。
This was his chance to take the gem.
これは彼が宝石を手に入れるチャンスだった。
But there was one problem they had.
しかし、彼らには一つ問題がありました。
The jewel shone incredibly bright.
その宝石は信じられないほど明るく輝いていた。
The serpent would know what had happened.
蛇は何が起こったのか知っているだろう。
But there was a way to overcome this problem.

しかし、この問題を克服する方法がありました。
And the minister's son knew the solution.
そして牧師の息子は解決策を知っていました。
He had to cover the stone with horse-dung.
彼はその石を馬糞で覆わなければならなかった。
And there was some horse-dung by the tree.
そして木のそばに馬の糞がありました。
He quietly came down from the tree.
彼は静かに木から降りてきた。
He picked up the horse-dung off the floor.
彼は床から馬糞を拾い上げた。
And he threw the dung upon the precious stone.
そして彼はその糞を宝石の上に投げつけた。
And then he climbed up into the tree again.
そして彼はまた木に登りました。
The serpent noticed something had happened.
蛇は何かが起こったことに気づいた。
The light of the jewel had vanished.
宝石の光は消えていた。
The serpent rushed back with great fury.
蛇は激怒して逃げ返した。
The serpent returned to where it had left the stone.
蛇は石を残した場所に戻りました。
The serpent let out a frightful hiss at the night.
蛇は夜に向かって恐ろしいシューという音を立てた。
The snake's groans and convulsions were terrible.
蛇のうめき声とけいれんはひどいものでした。
The snake went round and round the jewel.
蛇は宝石の周りをぐるぐる回りました。
But the stone was covered with horse-dung.
しかし、その石は馬の糞で覆われていました。
This way the serpent could not see its treasure.
こうすれば、蛇は宝物を見ることができませんでした。
Finally, the serpent breathed its last breath.
ついに蛇は息を引き取りました。

The two friends did not sleep much that night.
二人の友人はその夜あまり眠れなかった。
In the morning they came down from the tree.
朝になると彼らは木から降りてきました。
They went to where the crest-jewel was.
彼らは紋章の宝石がある場所へ行きました。
The mighty serpent was still laying there.
強力な蛇はまだそこに横たわっていました。
But now the snake's body was perfectly lifeless.
しかし今や、蛇の体は完全に死んでいた。
The friend of the prince stepped over the dead snake.
王子の友人は死んだ蛇を踏み越えました。
And he picked up the dung covered jewel.
そして彼は糞で覆われた宝石を拾い上げました。
Both of them went to the bank of the water.
二人は水辺の岸辺へ行きました。
And they washed the precious stone.
そして彼らはその宝石を洗いました。
Finally, all the dung had been washed off.
ついに、糞はすべて洗い流されました。
And the jewel shone as brilliantly as before.
そして宝石は以前と同じように輝きました。
The jewel lit up the entire bed of the tank of water.
宝石が水槽の底全体を照らしました。
Now they could see the innumerable fishes.
今、彼らは無数の魚を見ることができました。
But the light also revealed something else.
しかし、光は別の何かも明らかにしました。
This astonished them more than all the fishes.
これは、すべての魚よりも彼らを驚かせました。
In the bottom of the water there was something.
水の底に何かがありました。
They could see there were lofty walls.
そこには高い壁があるのが分かりました。
The walls were from a magnificent palace.
壁は壮麗な宮殿のものだった。

The prince's friend was feeling venturesome.
王子の友人は冒険心を燃やしていた。
He convinced the king's son to follow him.
彼は王の息子を説得して従わせた。
And then they wanted to swim to the palace below.
そして彼らは下にある宮殿まで泳ぎたいと思いました。
The prince's friend took the jewel in his hand.
王子の友人は宝石を手に取りました。
And they both dived into the waters.
そして二人は海に飛び込んだ。
Soon they stood at the gate of the palace.
やがて彼らは宮殿の門の前に立った。
To their surprise the gate was open.
驚いたことに門は開いていた。
They saw no being, human or superhuman.
彼らは人間や超人といった存在を何も見なかった。
So they decided to venture inside the gate.
そこで彼らは門の内側へ入ってみることにしました。
Inside the walls there was a beautiful garden.
壁の内側には美しい庭園がありました。
In the middle of the garden was a house.
庭の真ん中に家がありました。
No one had ever seen so many flowers.
これほどたくさんの花を見た人は誰もいなかった。
There were roses of all imaginable varieties.
想像できるあらゆる種類のバラがありました。
There were endless numbers of yellow jessamine.
黄色いジャスミンが無数に咲いていました。
And there were numerous white bell flowers.
そして、白いベルフラワーがたくさん咲いていました。
These flowers were the king of smells.
これらの花は香りの王様でした。
The most scented lily of the valley.
最も香りのよいスズラン。
There were the flowers from the champaka tree.
チャンパカの木の花が咲いていました。

And a thousand other sweet-scented flowers.
そして、他の何千もの甘い香りの花。
Acres covered with the delicious jessamine.
おいしいジャスミンで覆われた広大な土地。
All the plants were gemmed with flowers.
すべての植物に花が咲き誇っていました。
And all the flowers were in full bloom.
そして、すべての花が満開でした。
So the air was loaded with rich perfume.
それで空気は豊かな香りで満たされました。
A wilderness of sweet scents everywhere.
どこまでも甘い香りが漂う荒野。
They went through this paradise of perfumery.
彼らはこの香水の楽園を巡りました。
And eventually they reached the house.
そしてついに彼らは家にたどり着いた。
The house was surrounded by lofty trees.
その家は高い木々に囲まれていた。
Soon they stood at the door of the house.
やがて彼らは家の玄関に立った。
Now they could see it was a fairy palace.
今、彼らはそれが妖精の宮殿であることがわかりました
。
The walls were of burnished gold.
壁は磨かれた金でできていた。
Here and there shone diamonds of dazzling hue.
あちこちにまばゆいばかりの色合いのダイヤモンドが輝
いていた。
But they did not see any beings.
しかし、彼らは何の生き物も見ませんでした。
So they went inside the palace.
それで彼らは宮殿の中に入りました。
The palace was richly furnished.
宮殿には豪華な家具が備え付けられていた。
They went from room to room.
彼らは部屋から部屋へと移動した。

But they did not see anyone.
しかし、彼らは誰にも会わなかった。
It seemed to be a deserted house.
どうやら廃屋のようでした。
At last, however, they found a special room.
しかし、ついに彼らは特別な部屋を見つけました。
In this room there was a young lady.
この部屋には若い女性がいました。
She was sleeping on a golden bed.
彼女は金色のベッドで眠っていた。
The young lady was of exquisite beauty.
その若い女性は驚くほど美しかった。
Her complexion was a mixture of red and white.
彼女の顔色は赤と白が混ざった色だった。
She seemed to be about sixteen years of age.
彼女は16歳くらいに見えました。
The two friends gazed upon her.
二人の友人は彼女を見つめた。
They were enchanted by her beauty.
彼らは彼女の美しさに魅了された。
But they could not admire her for long.
しかし、彼らは彼女を長く賞賛することはできなかった
。
Because the young lady opened her eyes.
若い女性が目を開けたからです。
Her eyes seemed like the eyes of a gazelle.
彼女の目はガゼルの目のようだった。
On seeing the strangers she said;
見知らぬ人々を見て彼女は言いました。
"How have you come here, ye unfortunate men?"
「あなたたちはどうやってここに来たのですか、この不
幸な人たちは？」
"Be gone, be gone! I beg of you two"
「出て行け、出て行け！お願いだ、二人とも」
"This is the abode of a mighty serpent"
「ここは強力な蛇の住処だ」

"The serpent which has devoured my parents"
「私の両親を食い尽くした蛇」
"And my brothers, and all my relatives"
「そして私の兄弟たち、そして私の親戚全員」
"I am the only one that he has spared"
「私は彼が救ってくれた唯一の人間だ」
"Flee for your lives while you still can"
「まだ逃げられるうちに逃げろ」
"Or else the serpent will eat you both"
「さもないと、蛇があなたたち二人を食べてしまいます」
The prince's friend told her what had happened.
王子の友人は彼女に何が起こったかを話した。
"The serpent has breathed his last breath"
「蛇は息を引き取った」
"The snake's body lies lifeless on the floor"
「蛇の死体は床に横たわり、命を失っている」
"We took the head-jewel of the serpent"
「私たちは蛇の頭の宝石を取りました」
"The jewel's light showed us to the palace.
「宝石の光が私たちを宮殿まで導いてくれました。
She thanked the strangers for their bravery.
彼女は見知らぬ人たちの勇気に感謝した。
"You have freed me from the infernal serpent"
「あなたは私を地獄の蛇から解放してくれました」
"Please live with me in my palace"
「私の宮殿で一緒に暮らしてください」
"But please promise never to desert me"
「でも、絶対に私を見捨てないでと約束してください」
They gladly accepted the invitation.
彼らは喜んでその招待を受け入れた。
The king's son was smitten with the princess.
王子の息子は王女に夢中になった。
He adored the charms of the peerless princess.
彼は比類なき王女の魅力を崇拝していた。
And he married her after a short time.

そして彼はすぐに彼女と結婚しました。
There was no priest at the palace.
宮殿には司祭はいなかった。
So the hymeneal knot was tied by other means.
それで、処女膜の結び目は他の方法で結ばれました。
A simple exchange of garlands of flowers.
シンプルな花輪の交換。
The king's son became inexpressibly happy.
王子の息子は言葉にできないほど幸せになりました。
He delighted in the company of the princess.
彼は王女と一緒にいることを楽しんだ。
The prince's friend also had a wife.
王子の友人にも妻がいました。
Of course she was living in the upper world.
もちろん彼女は上の世界に住んでいました。
But he participated in his friend's happiness.
しかし、彼は友人の幸せに貢献したのです。
The time they spent together passed merrily.
彼らが一緒に過ごした時間は楽しく過ぎていった。
But they could not live here forever.
しかし彼らはここで永遠に暮らすことはできませんでした。
The prince had to return to his kingdom.
王子は王国に戻らなければなりませんでした。
But he knew the return would require some planning.
しかし、帰国にはある程度の計画が必要だと彼は分かっていた。
The occasion would come with a lot of pomp.
その行事は盛大に行われるだろう。
There were going to be many ceremonies.
多くの儀式が行われる予定でした。
Because there was a lot to be celebrated.
祝うべきことがたくさんあったからです。
First the prince's friend was going to go.
まず王子の友人が行くことになっていました。
And then he was going to return with the attendants.

そして、従者たちとともに戻るつもりだった。
Horses, and elephants for the happy pair.
幸せなカップルのための馬と象。
The prince accompanied his friend.
王子は友人に同行した。
Together they went back to the surface.
彼らは一緒に地上へ戻りました。
And they saw the upper world again.
そして彼らは再び上の世界を見た。
The two friends bid each other adieu.
二人の友人は互いに別れを告げた。
The prince returned to his lovely wife.
王子は愛しい妻のもとへ戻りました。
Before leaving everything had been organized.
出発前にすべてが準備されていました。
The prince's friend arranged his return.
王子の友人が彼の帰国を手配した。
He said when he was going to go the embankment.
彼は堤防に行くつもりだったときそう言った。
He was going to have the horses that they needed.
彼は彼らが必要とする馬を手に入れるつもりだった。
Elephants were going to be there too, and attendants.
象もそこにいて、付き添いもいる予定でした。
They were going to wait upon the prince and princess.
彼らは王子と王女に仕えるつもりでした。
The snake-jewel gave them the rights to this.
蛇の宝石が彼らにこの権利を与えました。
The prince's friend went back to his country.
王子の友人は国に帰りました。
To prepare for the return of his friend.
友人の帰還に備えるため。

One day the prince was sleeping.
ある日、王子様は眠っていました。
He had just had his midday meal.
彼はちょうど昼食を食べたところだった。

The princess had never seen the upper regions.
王女は上の地域を見たことがありませんでした。
She felt the desire to see the upper world.
彼女は地上の世界を見てみたいという欲求を感じた。
For this she needed the snake-jewel.
そのために彼女は蛇の宝石を必要としました。
Only this could help her through the water.
彼女が水を乗り越える助けとなるのは、これだけだった
。
The jewel was shining its bright light in the room.
宝石は部屋の中で明るい光を放っていた。
She took the snake-jewel into her hand.
彼女は蛇の宝石を手に取りました。
And then she left the palace and the garden.
そして彼女は宮殿と庭園を去りました。
She successfully swam to the upper world.
彼女は無事に上の世界まで泳ぎ着いた。
No mortal had caught sight of her.
誰も彼女を見た者はいなかった。
At the edge of the water were some steps.
水辺には階段がいくつかありました。
The steps were for the convenience of bathers.
階段は水浴びをする人の便宜のために設けられました。
And this is also where she sat.
そして、ここは彼女が座った場所でもあります。
She scrubbed her body with the sand.
彼女は砂で体をこすった。
She washed her hair with the fresh water.
彼女は真水で髪を洗った。
And she played with the water for fun.
そして彼女は楽しく水遊びをしました。
She walked about on the water's edge.
彼女は水辺を歩き回った。
And she admired all the scenery around.
そして彼女は周囲の景色すべてに感嘆しました。
But finally she returned back to her palace.

しかし、結局彼女は宮殿に戻りました。
Her husband was still deep in sleep.
彼女の夫はまだぐっすり眠っていました。
But eventually he had slept enough.
しかし結局、彼は十分に眠った。
She did not tell him about her adventures.
彼女は彼に自分の冒険のことを話さなかった。
The next day her husband fell asleep again.
翌日、夫はまた眠りに落ちた。
And again she paid a visit the upper world.
そして彼女は再び地上を訪れた。
And she remained unnoticed by mortal man.
そして彼女は人間に気づかれずに残った。
Her success was starting to give her courage.
彼女の成功は彼女に勇気を与え始めていた。
So she repeated her adventure a third time.
そこで彼女は三度目の冒険を繰り返した。
The rajah's son was out hunting that day.
その日、ラジャの息子は狩りに出かけていました。
He had his tent not far from the water.
彼は水からそう遠くないところにテントを張った。
His attendants were cooking his meal.
彼の従者たちが食事を作っていた。
So, he wandered about along the water.
それで、彼は水沿いに歩き回りました。
Nearby an old woman was gathering sticks.
近くで老婦人が木の枝を集めていました。
She was collecting dried branches of trees.
彼女は枯れた木の枝を集めていました。
She needed the sticks for kindling wood.
彼女は薪を燃やすための小枝が必要だった。
This was when the princess came out the water.
王女様が水から出てきた時でした。
She gazed around and she saw a man.
彼女は辺りを見回し、男の人を見つけた。
And then she saw there was also a woman.

そして彼女はそこに女性もいることに気づきました。
The princess knew she didn't want to be seen.
王女は見られたくないと分かっていました。
So she went back down to her palace.
それで彼女は宮殿に戻って行きました。
But the rajah's son had caught a glimpse of her.
しかし、ラジャの息子は彼女を一目見てしまったのです
。
And the old woman gathering sticks saw her too.
そして、木の枝を集めていた老婆も彼女を見ました。
The rajah's son stood gazing on the waters.
王の息子は水面を見つめて立っていた。
He had never seen such a beautiful woman.
彼はこんなに美しい女性を見たことがなかった。
She seemed to him to be a deva-kanyas.
彼女は彼にとって神々の女神のようでした。
Heavenly goddesses he had read of in old books.
彼が古い本で読んだことのある天上の女神たち。
They are said to visit the upper world.
彼らは上の世界を訪れると言われています。
And the upper world is honored to have them.
そして、地上の世界は彼らを迎えることを光栄に思うの
です。
But it is said to happen only rarely.
しかし、それはまれにしか起こらないと言われています
。
The way that angels only visit rarely.
天使がたまにしか訪れない道。
He had seen the princess' unearthly beauty.
彼は王女のこの世のものとは思えないほどの美しさを目
にした。
She had made a deep impression on his heart.
彼女は彼の心に深い印象を残した。
Although he had seen her only for a moment.
彼は彼女をほんの一瞬しか見ていなかったのに。
But her beauty distracted his mind.

しかし、彼女の美しさは彼の心を惑わせた。
He stood there like a statue, for hours.
彼は何時間も彫像のようにそこに立っていた。
All he could do was gaze into the waters.
彼にできるのはただ水面を見つめることだけだった。
In the hope of seeing the lovely figure again.
あの愛らしい姿をまた見ることができることを期待して
。
But all his time was spent in vain.
しかし、彼の時間はすべて無駄に費やされました。
The princess did not appear again.
王女は二度と現れなかった。
The rajah's son became mad with love.
王の息子は恋に狂った。
He kept muttering, "now here, now gone!"
彼は「今ここにいる、今いない！」とつぶやき続けました。
He refused to leave the water's edge.
彼は水辺を離れることを拒否した。
His attendants had to forcibly remove him.
付き添いの人たちは彼を強制的に連れ出さなければならなかった。
They took him to his father's palace.
彼らは彼を父親の宮殿に連れて行きました。
But he was in a state of hopeless insanity.
しかし彼は絶望的な狂気の状態に陥っていた。
He couldn't be made to speak to anyone.
彼は誰とも話せなかった。
And he spent his days sobbing heavily.
そして彼は激しく泣きながら日々を過ごした。
No others words came out of his mouth.
彼の口からはそれ以上の言葉は出なかった。
"Now here, now gone!"
「今ここにあったのに、もうない！」
"Now here, now gone!"
「今ここにあったのに、もうない！」

You can imagine the rajah's grief.
王の悲しみは想像に難くない。
"What could have deranged my son's mind?"
「息子の心を狂わせたのは一体何だったのか？」
"'Now here, now gone,' what does it mean?"
「『今ここにいて、今いなくなった』とはどういう意味
ですか？」
He could not unravel the words' meaning.
彼はその言葉の意味を解明できなかった。
His attendants couldn't decipher the words either.
彼の従者たちもその言葉を解読できなかった。
The land's best physicians were consulted.
国内最高の医師たちが診察を受けた。
But their consultation had no effect.
しかし彼らの相談は効果がなかった。
The sons of æsculapius were not able to help.
アスクレピオスの息子たちは助けることができなかった
。
No one could ascertain the cause of the madness.
その狂気の原因を突き止められる者は誰もいなかった。
Without knowing the cause there was no cure.
原因がわからなければ治療法もありませんでした。
The physicians tried to ask the prince.
医師たちは王子に尋ねようとした。
But all he said was, "now here, now gone!"
しかし、彼が言ったのはただ「今ここにいる、今いない
！」だけだった。
The rajah was distracted with grief.
王は悲しみで気が散っていた。
Day and night he worried for his son.
彼は昼も夜も息子のことを心配した。
He wished for his son's intellects to return.
彼は息子の知性が戻ることを願った。
A proclamation was made in the capital.
首都で布告が出された。
Town criers were sent into the city.

町の広報係が市内に派遣された。
And they beat their drums for attention.
そして彼らは注目を集めるために太鼓を叩いた。
"The rajah's son has lost his mental faculties"
「ラジャの息子は精神能力を失った」
"The rajah seeks a cure for his son"
「ラジャは息子の治療法を探している」
"A reward is offered for the cure"
「治療には報酬が与えられる」
"The hand of the rajah's daughter"
「ラジャの娘の手」
"Her hand comes with half his kingdom"
「彼女の手には彼の王国の半分が握られている」
The drum was beaten around the city.
太鼓が街中で鳴り響いた。
But no one felt they could touch the drum.
しかし、誰も太鼓に触れることができなかった。
No one knew the cause of his madness.
彼の狂気の原因を知る者は誰もいなかった。
At last an old woman came forward.
ついに一人の老婦人が前に出てきた。
And she stepped up to touch the drum.
そして彼女はドラムに触れるために一歩前に進み出ました。
"I will discover the cause of his madness"
「私は彼の狂気の原因を突き止めるだろう」
"And I will cure him from his disease"
「そして私は彼の病気を治す」
She had seen what happened to the boy.
彼女はその少年に何が起こったのかを見ていた。
She was at the water's edge that day.
彼女はその日、水辺にいた。
It was her who was gathering up sticks.
棒を集めていたのは彼女でした。
This woman had a crack-brained son.
この女性には頭の悪い息子がいた。

Her son was named of Phakir-Chand.
彼女の息子はファキル・チャンドと名付けられました。
So she was called Phakir's mother.
それで彼女はファキールの母と呼ばれました。
The woman was brought before the rajah.
その女性はラジャの前に連れてこられた。
And the following conversation took place.
そして、次のような会話が交わされました。
"You are the woman that touched the drum"
「あなたは太鼓に触れた女性です」
"You know the cause of my son's madness?"
「私の息子の狂気の原因をご存知ですか？」
"Yes, oh incarnation of justice!"
「そうです、正義の化身よ！」
"I know the cause of your son's madness"
「あなたの息子の狂気の原因はわかっています」
"But I will not say the cause of his madness"
「しかし、彼の狂気の原因については言わない」
"First I will cure your son of his madness"
「まずあなたの息子の狂気を治しましょう」
"How can I believe you are able to?"
「君がそれができるとどうして信じられるの？」
"The best physicians of the land have failed"
「この国の最高の医師たちが失敗した」
"You need not now believe, my king"
「王よ、今は信じる必要はありません」
"Wait till I have performed the cure"
「治療が終わるまで待ってください」
"Many an old woman knows many secrets"
「多くの老女は多くの秘密を知っている」
"Secrets wise men are unacquainted with"
「賢者も知らない秘密」
"Very well, let me see what you can do"
「わかりました。何ができるか見てみましょう」
"In what time will you perform the cure?"
「治療は何時に行いますか？」

"It is impossible to fix the time"
「時間を決めることは不可能だ」
"Ff course I will begin work immediately"
「もちろんすぐに仕事に取り掛かります」
"But I need your lordship's assistance"
「しかし、閣下のご助力が必要です」
"What help do you require from me?"
「私にどのような助けが必要ですか？」
"Your lordship will please order a hut"
「殿下は小屋を注文してください」
"Have the hut raised on the embankment of the water"
「小屋を水辺に建てなさい」
"Where your son first caught the disease"
「息子さんが最初に病気にかかった場所」
"I mean to live in that hut for a few days"
「あの小屋に数日間住むつもりです」
"And please order some of your servants"
「そして召使たちに命令を下してください」
"They have to be in attendance at a distance"
「彼らは距離を置いて出席しなければなりません」
"Tell them to be about a hundred yards away"
「100ヤードほど離れるように伝えてください」
"That way I can call them over when we need them"
「そうすれば必要なときに呼び出せる」
The king had listened attentively.
王は注意深く聞いていた。
"I will order that to be immediately done"
「すぐにそれを実行せよ」
"Do you want anything else?"
「他に何かご希望はありますか？」
"Those are all the preparations I need"
「必要な準備はこれだけです」
"But let me remind you of the agreement"
「しかし、合意事項を思い出してください」
"You promised the hand of your daughter"
「あなたは娘との結婚を約束した」

"And you promised half your kingdom"
「そしてあなたは王国の半分を約束しました」
"But I can't marry your daughter"
「でもあなたの娘とは結婚できない」
"Because your daughter has to marry a man"
「あなたの娘は男性と結婚しなければならないからです
」
"But I also have a son of marriageable age"
「でも、私には結婚適齢期の息子もいるんです」
"Allow my son to marry your daughter"
「私の息子をあなたの娘と結婚させてください」
"Allow him to have half of your kingdom"
「彼に王国の半分を与えなさい」
The king was agreed with the terms.
王はその条件に同意した。
"If you find a cure, he marries my daughter"
「もし治療法が見つかったら、彼は私の娘と結婚する」
"And half of my kingdom shall be his"
「そして私の王国の半分は彼のものとなるだろう」
A temporary hut was quickly erected.
すぐに仮小屋が建てられました。
The hut was built on the embankment of the water.
小屋は水辺の堤防の上に建てられました。
And Phakir's mother took up her abode.
そしてファキルの母は居を構えた。
An outpost was also erected at some distance.
少し離れた場所に前哨基地も設置されました。
Because the woman might require some attendance.
女性は付き添いを必要とするかもしれないからです。
Strict orders were given by Phakir's mother.
ファキルの母親から厳しい命令が下された。
No one was allowed to go near the water.
誰も水に近づくことは許されなかった。
Only she was allowed to stay by the water.
彼女だけが水辺に留まることを許された。

But let us leave Phakir's mother at the water.
しかし、ファキルの母親を水辺に残しておきましょう。
Let us hasten down the subterranean palace.
地下宮殿へ急いで降りていきましょう。
To see what the prince and the princess are doing.
王子様と王女様が何をしているのか見るためです。
The princess did want to go up again.
王女は再び登りたいと思っていました。
But she now knew that it would be dangerous.
しかし、彼女はそれが危険であることを知りました。
And she had given up the idea of a fourth visit.
そして彼女は4度目の訪問を諦めた。
But women generally have greater curiosity.
しかし、一般的に女性の方が好奇心が強いです。
And the princess was no exception to the rule.
そして王女も例外ではありませんでした。
One day her husband was asleep.
ある日、彼女の夫は眠っていました。
He always slept after his noonday meal.
彼は昼食後にいつも寝ていた。
She took the snake-jewel in her hand.
彼女は蛇の宝石を手に取りました。
And she rushed out of the palace.
そして彼女は宮殿から飛び出しました。
And she came up to the upper world.
そして彼女は上の世界へ昇って来た。
There was an upheaval in the waters.
海上で大変動が起こった。
And Phakir's mother was on high alert.
そして、ファキルの母親は警戒を強めていた。
She was hiding in the hut.
彼女は小屋の中に隠れていた。
And she was looking through the chinks.
そして彼女は隙間から覗いていた。
The princess saw no human being nearby.
王女は近くに人間がいないことに気づきました。

So she came to the bank of the water.
それで彼女は水辺に来ました。
Phakir's mother showed herself outside the hut.
ファキルの母親が小屋の外に現れた。
And she addressed the princess politely.
そして彼女は王女に丁寧に話しかけました。
"Come, my child, thou queen of beauty"
「さあ、我が子よ、美の女王よ」
"Come to me, and I will help you to bathe"
「私のところに来てください。お風呂のお手伝いをします」
So saying, she approached the princess.
そう言って、彼女は王女に近づきました。
The princess saw she was just an old woman.
王女は彼女がただの老婆であることを知りました。
So she made no resistance to her offer.
それで彼女は申し出に抵抗しなかった。
The old woman was washing the princess' hair.
老婆が王女の髪を洗っていました。
And she noticed the bright jewel in her hand.
そして彼女は自分の手の中にある輝く宝石に気づきました。
"Out the jewel here till you are bathed"
「入浴するまで宝石をここに出して」
Now the jewel was in the hands of Phakir's mother.
今、その宝石はファキルの母親の手にありました。
She wrapped the jewel up in a cloth.
彼女は宝石を布で包んだ。
And she wrapped the cloth around her waist.
そして彼女は布を腰に巻きました。
Now the princess was unable to escape.
今では王女は逃げることができませんでした。
And Phakir's mother gave the signal.
そしてファキルの母親が合図を出した。
The attendants rushed to the water.
係員たちは水辺に駆け寄った。

And they took the princess captive.
そして彼らは王女を捕虜にしました。
The news soon reached the city.
その知らせはすぐに街中に伝わった。
"Phakir's mother had captured a water-nymph"
「パキルの母は水の精霊を捕らえた」
And the people rejoiced at the news.
そして人々はその知らせを聞いて喜んだ。
All came to see the"daughter of the immortals"
皆が「不死の娘」に会いに来た
She was brought to the palace.
彼女は宮殿に連れてこられた。
And she was brought to the rajah's son.
そして彼女は王の息子のところに連れて行かれました。
The rajah's son was still of impaired intellect.
王の息子は依然として知能障害を抱えていた。
But that cloud on his brain soon dissipated.
しかし、彼の心の曇りはすぐに消えた。
"I have found you! I have found you!"
「見つけたよ！見つけたよ！」
His eyes had been vacant and lusterless.
彼の目は虚ろで輝きを失っていた。
But now his eyes had the fire of intelligence.
しかし今、彼の目には知性の炎が宿っていた。
He had almost lost the use of his tongue.
彼は舌をほとんど使えなくなっていた。
"Now here, now gone!" was all he had been able to say.
「さあ、来たぞ、行ってしまったぞ！」としか彼に言え
なかった。
But this sense too was restored.
しかし、この感覚も回復しました。
The joy of the rajah knew no bounds.
王の喜びは限りなく大きかった。
There was great festivity in the city.
市内では盛大なお祭りが開かれた。
The people praised Phakir-Chand's mother.

人々はファキル・チャンドの母親を称賛した。
And everyone soon expected the marriage.
そして、誰もがすぐにその結婚を期待するようになりま
した。
The rajah's son was to wed the water-nymph.
王の息子は水の精霊と結婚することになっていた。
The princess, however, had made a promise.
しかし、王女は約束をしていました。
She told Phakir's mother of her promise.
彼女はファキルの母親にその約束を伝えた。
"I won't as much as look at another man"
「他の男を見ることさえしない」
"For one year my vows shall last"
「私の誓いは1年間続くだろう」
"The marriage cannot happen in that time"
「その時期に結婚はできない」
The rajah's son was somewhat disappointed.
王の息子は少々がっかりした。
But he readily agreed to the delay.
しかし彼は延期に快く同意した。
"Delay enhances the sweetness of the pleasure"
「遅れは喜びの甘さを増す」
Of course the princess spent her time in sorrow.
もちろん、王女は悲しみの中で時間を過ごしました。
She spent her days and nights sighing.
彼女はため息をつきながら昼も夜も過ごした。
And she lamented her idle curiosity.
そして彼女は自分の無駄な好奇心を嘆いた。
The curiosity that led her to the upper world.
彼女を地上の世界へ導いた好奇心。
The curiosity that separated her from her husband.
彼女と夫を引き離した好奇心。
She thought of her unfortunate husband.
彼女は不幸な夫のことを思った。
She had left him all alone below the waters.
彼女は彼を水の中に一人残していった。

And she wept bitter tears each day.
そして彼女は毎日苦い涙を流した。
She wished that she could run away.
彼女は逃げ出したいと願った。
But that would have been impossible.
しかしそれは不可能だったでしょう。
Because she was immured within walls.
彼女は壁の中に閉じ込められていたからです。
And there were walls within the walls.
そして壁の中にも壁がありました。
And what use was getting out the palace?
宮殿から出るのは何の役に立つのでしょうか?
She couldn't get to her husband anyway.
彼女はいずれにせよ夫に会うことができなかった。
She didn't have the serpent jewel.
彼女は蛇の宝石を持っていませんでした。
The ladies of the palace tried to comfort her.
宮殿の女性たちは彼女を慰めようとした。
And Phakir's mother tried to divert her mind.
そしてファキルの母親は彼女の気を紛らわせようとしました。
But their efforts were in vain.
しかし彼らの努力は無駄になった。
She took pleasure in nothing.
彼女は何にも喜びを感じなかった。
She hardly spoke to anyone.
彼女はほとんど誰とも話をしなかった。
She wept throughout the day.
彼女は一日中泣き続けた。
And she wept through the night.
そして彼女は一晩中泣き続けました。

The year of her vow was drawing to a close.
彼女の誓いの一年は終わりに近づいていた。
But she was still disconsolate.
しかし、彼女はまだ落胆していました。

The marriage, however, had to be celebrated.
しかし、結婚は祝われなければならなかった。
The rajah consulted the astrologers.
王は占星術師に相談した。
The day and the hour had been decided.
日時が決まりました。
The nuptial knot was to be tied.
結婚の絆が結ばれることになった。
Great preparations were made.
素晴らしい準備が整えられました。
The confectioners were busy day and night.
菓子職人たちは昼夜を問わず忙しかった。
They prepared all sorts of sweetmeats.
彼らはあらゆる種類のお菓子を用意しました。
Milkmen supplied the palace with tanks of curds.
牛乳配達人はタンクに積まれたカードを宮殿に供給した
。
Great quantities of gunpowder were manufactured.
大量の火薬が製造された。
There were going to be grand fireworks.
盛大な花火が上がる予定でした。
Stages were erected everywhere.
いたるところにステージが設置されました。
And musicians were selected to play music.
そして音楽を演奏するためにミュージシャンが選ばれま
した。
All the city assumed an air of mirth.
街全体が陽気な雰囲気に包まれた。
All looked forward to the festivities.
皆がお祭りを楽しみにしていました。

We must return out attention to the minister's son.
私たちは牧師の息子に再び注意を向けなければなりませ
ん。
He had left his friend in the subterranean palace.
彼は友人を地下宮殿に残してきた。

And he had gone to his country.
そして彼は故郷へ帰って行きました。
He was bringing horses and elephants.
彼は馬と象を連れて来ていました。
And he had with him many attendants.
そして彼には多くの従者がいた。
For the return of the king's son.
王子の帰還のためです。
And for the return of his lovely princess.
そして愛しい王女の帰還を祈ります。
So that the ceremony had due pomp.
式典が盛大に行われるように。
The preparations took him many months.
その準備には何ヶ月もかかった。
But eventually all was prepared.
しかし、結局はすべて準備が整いました。
And the minister's son started on his journey.
そして牧師の息子は旅に出ました。
He was accompanied by a long train of elephants.
彼は象の長い列に同行していた。
And behind the elephants were horses.
そして象の後ろには馬がいました。
And all the horses had their own attendants.
そして、すべての馬にはそれぞれの世話人がいました。
He reached the water ahead of schedule.
彼は予定より早く水辺に到着した。
So he had two or three days to spare.
つまり、彼には2、3日の余裕があったのです。
Tents were pitched in the mango slopes.
マンゴーの斜面にテントが張られていました。
So the men and cattle had accommodation.
こうして人々と牛たちは住まいを持つことができました
。
The minister's son kept his eyes on the water.
牧師の息子は水面に目を向け続けた。
The sun of the appointed day sank below the horizon.

指定された日の太陽は地平線の下に沈みました。
But there was no sign of the prince.
しかし王子の姿はどこにもなかった。
Nor did the princess come to the surface.
王女様も地上に出て来ませんでした。
He waited two or three days longer.
彼はさらに二、三日待った。
Still the prince did not make his appearance.
それでも王子は姿を現さなかった。
What could have happened to his friend?
彼の友人に何が起こったのでしょうか？
And where was his beautiful wife?
そして彼の美しい妻はどこにいたのでしょうか？
Had another serpent beaten them to death?
別の蛇が彼らを殴り殺したのだろうか？
Possibly the mate of the one that had died.
おそらく死んだ個体のつがいだったのだろう。
Had they somehow lost the serpent-jewel?
彼らは蛇の宝玉を何らかの形で失ってしまったのだろうか？
Or had they perhaps visited the upper world?
それとも彼らは上の世界を訪れたのだろうか？
And had they been captured in the upper world?
そして彼らは上の世界で捕らえられたのだろうか？
Such were the reflections of the prince's friend.
王子の友人の感想はこうでした。
The prince's friend was overwhelmed with grief.
王子の友人は深い悲しみに暮れていた。
The waters were quite close to the city.
海は街のかなり近くにありました。
And often the sound of music could be heard.
そして音楽の音も頻繁に聞こえてきました。
He asked passers-by what that music meant.
彼は通行人にその音楽が何を意味するのか尋ねた。
He was told about the rajah's son.
彼はラジャの息子について聞かされた。

And he was told of a wonderful young lady.
そして彼は素晴らしい若い女性のことを聞きました。
And he was told they were going to marry.
そして彼らは結婚するつもりだと告げられた。
And he was told more about the wonderful lady.
そして彼はその素晴らしい女性についてさらに詳しく聞かされました。
She had come out of the waters he was waiting by.
彼女は彼が待っていた水域から出てきた。
The marriage ceremony was in two days.
結婚式は二日後に行われました。
The minister's son made the connection.
牧師の息子がそのつながりを知った。
The wonderful young lady was the wife of his friend.
その素晴らしい若い女性は彼の友人の妻でした。
He resolved, therefore, to go into the city.
そこで彼は街へ行くことを決意した。
And he was going to find out all he could.
そして彼はできる限りのことを調べようとした。
If he could, he would rescue the princess.
もし可能ならば、彼は王女を救出するだろう。
He told the attendants to go home.
彼は係員たちに家に帰るように言った。
And he told them to take the elephants.
そして彼は彼らに象を連れて行くように言いました。
And he told them to take the horses.
そして彼は彼らに馬を連れて行くように言いました。
And he himself went to the city.
そして彼自身も町へ行きました。
And he took up his abode in the house of a Brahman.
そして彼はバラモンの家に居を構えた。
First, he rested from his journey.
まず、彼は旅の疲れを癒しました。
Then the prince's friend had his dinner.
それから王子の友人は夕食をとりました。
And then he spoke to the Brahman.

そして彼はブラフマンに話しかけました。
"Throughout the city there are musicians and bands"
「街中にはミュージシャンやバンドがいる」
"What is the cause of all the celebrations?
「一体何のためにこんなにお祝いしているのでしょうか？
The Brahman was rather surprised.
ブラフマンはかなり驚きました。
"From what part of the world have you come?"
「あなたは世界のどこから来たのですか？」
"What rock have you been living under?"
「あなたは一体何の岩の下に住んでいたのですか？」
"Have you not heard the wonderful news?"
「素晴らしいニュースを聞いていませんか？」
"A young lady of heavenly beauty"
「天上の美しさを持つ若い女性」
"She rose out of the waters"
「彼女は水から現れた」
"And she is going to the son of our rajah"
「そして彼女は私たちの王の息子のところへ行くのです
」
The prince's friend wanted to know more.
王子の友人はもっと詳しく知りたがっていました。
The information could be useful.
その情報は役に立つかもしれません。
"I have not heard of this news"
「このニュースは聞いていません」
"I have come from a distant country"
「私は遠い国から来ました」
"The story has not reached us yet"
「その話はまだ私たちに届いていない」
"Will you kindly tell me the particulars?"
「詳しく教えていただけますか？」
The Brahman was happy to relay the story.
ブラフマンは喜んでその話を語りました。
"The rajah's son went out hunting"

「王の息子は狩りに出かけた」
"It must have been about this time last year"
「去年の今頃だったかな」
"They pitched their tents by the waters in the suburbs"
「彼らは郊外の水辺にテントを張った」
"One day, the rajah's son was walking near the water"
「ある日、王の息子が水辺を歩いていた」
"On this day, he saw a young woman"
「この日、彼は若い女性を見た」
"I have to mention she was of uncommon beauty"
「彼女は並外れた美しさを持っていたと言わざるを得ません」
"She had risen from the depth of the waters"
「彼女は水の深みから浮かび上がった」
"She gazed about for a minute or two"
「彼女は1、2分ほどあたりを見回していた」
"And then the beautiful lady disappeared"
「そして美しい女性は姿を消した」
"The rajah's son, however, had seen her"
「しかし、ラジャの息子は彼女を見た」
"He had been struck by her heavenly beauty"
「彼は彼女の天国のような美しさに心を打たれた」
"And so he became desperately enamored by her"
「そして彼は彼女に夢中になった」
"Indeed, she had affected him greatly"
「確かに、彼女は彼に大きな影響を与えた」
"And his mental faculties gave way to passion"
「そして彼の精神力は情熱に屈した」
"He was carried home as a mad man"
「彼は狂人として家に連れて帰られた」
"He spoke no words except a few"
「彼はほんの少しの言葉を発しただけだった」
"'now here, now gone!' was all he said"
「『今ここにいる、今いない！』とだけ言った」
"The rajah sent for all the best physicians"
「ラジャは最高の医師たちを呼び寄せた」

"They tried to restore his son to reason"
「彼らは息子を正気に戻そうとした」
"But the physicians were powerless"
「しかし医師たちは無力だった」
"At last the rajah made a proclamation"
「ついにラジャは布告した」
"And he had the drum beat around the kingdom"
「そして彼は王国中に太鼓を鳴らした」
"There was a reward for anyone who cured his son"
「息子を治した人には報酬があった」
"They would become the rajah's son-in-law"
「彼らはラジャの義理の息子になるだろう」
"And they would get half the kingdom"
「そして彼らは王国の半分を手に入れるだろう」
"An old woman answered the call of the drum"
「太鼓の音に老婆が応えた」
"All knew her as Phakir's mother"
「誰もが彼女をファキルの母親として知っていた」
"She said she could cure the rajah's son"
「彼女は王の息子を治せると言った」
"She had a hut built outside the town"
「彼女は町の外に小屋を建てました」
"In the suburbs, next to the waters"
「郊外、水辺のそば」
"An in the hut she took her abode"
「小屋に彼女は住んだ」
"She also had some huts erected close by"
「彼女は近くに小屋も建てていました」
"And in those huts attendants waited"
「そして小屋の中で従者たちが待っていた」
"In case she might need their help"
「彼女が助けを必要とするかもしれないから」
"It seems the goddess rose from the waters"
「女神が水から現れたようだ」
"Phakir's mother and the attendants seized her"
「パキルの母と侍女たちは彼女を捕らえた」

"And they carried her in a palki to the palace"
「そして彼らは彼女をパルキに乗せて宮殿へ運んだ」
"The rajah's son saw the water-nymph"
「王の息子は水の精霊を見た」
"And he was soon restored to his senses"
「そして彼はすぐに正気を取り戻した」
"They would have married there and then"
「彼らはその場で結婚しただろう」
"But the water goddess had made a vow"
「しかし水の女神は誓いを立てた」
"She wouldn't look at a man for one year"
「彼女は1年間男性を見ようとしなかった」
"The year of the vow is now over"
「誓いの年は終わった」
"The music is from the rajah's palace"
「この音楽は王の宮殿から来たものだ」
"This, in brief, is the story"
「簡単に言えば、これが物語です」
The prince's friend could put the story together.
王子の友人はその話をまとめることができました。
"a truly wonderful story!"
「本当に素晴らしい物語です！」
"So where is Phakir's mother?"
「それで、ファキールのお母さんはどこにいるの？」
"And where is Phakir-Chand himself?"
「それで、ファキル・チャンド本人はどこにいるのですか？」
"Has he received the hand of the rajah's daughter?"
「彼は王の娘の手を取ったのか？」
"And has he received half the kingdom?"
「それで彼は王国の半分を受け取ったのですか？」
The Brahman could also answer these questions.
ブラフマンもこれらの質問に答えることができました。
"No, they have not married yet"
「いいえ、まだ結婚していません」
"And he doesn't yet have half the kingdom"

「そして彼はまだ王国の半分も持っていない」
"And, I should say, he is a dimwitted lad"
「そして、彼は愚かな若者だと言わざるを得ません」
"In fact, no one knows where the lad is"
「実際、その少年がどこにいるか誰も知らない」
"He has been away from home for more than a year"
「彼は1年以上家を離れています」
"That is his manner," he explained.
「それが彼のやり方なんだ」と彼は説明した。
"He stays away for a long time"
「彼は長い間留守にする」
"And then suddenly he comes home"
「そして突然彼は家に帰ってきた」
"And then suddenly he leaves again"
「そして突然彼はまた去っていく」
"I believe his mother expects him to come soon"
「彼の母親は彼がもうすぐ来ることを期待していると思います」
This was very useful information.
非常に役に立つ情報でした。
"What is he like?" he asked.
「彼はどんな人ですか？」と彼は尋ねた。
"And what does he do when he returns home?"
「それで彼は家に帰ったら何をするんですか？」
These questions the Brahman could also answer.
これらの質問にもブラフマンは答えることができました。
"Well, he is about your height"
「まあ、彼はあなたと同じくらいの身長です」
"Though he is somewhat younger than you"
「彼はあなたより少し若いですが」
"He wears a small piece of cloth round his waist"
「彼は腰に小さな布を巻いている」
"And he rubs his body with ashes"
「そして彼は灰を体に塗りつける」
"He carries the branch of a tree in his hand"

「彼は木の枝を手に持っている」
"And there is a tune to which he dances"
「そして彼が踊る曲がある」
"He comes to the door of the hut of his mother"
「彼は母親の小屋の戸口にやって来る」
"And he sings 'dhoop! dhoop! dhoop!'"
「そして彼は『ドゥープ！ドゥープ！ドゥープ！』と歌います。」
"His articulation is very indistinct"
「彼の発音は非常に不明瞭だ」
"'Come, stay with your mother,' she says"
「『お母さんと一緒にいて』と彼女は言う」
"And he always gives the same answer"
「そして彼はいつも同じ答えを言う」
"'No, I won't remain,' he says unintelligibly"
「『いや、私は残りません』と彼は意味不明な声で言う」
"You should hear him when he wants to say yes"
「彼がイエスと言いたい時は、聞いてあげるべきだ」
"To answer in the affirmative he says 'hoom'"
「肯定的に答えるには『フーム』と言う」
A flood of light entered the prince's friend.
王子の友人の体内に光の洪水が流れ込んだ。
He now saw very well how matters stood.
彼は今、事態がどうなっているかをよく理解していた。
The princess must have taken the snake-jewel.
王女様は蛇の宝石を持って行ってしまったに違いありません。
And she must have left the palace alone.
そして彼女は一人で宮殿を去ったに違いない。
And she was captured without the king's son.
そして彼女は王子なしで捕らえられました。
Phakir's mother must have the snake-jewel.
ファキールの母親は蛇の宝石を持っているに違いない。
His friend was still below the water.
彼の友人はまだ水面下にいた。

The prince had no means of escape.
王子には逃げる手段がなかった。
He could imagine his friends desolate state.
彼は友人たちの悲惨な状態を想像することができた。
And he could imagine how hopeless he must be.
そして彼は、自分がどれほど絶望的であるかを想像する
ことができた。
The prince's friend was filled with grief.
王子の友人は悲しみに暮れていた。
But that was not cause to give up hope.
しかし、それは希望を捨てる理由にはなりませんでした
。
Perhaps he could rescue his friend.
おそらく彼は友人を救出できるだろう。
"I must get the jewel from the old woman"
「老婆から宝石を奪い取らなければならない」
"Can I not do it by personating Phakir-Chand?"
「ファキル・チャンドになりすましてやることはできな
いのか？」
"His mother is expecting him soon"
「彼の母親はもうすぐ彼が生まれることを期待していま
す」
"Maybe I can rescue the princess the same way"
「同じように王女様を救えるかもしれない」

He resolved to act the role of Phakir-Chand.
彼はパキル・チャンド役を演じることを決意した。
In the morning he left the Brahman's house.
朝、彼はブラフマンの家を出発した。
And he went to the outskirts of the city.
そして彼は町の郊外へ行きました。
He divested himself of his usual clothing.
彼はいつも着ている服を脱ぎ捨てた。
Around his waist he put a narrow piece of cloth.
彼は腰の周りに細い布を巻いた。
The cloth scarcely reached his knees.

布はかろうじて膝まで届いた。
And he rubbed his body well with ashes.
そして彼は灰で自分の体をよくこすりました。
And finally he broke some twigs off a tree.
そしてついに彼は木の小枝をいくつか折った。
And thus he was ready to play his role.
こうして彼は自分の役割を果たす準備が整いました。
He went to the door of the hut of Phakir's mother.
彼はファキルの母親の小屋の戸口まで行きました。
And he commenced the operation by dancing.
そして彼はダンスで作戦を開始した。
He danced in a most violent manner.
彼は非常に激しく踊った。
And he sung to the tune of"dhoop! dhoop! dhoop!"
そして彼は「ドゥープ！ドゥープ！ドゥープ！」という
音に合わせて歌いました。
The dancing attracted the notice of the old woman.
その踊りは老婆の注目を集めた。
The critical moment had come.
決定的な瞬間が来た。
The old woman looked to her door.
老婦人は自分の家のドアの方を見た。
"Phakir-Chand, my son, have you come?"
「ファキル・チャンド、息子よ、来たか？」
"my darling; the gods have become propitious to us"
「愛しい人よ、神々は私たちに恵みを与えてくれた」
Her supposed son uttered the monosyllable, "hoom"
彼女の息子と思われる男は「フーム」という一音節の言
葉を発した。
And he danced more violent than before.
そして彼は前よりも激しく踊った。
And he waved the twig in his hand.
そして彼は手に持った小枝を振りました。
"this time you must not go away"
「今度は行ってはいけません」
"you must remain with me"

「あなたは私と一緒にいなければなりません」
"no, I won't remain," said the prince's friend.
「いいえ、私は残りません」と王子の友人は言いました。

"remain with me," the mother tried again.
「私と一緒にいて」と母親はもう一度言いました。
"i'll get you married to the rajah's daughter"
「ラジャの娘と結婚させてあげる」
"will you marry, Phakir-Chand?"
「結婚しますか、ファキル・チャンド？」
The minister's son replied—"hoom, hoom"
牧師の息子は「フーム、フーム」と答えた。
And he danced even more like a madman.
そして彼はさらに狂ったように踊りました。
"will you come with me to the rajah's house?"
「私と一緒に王の家へ来ませんか？」
"I'll show you a princess of uncommon beauty"
「並外れた美しさを持つ王女様をお見せしましょう」
"She rose from the waters"
「彼女は水から上がった」
"hoom, hoom," was the answer from his lips.
彼の唇から「フーム、フーム」という返事が返ってきた。

And his feet stomped violently to "dhoop! dhoop!"
そして彼は足を激しく踏み鳴らし、「ドスン！ドスン！」と音を立てた。
"Do you wish to see a jewel, Phakir?"
「宝石を見たいですか、ファキール？」
"The crest jewel of the serpent"
「蛇の紋章の宝石」
"The treasure of seven kings"
「七人の王の宝」
"hoom, hoom," was the reply.
「フーム、フーム」と返事が返ってきた。
The old woman went back into the hut.
老婦人は小屋に戻って行きました。

And she brought out the snake-jewel.
そして彼女は蛇の宝石を取り出した。
She put the jewel into the hand of her supposed son.
彼女はその宝石を、自分の息子と思われる男の手に渡した。
The minister's son took the snake-jewel.
牧師の息子が蛇の宝石を持ち去りました。
He wrapped the jewel up in the piece of cloth.
彼は宝石を布切れで包んだ。
And he wrapped the cloth around his waist.
そして彼は布を腰に巻きました。
Phakir's mother was delighted beyond measure.
ファキルの母親は計り知れないほど喜んだ。
Her son had come at just the right time.
彼女の息子はちょうど良いタイミングで生まれた。
She went to the rajah's house.
彼女はラジャの家へ行った。
She announced the news of Phakir's appearance.
彼女はファキールの登場のニュースを発表した。
And also in order to show Phakir the princess.
そしてまた、ファキルに王女を見せるためです。
They were given access to the rajah's palace.
彼らは王の宮殿に入ることを許された。
And all parts of the palace were open to them.
そして宮殿のあらゆる部分が彼らに開放されました。
The old woman had saved the rajah's son.
その老婆は王の息子を救った。
So she was the most important person in the kingdom.
つまり彼女は王国で最も重要な人物だったのです。
She took her supposed son around the palace.
彼女は自分の息子と思われる男を連れて宮殿を案内した。
And she took him to the princess' room.
そして彼女は彼を王女の部屋に連れて行きました。
Phakir's mother introduced her son to the princess.
ファキルの母親は息子を王女に紹介した。

You can imagine the princess was not best impressed.
王女様があまり感心しなかったことは想像に難くありません。
She did not appreciate the company of a madman.
彼女は狂人との付き合いを好まなかった。
A madman, half naked, and covered in ash.
半裸で灰に覆われた狂人。
And he kept dancing in a wild manner.
そして彼は激しく踊り続けました。

The three had spent the day together.
３人は一緒に一日を過ごした。
It was soon going to be sunset.
もうすぐ日が暮れようとしていた。
The woman asked her son to come with her.
その女性は息子に一緒に来るように頼んだ。
But the supposed Phakir-Chand refused to comply.
しかし、ファキル・チャンドとされる人物は従うことを拒否した。
He said he would stay there that night.
彼はその夜そこに泊まるつもりだと言った。
His mother tried to persuade him to come with her.
彼の母親は彼を説得して一緒に来させようとした。
But he persisted in his determination.
しかし彼は決意を貫いた。
He said he would remain with the princess.
彼は王女と一緒に残るつもりだと言った。
Phakir's mother went home without him.
ファキル君の母親は彼を連れて家に帰りました。
And she told the guards to look after her son.
そして彼女は警備員に息子の面倒を見るように言いました。
Eventually all the palace retired to rest.
ついに宮殿の全員が休息に入った。
The supposed Phakir spoke to the princess again.
ファキールとされる人物は再び王女に話しかけました。

But this time he spoke in his own voice.
しかし、今度は彼は自分の声で話した。
"Princess! do you not recognize me?"
「姫様！私をご存じないのですか？」
"I am the prince's friend"
「私は王子の友人です」
"I am the friend of your princely husband"
「私はあなたの王子様の夫の友人です」
The princess was astonished for a moment.
王女様は一瞬驚きました。
"Who? the prince's friend?"
「誰？王子の友達？」
"Oh, my husband's best friend"
「ああ、夫の親友よ」
"Please rescue me from this terrible captivity"
「この恐ろしい捕囚から私を救い出してください」
"This is worse than death"
「これは死ぬよりも悪い」
"All of this is my own fault"
「これはすべて私の責任です」
"Rescue me, oh please, thou best of friends!"
「どうか私を助けてください、親友よ！」
She then burst into tears.
すると彼女は突然泣き出した。
The prince's friend spoke again.
王子の友人が再び話し始めた。
"Do not be disconsolate"
「落胆しないでください」
"I will try my best to rescue you"
「私はあなたを救うために全力を尽くします」
"I will try to have you out of here tonight"
「今夜、君をここから追い出すつもりだ」
"But you must do whatever I tell you"
「しかし、私の言うことは何でも聞かなければならない
」
The princess trusted the prince's friend.

王女様は王子様の友人を信頼しました。
"I will do anything you tell me"
「言われたことは何でもやります」
After this the supposed Phakir left the room.
この後、パキールとされる人物は部屋を出て行きました
。
He passed through the courtyard of the palace.
彼は宮殿の中庭を通り抜けた。
Some of the guards challenged him.
警備員の何人かが彼に挑戦した。
"hoom hoom!" he replied.
「フムフム！」と彼は答えた。
"I'm just going out for a minute"
「ちょっと出かけます」
"And then I will come back again"
「そしてまた戻ってくる」
They understood that it was the madcap Phakir.
彼らはそれが無謀なファキールであることを理解した。
True to his word he did come back shortly.
彼は約束通りすぐに戻ってきた。
And again he went to the princess.
そして彼は再び王女のところへ行きました。
An hour afterwards he again went out.
1時間後、彼は再び外出した。
And again he was challenged by the guards.
そして再び彼は警備員たちに挑戦されました。
He made the same reply as at the first time.
彼は最初と同じ返事をしました。
The guards began to talk among themselves.
警備員たちは互いに話し合い始めた。
"This Phakir surely has no sense"
「このファキールは確かに分別がない」
"He will go out and come in all night"
「彼は夜通し出たり入ったりするだろう」
"Let us leave him to do what he likes"
「彼の好きなようにさせてあげましょう」

"There's no use guarding him all night"
「一晩中彼を監視しても無駄だ」
The minister's son had worn down the guards.
牧師の息子は警備員たちを疲れさせていた。
And he was looking for a way to escape.
そして彼は脱出方法を探していました。
He kept going in and out until three at night.
彼は夜の3時まで出たり入ったりし続けた。
This time there were no guards there.
今回はそこに警備員はいませんでした。
Because all the guards had fallen asleep.
警備員全員が眠ってしまったからだ。
He was overjoyed at the auspicious circumstance.
彼はその幸運な状況に大喜びした。
Then he went back to the princess.
それから彼は王女のところに戻りました。
"Now, princess, is the time for escape"
「さあ、姫よ、脱出の時です」
"The guards are all asleep"
「警備員は全員眠っている」
"You must mount on my back"
「私の背中に乗ってください」
"Tie the locks of your hair round my neck"
「あなたの髪を私の首に結んでください」
"And keep tight hold of me"
「そして私をしっかり抱きしめて」
The princess did what she was asked of.
王女は頼まれたことをした。
He passed unchallenged through the courtyard.
彼は誰にも邪魔されずに中庭を通り抜けた。
And he had a lovely burden on his back.
そして彼は背中に素敵な重荷を背負っていました。
Eventually he got to the gate of the palace.
ついに彼は宮殿の門に着いた。
And he went through without being challenged.
そして彼は誰にも挑戦されずに通り抜けた。

Then they went to the outskirts of the city.
それから彼らは街の郊外へ行きました。
Eventually he reached the outer suburbs.
ついに彼は郊外に到着した。
They reached the water from which the princess had risen.
彼らは王女が上がってきた水にたどり着いた。
The princess rejoiced at her escape.
王女は脱出できたことを喜んだ。
But she was still trembling with fear.
しかし、彼女はまだ恐怖で震えていました。
The prince's friend untied the snake-jewel.
王子の友人は蛇の宝石を解きました。
And together they ascended into the water.
そして彼らは一緒に水の中に上がって行きました。
And soon they found back to the subterranean palace.
そしてすぐに彼らは地下宮殿に戻りました。
You can imagine how happy the prince was.
王子がどれほど幸せだったかは想像に難くありません。
He had nearly died of grief.
彼は悲しみのあまり死にそうになった。
And you can imagine the princess' happiness too.
そして王女の幸せも想像できます。
All the three of them were mad with joy.
三人とも大喜びでした。
For three days they remained in the palace.
彼らは三日間宮殿に留まりました。
And they retold the prince the whole story.
そして彼らは王子にその物語の一部を語り直しました。
They told of how the princess was seized.
彼らは王女が捕らえられた経緯を語った。
They told him of her captivity in the palace.
彼らは彼女が宮殿に監禁されていたことを彼に話した。
They described the marriage that was planned.
彼らは計画されていた結婚について説明した。
They told him of the old woman.
彼らはその老女のことを彼に話した。

And they told him all about her Phakir-Chand.
そして彼らは彼女のファキル・チャンドについてすべて彼に話しました。
They told him how he had impersonated him.
彼らは彼がどうやって彼になりすましたかを話した。
And they told him how he freed the princess.
そして彼らは、彼がどのようにして王女を解放したかを彼に話しました。
I don't need to tell you how grateful they were.
彼らがどれほど感謝していたかは言うまでもありません。
The prince's friend truly was a good friend.
王子の友人は本当に良い友人でした。
They thanked him in the warmest terms.
彼らは心から彼に感謝した。
And they vowed to always follow his counsel.
そして彼らは常に彼の助言に従うことを誓った。

They were all resolved to return home.
彼らは全員、家に帰る決心をした。
They wanted to return to their native country.
彼らは母国に帰りたかった。
The king's son, the minister's son, and the princess.
王の息子、大臣の息子、そして王女。
They left the subterranean palace together.
彼らは一緒に地下宮殿を後にした。
They lighted the passage with the snake-jewel.
彼らは蛇の宝石で通路を照らした。
And they made their way to the upper world.
そして彼らは上の世界へと向かった。
They had neither elephants nor horses waiting for them.
彼らを待っていたのは象も馬もいなかった。
So they had no choice but to travel on foot.
そのため、彼らは歩いて移動するしか選択肢がありませんでした。
The two friends had been bred in the lap of luxury.

二人の友人は贅沢な環境で育った。
Both of them found walking troublesome.
二人とも歩くのが面倒だと感じた。
But the princess found it infinitely more troublesome.
しかし、王女にとってはそれがはるかに面倒なことだった。
She was used to even finer treatment.
彼女はさらに丁寧な扱いに慣れていた。
The stones of the road were too rough for her.
道の石は彼女にとってはあまりに荒すぎた。
And the rough stones wounded her tender feet.
そして、ざらざらした石が彼女の柔らかい足を傷つけました。
Eventually her feet became very sore.
ついに彼女の足はひどく痛くなってしまった。
At times the king's son carried her on his shoulders.
時々、王子は彼女を肩に乗せて運んだ。
The load he was carrying was of course lovely.
彼が運んでいた荷物ももちろん素敵なものでした。
But although lovely, she was heavy to carry.
しかし、可愛らしいとはいえ、運ぶのは重かった。
And she could not be carried a great distance.
そして彼女は遠くまで運ぶことができませんでした。
And therefore she too had to walk often.
そのため、彼女も頻繁に歩かなければなりませんでした。
One evening they arrived beneath a tree.
ある晩、彼らは木の下に到着しました。
There were no visible signs of human habitations.
人間の居住の痕跡は見当たりませんでした。
So they decided to make the tree their sleeping place.
そこで彼らはその木を寝床にすることに決めました。
The prince's friend offered to keep guard.
王子の友人が警護を申し出た。
"Both of you can go to sleep"
「二人とも寝ていいよ」

"I will keep watch over you both tonight"
「今夜は私があなたたち二人を見守ります」
"In order to prevent any danger"
「危険を防ぐために」
The royal couple soon dozed off.
国王夫妻はすぐに居眠りを始めました。
And they were locked in the arms of sleep.
そして彼らは眠りの腕の中に閉じ込められました。
The faithful friend of the prince did not sleep.
王子の忠実な友人は眠らなかった。
He stayed awake and watched for danger.
彼は目を覚まして危険を監視していた。
It so happened they camped under a special tree.
偶然にも彼らは特別な木の下でキャンプをしました。
In the tree swung the nest of two birds.
木には二羽の鳥の巣が揺れていました。
The immortal birds Bihangama and Bihangami.
不死の鳥ビハンガマとビハンガミ。
These birds were endowed with human speech.
これらの鳥には人間の言葉が備わっていました。
And they could also see into the future.
そして彼らは未来も見通すことができました。
The minister's son listened the bird's conversation.
牧師の息子は鳥の会話を聞いていた。
He was more than a little astonished at what he heard!
彼は聞いた話にかなり驚きました。
Bihangama: "The prince's friend risked his own life"
ビハンガマ：「王子の友人は自らの命を危険にさらした
」
"He did everything for the safety of his friend"
「彼は友人の安全のために全力を尽くした」
"But more dangers will befall the king's son"
「しかし、王子にはさらなる危険が降りかかるだろう」
"And he will find it difficult to save the prince"
「そして王子を救うのは難しいだろう」
Bihangami: "Why is that?"

ビハンガミ：「それはなぜですか？」
Bihangama: "Many dangers await the king's son"
ビハンガマ：「王の息子には多くの危険が待ち受けている」
"The prince's father will hear of his son's approach"
「王子の父は息子の接近を知るだろう」
"He will send for him an elephant and some horses"
「彼は象と馬を送ってくれるだろう」
"And he will arrange attendants to meet him"
「そして彼は侍従たちを手配して迎えに来るだろう」
"The king's son will ride the elephant"
「王の息子は象に乗る」
"But he will fall from the back of the elephant"
「しかし彼は象の背中から落ちるだろう」
"And he will die from his fall from the elephant"
「そして彼は象から落ちて死ぬだろう」
Bihangami: "But suppose someone prevented this?"
ビハンガミ：「しかし、もし誰かがこれを阻止したらどうでしょうか？」
"Suppose the king's son is not going to ride on the elephant"
「王様の息子が象に乗らないと仮定しましょう」
"What might happen if he rides on a horse instead?"
「もし彼が馬に乗ったらどうなるでしょうか？」
"Will he not in that case be saved?"
「その場合、彼は救われないのでしょうか？」
Bihangama: "Yes, in that case he would escape that fate"
ビハンガマ：「そうだね、そうすれば彼はその運命から逃れられるだろう」
"But then a fresh danger would await him"
「しかし、新たな危険が彼を待ち受けているだろう」
"When the king's son is in sight of his father's palace"
「王の息子が父の宮殿の目の前にいるとき」
"When he is in the act of passing through the lion-gate"
「獅子門を通過しようとしているとき」
"In that moment the lion-gate will fall upon him"

「その瞬間、獅子の門が彼の上に落ちるだろう」
"And the stones will crush him to death"
「そして石が彼を押しつぶして死なせるだろう」
Bihangami: "But suppose someone gets there first"
ビハンガミ：「でも、もし誰かが先にそこに着いたら」
"Suppose someone destroys the lion-gate"
「誰かが獅子門を破壊したとしよう」
"If that happens the king's son couldn't go through the lion-gate"
「そうなったら王子は獅子門を通れなくなる」
"Will not the king's son in that case be saved?"
「その場合、王子は救われないのでしょうか？」
Bihangama: "Yes, in that case he would escape his fate"
ビハンガマ：「そうだね、そうすれば彼は運命から逃れられるだろう」
"But then a fresh danger would await him"
「しかし、新たな危険が彼を待ち受けているだろう」
"When the king's son reaches the palace"
「王子が宮殿に到着すると」
"When he sits at a feast prepared for him"
「彼が用意された宴に座るとき」
"The head of a fish will be cooked for him"
「彼のために魚の頭が調理されるだろう」
"He will put into his mouth the head of the fish"
「彼は魚の頭を口に入れるだろう」
"But the head of the fish will stick in his throat"
「でも魚の頭が喉に刺さるよ」
"And he will choke to death on the head of the fish"
「そして彼は魚の頭で窒息死するだろう」
Bihangami: "But suppose someone snatches the fish"
ビハンガミ：「でももし誰かが魚を奪ったら」
"Suppose someone takes the head of the fish from his plate"
「誰かが皿から魚の頭を取ったとしよう」
"Suppose he can't put the fish's head in his mouth"
「魚の頭を口に入れられないとしよう」
"Will not the king's son in that case be saved?"

「その場合、王子は救われないのでしょうか？」
Bihangama: "Yes, in that case he will escape his fate"
ビハンガマ：「そうだ、そうすれば彼は運命から逃れら
れるだろう」
"But a fresh danger would await him"
「しかし、新たな危険が彼を待ち受けていた」
"When the prince and princess retire after dinner"
「王子と王女が夕食後に退席するとき」
"When they go into their sleeping apartment"
「寝室に入るとき」
"They will lie together in bed"
「彼らはベッドで一緒に横になるだろう」
"A terrible cobra will come into the room"
「恐ろしいコブラが部屋に入ってくる」
"And the cobra will bite the king's son to death"
「そしてコブラは王の息子を噛み殺すだろう」
Bihangami: "But suppose someone was in the room"
ビハンガミ：「でも、もし誰かが部屋にいたとしたら」
"Suppose this person was waiting for the snake"
「この人が蛇を待っていたと仮定しましょう」
"And suppose that this person cuts the snake into pieces"
「そしてこの人が蛇を切り裂いたとしよう」
"Will not the king's son in that case be saved?"
「その場合、王子は救われないのでしょうか？」
Bihangama: "Yes, in that case he will escape his fate"
ビハンガマ：「そうだ、そうすれば彼は運命から逃れら
れるだろう」
"In that case the life of the king's son will be saved"
「そうすれば王子の命は救われるだろう」
"But he who saves him can't repeat these words"
「しかし彼を救う者はこれらの言葉を繰り返すことはで
きない」
"If he tells his secret he will be turned into marble"
「もし彼が秘密を漏らしたら、大理石に変えられてしま
うだろう」
Bihangami: "Can the statue be returned to life?"

毘半神「像は生き返るのでしょうか？」
Bihangama: "Yes, the marble statue can be restored to life"
ビハンガマ：「はい、大理石像は生き返らせることができます」
"The princess will give birth to a child"
「王女様は子供を産むでしょう」
"They must wash the statue with the blood of the infant"
「彼らはその像を幼児の血で洗わなければならない」
The prophetical birds had spoken until that point.
その時点まで、予言の鳥たちは語っていた。
But then they were interrupted by the craw of crows.
しかし、そのときカラスの鳴き声で邪魔が入りました。
The eastern sky tinted in a reddish hue.
東の空が赤みを帯びてきました。
And the travelers beneath the tree bestirred themselves.
そして木の下の旅人たちは動き出した。
The prophetic conversation came to an end.
予言的な会話は終わりました。
But the prince's friend had heard everything.
しかし、王子の友人はすべてを聞いていました。

The next morning they continued their journey.
翌朝、彼らは旅を続けた。
The prince, the princess, and the prince's friend.
王子様と王女様と王子様の友達。
Soon they met the king's procession.
すぐに彼らは王の行列に出会った。
There was an elephant, a horse, and a palki.
象、馬、パルキがいました。
And there was a large number of attendants.
そして、参加者も大勢いらっしゃいました。
These animals and men had been sent by the king.
これらの動物と人間は王によって派遣されたのです。
The king heard his son was with his friend.
王は息子が友人と一緒にいると聞いた。
And he had heard that his son had married.

そして、息子が結婚したと聞いていた。
And he heard they were not far from the capital.
そして、彼らは首都からそれほど遠くないと聞きました。
The elephant had been richly caparisoned.
その象は豪華に装飾されていた。
The elephant was intended for the prince.
その象は王子様のために用意されたものでした。
The framework of the palki was of silver.
パルキの骨組みは銀でできていました。
The palki was meant for the princess.
パルキは王女様のためのものでした。
And the horse was for the prince's friend.
そしてその馬は王子の友人のためのものでした。
The prince was about to mount on the elephant.
王子は象に乗ろうとしていました。
But then his friend spoke to him.
しかし、そのとき友人が彼に話しかけました。
"Allow me to ride on the elephant, please"
「象に乗らせてください」
"And you can ride back on horseback"
「馬に乗って帰ることもできます」
The prince was not a little surprised.
王子は少なからず驚きました。
The proposal had been made in a very cold manner.
その提案は非常に冷たい態度でなされた。
Maybe his friend felt a little too entitled.
おそらく彼の友人は、少し権利意識が強すぎると感じていたのでしょう。
And the king's son was slightly annoyed.
そして、王子の息子は少しイライラしました。
But he remembered what his friend had done for him.
しかし彼は友人が自分のためにしてくれたことを思い出した。
And he remembered how he saved the princess.

そして彼はどうやって王女を救ったかを思い出しました
。
So he mounted the horse without objecting.
それで彼は何も反対せずに馬に乗った。
But his mind became somewhat alienated from him.
しかし、彼の心は彼からいくぶん疎遠になっていった。
The procession towards the capital started again.
首都へ向かう行列が再び始まった。
After some time they came in sight of the palace.
しばらくして彼らは宮殿が見えてきました。
The lion-gate had been gaily adorned.
獅子門は華やかに飾られていた。
There was a grand reception for the prince.
王子のために盛大な歓迎会が開かれた。
And the princess was equally anticipated.
そして王女も同様に期待されていました。
But the prince's friend seemed to have an objection.
しかし王子の友人は異議を唱えたようです。
"I want the lion-gate to be broken down"
「獅子門を壊してほしい」
The prince was astounded at the proposal.
王子はその提案に驚いた。
The request was very out of the ordinary.
その要求は非常に異例なものでした。
And he had given no reason for his demand.
そして彼はその要求の理由を何も述べなかった。
But he remembered all his friend had done for him.
しかし彼は友人が自分のためにしてくれたことをすべて
思い出した。
And he remembered how he saved the princess.
そして彼はどうやって王女を救ったかを思い出しました
。
So he complied with the wish of his friend.
それで彼は友人の願いに従った。
And the beautiful lion-gate was torn down.
そして美しい獅子門は破壊されました。

But his mind became even more estranged from him.
しかし、彼の心は彼からさらに遠ざかっていった。
The procession now went into the palace.
行列は宮殿の中に入りました。
The king gave a warm reception to his son.
王は息子を温かく迎えた。
He welcomed his daughter-in-law equally warmly.
彼は義理の娘も同じように温かく迎えた。
And he was very pleased to see the prince's friend.
そして彼は王子の友人に会えてとても嬉しかった。
The story of their adventures was related.
彼らの冒険の物語が語られました。
The king expressed great astonishment at the tale.
王はその話に大いに驚いた。
And his courtiers were equally impressed.
そして彼の廷臣たちも同様に感銘を受けた。
All praised the minister's son's devotion.
皆が牧師の息子の献身を称賛した。
And the ladies of the palace praised the princess.
そして宮殿の女性たちは王女を褒めました。
The connoisseurs of beauty praised the princess.
美の専門家たちは王女を賞賛した。
Her complexion was a mixture of milk and vermilion.
彼女の顔色はミルクと朱色が混ざったような色だった。
Her neck was like that of a swan.
彼女の首は白鳥の首のようだった。
Her eyes were like those of a gazelle.
彼女の目はガゼルの目のようだった。
Her lips were as red as the berry bimba.
彼女の唇はベリービンバのように赤かった。
Her cheeks were as lovely as they could be.
彼女の頬は実に美しかった。
And her nose was straight and high.
そして彼女の鼻はまっすぐで高かった。
Her hair reached down to her ankles.
彼女の髪は足首まで届いていた。

Her walk was as graceful as that of a young elephant.
彼女の歩き方は若い象のように優雅だった。
The princess whom destiny had brought to them.
運命が連れてきた王女。
They sat around her wanting to know everything.
彼らはすべてを知りたいと思って彼女の周りに座った。
And they put to her a thousand questions.
そして彼らは彼女に何千もの質問を投げかけた。
They asked her about her parents.
彼らは彼女に両親について尋ねた。
They asked her about the subterranean palace.
彼らは彼女に地下宮殿について尋ねた。
And they asked her all about the serpent.
そして彼らは蛇についていろいろと彼女に尋ねました。
The serpent which had killed all her relatives.
彼女の親族全員を殺した蛇。
Soon it was time for the new arrivals to dine.
すぐに、新しく到着した人たちが食事する時間になりました。
The dinner was served up in dishes of gold.
夕食は金の皿に盛られて出された。
All sorts of delicacies were on the table.
テーブルの上にはあらゆる種類のおいしい料理が並んでいました。
The most conspicuous dish was the head of a rohita fish.
最も目立った料理はロヒタ魚の頭でした。
The large fish's head was placed in a golden cup.
大きな魚の頭は金の杯の中に置かれました。
And the cup was placed near the prince's plate.
そしてそのカップは王子の皿の近くに置かれました。
All were eating and retelling the adventure.
みんな食事をしながら冒険の話を語り合っていました。
And suddenly the prince's friend snatched the head.
すると突然、王子の友人がその首をつかみ取ったのです。
He took the fish's head from the prince's plate.

彼は王子の皿から魚の頭を取りました。
"Let me, prince, eat this rohita's head"
「王子様、このロヒタの頭を食べさせてください」
The king's son was quite indignant.
王の息子は非常に憤慨した。
But he remembered all his friend had done for him.
しかし彼は友人が自分のためにしてくれたことをすべて
思い出した。
And he remembered how he saved the princess.
そして彼はどうやって王女を救ったかを思い出しました
。
And so he made no objection to the request.
それで彼はその要求に異議を唱えなかった。
But he could not hide his terrible rage.
しかし彼は激しい怒りを隠すことができなかった。
Of course the prince's friend noticed this.
もちろん王子の友人はこれに気づきました。
But there was nothing else he could have done.
しかし、彼にできることは他に何もなかった。
His conduct, however strange, was necessary.
彼の行動は、どんなに奇妙であっても、必要だった。
It was for the safety of his friend's life.
それは友人の命の安全のためでした。
Nor could he tell his friend the reason.
彼は友人にその理由を伝えることもできなかった。
Else he would be transformed into a marble statue.
さもなければ、彼は大理石の彫像に変身してしまうでし
ょう。
Soon the dinner was going to be over.
まもなく夕食は終わろうとしていた。
The prince's friend had one more request.
王子の友人はもう一つのお願いをしました。
The two friends had spent every night together.
二人の友人は毎晩一緒に過ごしていた。
But tonight he wanted to go to his own house.
しかし今夜彼は自分の家に行きたいと思っていました。

The prince was also shocked at his strange conduct.
王子もまた彼の奇妙な行動に衝撃を受けた。
But he remembered all his friend had done for him.
しかし彼は友人が自分のためにしてくれたことをすべて
思い出した。
And he remembered how he saved the princess.
そして彼はどうやって王女を救ったかを思い出しました
。
And he also agreed to this request of his friend.
そして彼も友人のこの要求に同意しました。
The prince's friend, however, had other plans.
しかし、王子の友人は別の計画を持っていました。
He had no intentions of going to his own house.
彼は自分の家に行くつもりはなかった。
He was resolved to avert the last peril.
彼は最後の危険を回避しようと決心した。
The last thing to threaten the life of his friend.
友人の命を脅かす最後のもの。
Accordingly, he took a sword into his hand.
そこで彼は剣を手に取りました。
And he stealthily entered the royal room.
そして彼はこっそりと王室の部屋に入りました。
The room of the prince and the princess.
王子様と王女様の部屋。
He ensconced himself under the bedstead.
彼はベッドの枠の下に身を隠した。
The bed was furnished with mattresses of down.
ベッドには羽毛のマットレスが備え付けられていました
。
The mosquito curtains were of the richest silk.
蚊よけのカーテンは最高級の絹でできていました。
And all the bedding was laced with gold.
そして、すべての寝具には金が使われていました。
Soon the prince and princess came into the bedroom.
すぐに王子と王女が寝室に入ってきました。
They undressed themselves and went to bed.

彼らは服を脱いでベッドへ行った。
And soon the royal couple were asleep.
そしてすぐに王室の夫婦は眠りに落ちました。
At midnight he heard the slithering of a snake.
真夜中に彼は蛇が滑る音を聞いた。
The sound was coming from a water passage.
その音は水路から聞こえてきた。
A snake of gigantic size entered the room.
巨大な蛇が部屋に入ってきた。
The serpent climbed up the frame of the bed.
蛇はベッドの枠を登りました。
The minister's son rushed out with the sword.
大臣の息子が剣を持って飛び出してきた。
And he killed the serpent with one blow.
そして彼は一撃で蛇を殺した。
And then he cut the snake into smaller pieces.
それから彼は蛇を細かく切り刻みました。
He put the pieces in the dish for holding betel-leaves.
彼はその切れ端をビンロウの葉を入れる皿に入れました
。
But as he did this, he spilled a drop of blood.
しかし、そうすると一滴の血が流れてしまった。
The drop of blood fell on the breast of the princess.
一滴の血が王女の胸に落ちた。
Because the mosquito curtains had not been let down.
蚊帳が下ろされていなかったからです。
He worried for the health of the princess.
彼は王女の健康を心配した。
The blood might be of some sort of poison.
その血には何らかの毒があるかもしれない。
So he resolved to lick up the blood.
そこで彼は血を舐めようと決心した。
But he could not look at the naked princess.
しかし彼は裸の王女を見ることができませんでした。
It would have been a great sin.
それは大きな罪だったでしょう。

So he blindfolded himself with seven-fold cloth.
そこで彼は七重の布で自分の目を覆いました。
And he licked off the drop of blood.
そして彼はその血を舐め取った。
But just at this time the princess awoke.
しかし、ちょうどその時、王女が目を覚ましました。
Her scream roused her husband from his sleep.
彼女の叫び声で夫は眠りから目覚めた。
And he could not believe what he was seeing.
そして彼は自分が見ているものが信じられなかった。
The prince fell into a great rage.
王子は激怒した。
And he was prepared to kill his friend.
そして彼は友人を殺す覚悟をしていた。
But he gave his friend a chance to speak.
しかし彼は友人に話す機会を与えた。
"Please, my friend, restrain your anger"
「どうか、怒りを抑えてください」
"I have done this only to save your life"
「私はあなたの命を救うためにこれをしたのです」
The prince was more confused than before.
王子は前よりも混乱していました。
"I do not understand what you mean"
「あなたの言っていることが分かりません」
"From the time we came out of the subterranean palace"
「地下宮殿から出てきた時から」
"You have been behaving in a most extraordinary way"
「あなたは非常に異常な行動をとっています」
"First, you insisted on riding my elephant"
「まず、あなたは私の象に乗ることを主張しました」
"The elephant my father had sent for me"
「父が送ってくれた象」
"I thought it was vain of you to ask"
「そんなこと聞くなんてうぬぼれが強いと思ったよ」
"But I remembered what you had done for me"

「でも、あなたが私のためにしてくれたことを思い出し
ました」
"And I decided to let the matter pass"
「そして私はこの件を放っておくことにした」
"And instead I rode back on horseback"
「そして私は馬に乗って戻った」
"Secondly, you insisted on destroying the lion-gate"
「第二に、あなたは獅子門を破壊することを主張しまし
た」
"The lion-gate my father had adorned for me"
「父が私のために飾ってくれた獅子門」
"I thought it was strange of you to ask"
「あなたが尋ねるのは奇妙だと思った」
"But I remembered what you had done for me"
「でも、あなたが私のためにしてくれたことを思い出し
ました」
"And I decided to let the matter pass"
「それで私はこの件を放っておくことにした」
"And I had the lion-gate destroyed"
「そして私はライオンの門を破壊した」
"Thirdly, at dinner you behaved most shamefully"
「第三に、夕食の時、あなたは非常に恥ずべき振る舞い
をしました」
"You snatched the rohita's head from my plate"
「あなたは私の皿からロヒタの頭を奪い取った」
"And you insisted on eating the fish head"
「そしてあなたは魚の頭を食べることにこだわった」
"I thought you felt too entitled"
「あなたは権利意識が高すぎると思った」
"But I remembered what you had done for me"
「でも、あなたが私のためにしてくれたことを思い出し
ました」
"So I decided to let the matter pass"
「それで私はこの件を放っておくことにしました」
"You then pretended that you were going home"
「それからあなたは家に帰るふりをした」

"And I was very glad you were going home"
「そして、あなたが家に帰れることをとても嬉しく思い
ました」
"Because you had made yourself very disagreeable"
「あなたはとても不愉快な人だったから」
"And now you are actually in my bedroom"
「そして今、あなたは私の寝室にいる」
"You are bending over the naked bosom of my wife"
「あなたは私の妻の裸の胸に屈み込んでいる」
"You must have had some evil plan"
「何か悪い計画があったに違いない」
"And now you pretend you are saving my life"
「そして今、あなたは私の命を救っているふりをしてい
る」
"But I don't believe you want to save my life"
「でも、あなたは私の命を救いたいと思っていないと思
う」
"I believe you want to destroy my wife's chastity"
「あなたは私の妻の貞操を破壊しようとしているのだと
思います」
The prince's friend knew how things looked.
王子の友人は事態がどうなっているか知っていた。
"Oh, do not harbor such thoughts in your mind"
「ああ、そんな考えを心に抱かないでください」
"Please do not think badly against me"
「どうか私を悪く思わないでください」
"The gods know what I have done"
「神々は私が何をしたか知っている」
"They know I did it to save your life"
「私があなたの命を救うためにやったことを彼らは知っ
ている」
"You would see the reasonableness of my conduct"
「私の行動が正当であることがお分かりいただけると思
います」
"But I don't have liberty to state my reasons"
「しかし、私には理由を述べる権利がありません」

The prince asked him to explain himself.
王子は彼に説明するよう求めた。
"And why are you not at liberty?"
「そして、なぜあなたは自由ではないのですか？」
"Who has put a seal upon your mouth?"
「だれがあなたの口に封印を施したのか？」
And the prince's friend answered.
すると王子の友人は答えました。
"Destiny has put a seal upon my mouth"
「運命は私の口を封じた」
"If I told you, I would be transformed into marble"
「もしあなたに話したら、私は大理石になってしまいます」
The prince grew angrier with his friend.
王子は友人に対してますます怒りを募らせた。
"You should be transformed into a marble statue!"
「あなたは大理石の彫像に変えられるべきだ！」
"You must take me to be a simpleton"
「あなたは私を愚か者だと思っているのでしょう」
"You can't expect me to believe this nonsense"
「こんなナンセンスを信じてくれるとは思わないで」
The minister's son made one last request.
大臣の息子は最後のお願いをした。
"Do you wish me then, friend, for me to tell you?
「それでは、友よ、私に教えてもらいたいのですか？
"You would make your friend turn into stone?"
「友達を石に変えてしまうんですか？」
The prince wanted to hear the reason.
王子はその理由を聞きたかった。
He did not care about the consequences.
彼はその結果を気にしなかった。
"Tell me, or else you are a dead man"
「教えてくれ、さもないとお前は死ぬぞ」
The prince's friend wanted to clear his name.
王子の友人は王子の汚名を晴らしたいと考えていた。
He wanted no foul accusations brought against him.

彼は不当な告発を受けることを望んでいなかった。
And he deemed it his duty to reveal the secret.
そして彼はその秘密を明かすのが自分の義務だと考えた
。
Even if this would put his life at risk.
たとえそれが彼の命を危険にさらすことになるとしても
。
He again warned the prince not to ask him.
彼は再び王子に尋ねないように警告した。
But the prince remained inexorable.
しかし、王子は容赦ない態度を崩さなかった。
The prince's friend then told him his secret.
すると王子の友人は彼に秘密を打ち明けました。
"While sleeping under a lofty tree one night"
「ある夜、高い木の下で眠っていたとき」
"I overheard a conversation between two birds.
「二羽の鳥の会話を耳にしました。
"The prophesizing birds Bihangama and Bihangami"
「予言の鳥ビハンガマとビハンガミ」
"Bihangama predicted all the dangers in your life"
「ビハンガマはあなたの人生におけるあらゆる危険を予
言しました」
"First the bird predicted your father would send an
elephant"
「まず鳥はあなたのお父さんが象を送るだろうと予言し
ました」
"The bird said you would fall from the elephant"
「鳥はあなたが象から落ちると言った」
"And the bird said you would die from the fall"
「そして鳥は、あなたは落ちて死ぬだろうと言った」
At this point the minister's son's legs turned to stone.
この時点で牧師の息子の足は石に変わった。
"See? my legs have already turned to stone"
「ほら、私の足はもう石になってる」
"Go on with your story," said the prince.
「話を続けてください」と王子は言った。

And the prince's friend continued the story.
そして王子の友人は話を続けました。
"The bird said the lion-gate would be gaily decorated"
「鳥は獅子門が華やかに飾られるだろうと言った」
"And the bird said the lion-gate would collapse on you"
「そして鳥は、ライオンの門が崩れ落ちるだろうと言った」
"If the lion-gate had fallen on you, you would have died"
「もしライオンの門があなたの上に落ちたら、あなたは死んでいたでしょう」
At this point the minister's son's torso turned to stone.
この時点で牧師の息子の胴体は石に変わった。
But the prince insisted the minister's son continues.
しかし王子は大臣の息子が続けることを主張した。
"Go on with your story," said the prince.
「話を続けてください」と王子は言った。
"The bird said there would be the head of a fish"
「鳥は魚の頭があると言った」
"And the bird predicted you would choke on the fish"
「そして鳥はあなたが魚をのどに詰まらせるだろうと予言した」
Now his head was the only thing not of stone.
今では彼の頭だけが石でできていない唯一のものとなった。
"See? my whole body has turned to stone"
「ほら、私の全身が石になったのよ」
"If I continue, I will become a man of stone"
「このまま続ければ、私は石の男になってしまうだろう」
"Do you wish me to tell the rest"
「続きを話しましょうか？」
"Go on with your story," said the prince.
「話を続けてください」と王子は言った。
"Very well, I will go on to the end"
「よろしい、最後まで続けましょう」
"But you may repent after I tell you"

「しかし、私があなたに言った後、あなたは悔い改める
かもしれない」
"And you may wish to restore me to life"
「そしてあなたは私を生き返らせたいと願うかもしれま
せん」
"I will tell you how to reverse the spell"
「呪いを解く方法をお教えします」
"In a few months the princess will bear a child"
「数ヶ月以内に王女様は子供を産むでしょう」
"Wait for the birth of the child"
「子供の誕生を待ちましょう」
"Besmear my statue with the infant's blood"
「私の像を幼児の血で塗りつぶせ」
"Only then will I be restored back to life"
「その時になって初めて私は生き返る」
The last word left his lips, and he turned to stone.
最後の言葉が彼の唇から発せられ、彼は石に変わった。
The princess jumped out of bed.
王女様はベッドから飛び起きました。
She opened the vessel for betel-leaves and spices.
彼女は容器を開けて、ビンロウの葉とスパイスを取り出
した。
And she saw the pieces of a serpent.
そして彼女は蛇の破片を見ました。
The prince and the princess were now convinced.
王子と王女は今や確信した。
They saw the good faith of their departed friend.
彼らは亡くなった友人の誠実さを知った。
They saw the benevolence of his actions.
彼らは彼の行為の善意を理解した。
They went to the marble statue.
彼らは大理石の像のところへ行きました。
But the statue of their friend was lifeless.
しかし、彼らの友人の像は生気を失っていた。
They let out a loud cry lamentation.
彼らは大きな悲鳴を上げた。

But their cries were to no purpose.
しかし彼らの叫びは無駄だった。
Because the statue was not moved by tears.
像は涙で動かされなかったからです。
The prince and princess knew what they had to do.
王子と王女は自分たちが何をしなければならないかを知っていました。
They concealed the marble figure in a safe place.
彼らは大理石像を安全な場所に隠しました。
And they waited for the birth of their child.
そして彼らは子供の誕生を待ちました。
In process of time the hour came.
時が経つにつれ、その時が来ました。
The princess's travail had arrived.
王女の苦難が始まった。
The princess bore a beautiful boy.
王女は美しい男の子を産んだ。
The child was the perfect image of his mother.
その子は母親にそっくりだった。
The beauty of their child was striking.
彼らの子供の美しさは印象的だった。
And they were in awe of him.
そして彼らは彼を畏敬の念を抱いていた。
They would have spared his life.
彼らは彼の命を救っただろう。
But they remembered their best friend.
しかし、彼らは親友のことを思い出しました。
They remembered all he had done for them.
彼らは彼が自分たちのためにしてくれたことをすべて覚えていた。
But now he was a lifeless stone.
しかし今、彼は命のない石となっていた。
And they remembered the vows they had made.
そして彼らは自分たちが立てた誓いを思い出した。
And they cut the child into two.
そして彼らはその子を二つに切り分けました。

They besmeared the statue with the child's blood.
彼らはその像を子供の血で塗りつけた。
And their friend became animated back to life.
そして彼らの友人は生き返ったのです。
They were glad to see him alive again.
彼らは彼が再び生きていることを喜んだ。
But the prince's friend was overwhelmed with grief.
しかし、王子の友人は深い悲しみに暮れていました。
Because he saw the new-born in a pool of blood.
血の海の中にいる新生児を見たからです。
So he picked up the dead infant.
それで彼は死んだ赤ん坊を拾い上げました。
He carefully wrapped the child in a towel.
彼はその子供をタオルで丁寧に包んだ。
And he resolved to get the child restored to life.
そして彼はその子を生き返らせようと決心した。
He consulted all the physicians of the country.
彼は国中の医者全員に相談した。
They all told him the same thing.
彼らは皆彼に同じことを言った。
A cure can be found for any illness.
どんな病気でも治療法は見つかる。
But life requires the spark of life.
しかし、人生には生命の火花が必要です。
When the spark is gone, it is beyond their jurisdiction.
火花が消えたら、それは彼らの管轄外です。
And so they had to go on with their lives.
そして彼らは生活を続けなければならなかったのです。

Eventually the prince's friend returned to his wife.
結局、王子の友人は妻のところに戻りました。
She was a devoted worshipper of the goddess kali.
彼女は女神カーリーの熱心な崇拝者でした。
She was the only one who could return life.
彼女だけが命を蘇らせることができた。
His wife was living in a distant town.

彼の妻は遠くの町に住んでいた。
So he set out on a journey to the town.
それで彼は町への旅に出発しました。
His wife still lived in her father's house.
彼の妻はまだ父親の家に住んでいた。
Adjoining the house there was a garden.
家の隣りには庭がありました。
And in the garden there was a tree.
そして庭には木がありました。
The child had been stored in that tree.
その子はその木の中に保管されていました。
His wife was overjoyed to see her husband.
妻は夫に会えて大喜びだった。
She had not seen him for a long time.
彼女は長い間彼に会っていなかった。
But she was surprised when she saw him.
しかし彼女は彼を見て驚きました。
Her husband was very melancholy that day.
彼女の夫はその日とても憂鬱だった。
He spoke very little to his wife.
彼は妻とほとんど話をしなかった。
And his wife knew that he was not himself.
そして彼の妻は彼が自分自身ではないことを知った。
He was brooding over something in his mind.
彼は心の中で何かを思い悩んでいた。
She asked the reason for his melancholy.
彼女は彼の憂鬱な理由を尋ねた。
But he kept quiet, and wouldn't tell her.
しかし彼は黙っていて、彼女には何も言わなかった。
One night they were lying together in bed.
ある夜、彼らは一緒にベッドに横たわっていました。
The wife got up and left the marital bed.
妻は起き上がり、夫婦のベッドから立ち去った。
She opened the door and went into the garden.
彼女はドアを開けて庭へ行きました。
Her husband had not been able to sleep well.

彼女の夫はよく眠れなかった。
Therefore he awoke from the movement of his wife.
それで彼は妻の動きで目覚めたのです。
He heard her leave in the dead of the night.
彼は真夜中に彼女が出て行くのを聞いた。
And he was determined to follow her.
そして彼は彼女に従うことを決意した。
But he was also determined not to be noticed.
しかし、彼は注目されないようにしようとも決意していた。
She went to a temple of the goddess kali.
彼女はカーリー女神の寺院へ行きました。
The temple was at no great distance from her house.
その寺は彼女の家からそれほど遠くなかった。
She worshipped the goddess with flowers.
彼女は花で女神を崇拝した。
And she worshiped the goddess with sandal-wood perfume.
そして彼女は白檀の香水で女神を崇拝した。
"Oh mother kali! have mercy upon me"
「ああ、母なるカーリーよ！慈悲を」
"Deliver me out of all my troubles"
「すべての苦難から私を救い出してください」
The goddess replied to the woman.
女神は女性に答えました。
"Why, what further grievance have you?
「おや、他に何か不満があるんですか？」
"You long prayed for the return of your husband"
「あなたは夫の帰還を長い間祈っていました」
"And your prayers have been answered"
「そしてあなたの祈りは聞き届けられました」
"Your husband has returned to you"
「あなたの夫は戻ってきました」
"So then, what ails thee now?"
「それで、今はどうなっているんですか？」
The woman answered the goddess.
女性は女神に答えました。

"True, oh mother, my husband has come to me"
「本当に、お母様、夫が私のところに来ました」
"But he has come to me in a melancholy mood"
「しかし彼は憂鬱な気分で私のところに来たのです」
"He hardly speaks to me when I speak to him"
「私が彼に話しかけても、彼はほとんど話しかけてきません」
"He takes no delight in me when he is with me"
「彼は私と一緒にいても私を喜ばない」
"All he does is sit melancholy in a corner"
「彼はただ隅っこで憂鬱に座っているだけだ」
The goddess replied to her devotee.
女神は信者に答えました。
"Ask your husband why he feels melancholy"
「夫がなぜ憂鬱なのか聞いてみてください」
"When he tells you, let me know the reason"
「彼があなたに言ったら、理由を教えてください」
The minister's son overheard the conversation.
牧師の息子がその会話を偶然聞いた。
But he stayed unnoticed by the goddess.
しかし、彼は女神に気づかれずにいた。
And his wife did not notice him either.
そして彼の妻も彼に気づかなかった。
He quietly slunk away before his wife.
彼は妻の前から静かに立ち去った。
And he returned back to bed before her.
そして彼は彼女より先にベッドに戻った。
The following day the wife asked her husband.
翌日、妻は夫に尋ねました。
"My dear husband, why are you in a melancholy mood?"
「愛しい夫よ、なぜ憂鬱な気分になっているのですか？」
Her husband retold the whole story.
彼女の夫はその話を一部始終語り直した。
He told her about the jewel serpent.
彼は彼女に宝石の蛇について話した。

He told her about the subterranean palace.
彼は彼女に地下宮殿について話した。
He told her about the princess being captured.
彼は王女が捕らえられたことを彼女に話した。
He told her how he freed the princess.
彼はどうやって王女を解放したかを彼女に話した。
And he told her about Bihangama and Bihangami.
そして彼は彼女にビハンガマとビハンガミについて話しました。
He told her how he had turned to stone.
彼は自分がいかにして石に変わったかを彼女に話した。
And he told her how he was returned back to life.
そして彼は、自分がどのようにして生き返ったかを彼女に話しました。
So he told her also about the killing of the child.
それで彼は彼女にその子が殺されたことも話した。
That night his wife left the bed again.
その夜、妻はまたベッドから出て行った。
And she returned to the goddess kali's temple.
そして彼女は女神カーリーの寺院に戻りました。
And she told the goddess of her husband's melancholy.
そして彼女は女神に夫の憂鬱を話しました。
The goddess listened intently to what was said.
女神は言われたことに熱心に耳を傾けた。
"Bring the child here and I will restore it to life"
「子供をここに連れて来なさい。生き返らせてあげよう
」
The next night she left the marital bed again.
次の夜、彼女は再び夫婦のベッドを離れた。
She went to the tree in the garden.
彼女は庭の木のところへ行きました。
And she took the child from the tree.
そして彼女はその子を木から降ろしました。
And she took the child to the goddess kali.
そして彼女はその子供を女神カーリーのもとへ連れて行
きました。

And the goddess kali returned the child back to life.
そして女神カーリーは子供を生き返らせました。
The prince's friend was entranced with joy.
王子の友人は喜びに酔いしれた。
He picked up the reanimated child.
彼は生き返った子供を抱き上げた。
And he ran as fast as he could to his friend.
そして彼はできるだけ早く友達のところへ走りました。
And he gave him his child, alive and well.
そして彼は、生きたまま健康な子供を彼に渡しました。
They all rejoiced with exceedingly great joy.
彼らは皆、非常に大きな喜びをもって歓喜した。
And they lived together happily till the day of their death.
そして彼らは死ぬ日まで幸せに暮らしました。

The Indignant Brahman
憤慨したブラフマン

There was once a poor Brahman.
昔、貧しいバラモンがいました。
This poor Brahman had a wife.
この貧しいバラモンには妻がいました。
And he also had four children.
そして彼には4人の子供がいました。
He was a very poor man.
彼はとても貧しい男だった。
And he had no resources in the world.
そして彼はこの世に何の資源も持っていなかった。
He lived from the charity of others.
彼は他人の慈善によって生きていた。
During marriages he earned well.
結婚中、彼は十分な収入を得た。
And he earned well during funerals.
そして彼は葬儀で十分な収入を得ました。
But his parishioners did not marry daily.
しかし、彼の教区民は毎日結婚していたわけではありま
せん。
And they did not die every day either.
そして彼らは毎日死ぬわけでもありませんでした。
It was difficult to make the two ends meet.
両者のやりくりをするのは困難でした。
His wife often rebuked him.
彼の妻はよく彼を叱責した。
"Why can you not support me?"
「なぜ私をサポートしてくれないのですか？」
"Our children run around naked"
「うちの子は裸で走り回ってる」
"And they suffer from hunger"
「そして彼らは飢えに苦しんでいる」
Though poor, he was a good man.
彼は貧しかったが、善良な人だった。

And he was diligent in his devotions.
そして彼は熱心に信仰に励んでいた。
Every day he said his prayers.
彼は毎日祈りを捧げた。
He prayed at the same time each day.
彼は毎日同じ時間に祈った。
His tutelary deity was the Goddess Durga.
彼の守護神は女神ドゥルガーでした。
She is the consort of Shiva.
彼女はシヴァの配偶者です。
She is the creative energy of the universe.
彼女は宇宙の創造エネルギーです。
Every day he wrote the name of Durga.
彼は毎日ドゥルガーの名前を書きました。
He wrote the name in red ink.
彼は赤いインクで名前を書いた。
At least one hundred and eight times.
少なくとも108回。
He did not drink or eat till he did this.
彼はこれをするまで何も飲んだり食べたりしませんでした。
throughout the day he uttered prayers.
彼は一日中祈りを唱え続けた。
"O Durga! have mercy upon me"
「ああ、ドゥルガー！慈悲を」
He prayed whenever he felt anxious.
彼は不安を感じるたびに祈った。
And he often felt anxious.
そして彼はしばしば不安を感じていました。
Because he lived in poverty.
彼は貧困の中で暮らしていたからです。
He prayed when his worries were too much.
彼は心配事が多すぎるときに祈った。
And there were many things he worried about.
そして心配なこともたくさんありました。
He worried about his wife and children.

彼は妻と子供たちのことを心配した。
And he worried about supporting them.
そして彼は彼らを支援することについて心配していました。
One day he was very sad.
ある日、彼はとても悲しかった。
On this day he went to a forest.
この日彼は森へ行きました。
The forest was far outside the village.
森は村からずっと外れたところにありました。
He let out all his grief.
彼は悲しみを全て吐き出した。
And he wept bitter tears.
そして彼は苦い涙を流した。
"O Durga! O Mother Bhagavati!"
「おおドゥルガー！おお母なるバガヴァティ！」
"Please put an end to my misery?"
「どうか私の苦しみを終わらせてください」
"I wish I were alone in the world"
「この世に一人ぼっちだったらいいのに」
"Then my poverty wouldn't worry me"
「そうすれば貧困も心配しなくて済む」
"But thou hast given me a wife"
「しかしあなたは私に妻を与えてくださった」
"And my wife has given me children"
「そして妻は私に子供を産んでくれた」
"O Mother, I beg of you"
「おお母様、お願いです」
"Give me the means to support them"
「彼らを支援する手段を与えてください」
Shiva and his wife Durga happened to be there.
たまたまそこにシヴァ神とその妻ドゥルガーがいた。
They were taking their morning walk.
彼らは朝の散歩をしていました。
The Goddess Durga saw the Brahman at a distance.

女神ドゥルガーは遠くからブラフマンを見ました。
"O Lord of Kailas, do you see that Brahman?"
「カイラスの主よ、あのブラフマンが見えますか?」
"He is always taking my name on his lips"
「彼はいつも私の名前を口にしています」
"He prays I deliver him from his troubles"
「彼は私に彼の苦難から救い出してくれるよう祈っている」
"Can we not do something for the poor Brahman?"
「私たちは貧しいブラフマンのために何かすることはできないでしょうか?」
"He is oppressed with many cares"
「彼は多くの心配事に悩まされている」
"And he deeply cares for his growing family"
「そして彼は成長していく家族を深く大切に思っている」
"We should make his life more comfortable"
「彼の生活をもっと快適にしてあげるべき」
"Because the poor man never has enough to eat"
「貧しい人は食べるものが足りないから」
"And his family doesn't have enough to eat either"
「彼の家族も食べるものが足りないんです」
"Let us give him a pot"
「彼に鍋をあげましょう」
"A pot with an infinite supply of murukku"
「ムルックが無限に湧き出る鍋」
The divine consort was right.
神の配偶者は正しかった。
The Lord of Kailas agreed to the proposal.
カイラスの領主はその提案に同意した。
On the spot he created a magical pot.
彼はその場で魔法の壺を作り出した。
Durga went to the poor Brahman.
ドゥルガーは貧しいブラフマンのところへ行きました。
"O Brahman! My loyal devotee"
「ああ、ブラフマンよ!私の忠実な信者よ」

"I have often thought of your pitiable case"
「私はあなたの哀れな状況を何度も考えました」
"Your repeated prayers have moved my compassion"
「あなたの繰り返しの祈りは私の同情心を動かしました」
"Here is a pot for you"
「こちらがあなたのための鍋です」
"You must turn the pot upside down"
「鍋をひっくり返さなければならない」
"And then you must shake the pot"
「そして鍋を振らなければならない」
"The finest murukku will pour out"
「最高級のムルックが流れ出る」
"The murukku will keep pouring out forever"
「ムルックは永遠に流れ続ける」
"Until you put the pot upright again"
「鍋を再び立てるまで」
"You can eat as much murukku as you like"
「ムルックは好きなだけ食べられます」
"Your wife and children will hunger no more"
「あなたの妻と子供たちはもう飢えることはありません」
"And you can sell the murukku if you like"
「そして、もしよければムルックを売ってもいいですよ」
The Brahman was delighted beyond measure.
ブラフマンは計り知れないほど喜んだ。
He had received a truly valuable treasure.
彼は本当に貴重な宝物を手に入れたのです。
He made his deepest obeisance to the goddess.
彼は女神に心からの敬意を表した。
And he expressed his eternal gratefulness.
そして彼は永遠の感謝の意を表した。

The Brahman had started walking home.
ブラフマンは家に帰るために歩き始めました。

But first he had to test his magical pot.
しかし、まず彼は魔法の壺をテストしなければなりませんでした。
He wanted to see if the pot really worked.
彼はその鍋が本当に効くかどうか確かめたかった。
He turned the pot upside down.
彼は鍋をひっくり返した。
And he shook the pot, as instructed.
そして彼は指示通りに鍋を振った。
Lo and behold! The pot really did work.
なんと、鍋は本当に効いたのです。
The finest murukku fell to the ground.
最高級のムルックが地面に落ちました。
He tied the sweetmeat in his sheet.
彼はシーツの中にキャンディーを結びつけた。
And he walked on, towards his village.
そして彼は村に向かって歩き続けた。
By noon the Brahman had gotten hungry.
正午までに、ブラフマンはお腹が空いてきました。
But he could not eat without his ablutions.
しかし、身を清めなければ食事もできなかった。
First, he had to say his prayers.
まず最初に、彼は祈りを捧げなければなりませんでした。
There was an inn on his way.
途中に宿屋があった。
Close to the inn there was a water tank.
宿の近くには貯水タンクがありました。
So, he intended to halt there.
そこで彼はそこで立ち止まるつもりだった。
In order to bathe and say his prayers.
沐浴して祈りを捧げるため。
After this he could eat all the murukku.
この後、彼はムルックを全部食べることができました。
The Brahman sat at the innkeeper's shop.
ブラフマンは宿屋の店に座っていました。

The shopkeeper was smoking tobacco.
店主はタバコを吸っていた。
He put the pot near the shopkeeper.
彼は店主の近くに鍋を置いた。
And he asked him to look after the pot.
そして彼は彼に鍋の世話をするように頼みました。
"Please take special care of this pot"
「この鍋には特に気をつけてください」
"I must bathe and say my prayers"
「お風呂に入ってお祈りをしなくちゃ」
"Please look after this pot for me"
「この鍋を大事にしてください」
"Make sure nothing happens to this pot"
「この鍋に何も起こらないように」
He thought it was a strange request.
彼はそれは奇妙な要求だと思った。
But he agreed to look after the pot.
しかし彼は鍋の世話をすることに同意した。
And the Brahman gave him the pot.
そしてブラフマンは彼に壺を与えました。
He besmeared his body with mustard oil.
彼は体にマスタードオイルを塗った。
And he went to do his ablutions.
そして彼は身を清めるために出かけた。
The innkeeper grew curious about the pot.
宿屋の主人はその鍋に興味を持ちました。
"This pot must have something valuable in it"
「この壺には何か貴重なものが入っているに違いない」
"Why else would he be so careful?"
「そうでなければ、なぜ彼はそんなに慎重なのでしょう？」
His curiosity had been excited.
彼の好奇心は刺激された。
So, he opened the pot.
それで、彼は鍋を開けました。
To his surprise the pot was empty.

驚いたことに、鍋は空だった。
"What can be the meaning of this?"
「これは一体どういう意味なんだろう？」
"Why does he care so much for an empty pot?"
「なぜ彼は空の鍋をそんなに気にするのでしょうか？」
He began to examine the pot more carefully.
彼は鍋をもっと注意深く調べ始めた。
During his inspection he turned the pot upside down.
彼は検査中に鍋をひっくり返した。
And then the finest murukku fell out from the pot.
すると、最高級のムルックが鍋からこぼれ落ちました。
And the murukku didn't stop falling out.
そしてムルックは落ち続けるのです。
The innkeeper called his wife and children.
宿屋の主人は妻と子供たちを呼びました。
He wanted them to witness what had happened.
彼は彼らに何が起こったのかを目撃してもらいたかった
。
An unexpected stroke of good fortune!
思いがけない幸運！
The pot gave copious showers of sugared paddy.
鍋からは砂糖漬けの米が大量に降り注ぎました。
He filled all his pots and jars.
彼はすべての壺と瓶に水を満たしました。
He knew he had to have this pot.
彼はこの鍋を手に入れなければならないと分かっていた
。
So, he replaced the pot with another one.
そこで、彼は鍋を別のものと取り替えました。
He had a pot of the same size and color.
彼は同じ大きさで同じ色の鉢を持っていました。

The Brahman had finished his ablutions.
ブラフマンは身を清め終えていた。
He had performed all of his devotions.
彼はすべての祈りを終えた。

He came back to the shop in wet clothes.
彼は濡れた服を着て店に戻ってきた。
He was still reciting holy texts of the Vedas.
彼はまだヴェーダの聖典を暗唱していた。
He put back on his dry clothes.
彼は乾いた服を着直した。
In red ink he wrote the name of Durga.
彼は赤いインクでドゥルガーの名前を書きました。
He wrote her name one hundred and eight times.
彼は彼女の名前を108回書いた。
After doing this he broke his fast.
これをした後、彼は断食を終えました。
And he ate the murukku he had in his sheet.
そして彼はシーツの中に入っていたムルックを食べました。
He was refreshed from the meal.
彼は食事で元気になった。
Now he could resume his journey home.
今、彼は家路への旅を再開することができた。
So he called to the innkeeper.
そこで彼は宿屋の主人に電話をかけました。
"Please could I get my pot back"
「ポットを返していただけますか？」
The innkeeper gave him back his pot.
宿屋の主人は彼に壺を返した。
"There, sir, here is your pot"
「はい、お鍋でございます」
"The pot is exactly where you had put it"
「鍋はあなたが置いた場所にそのままあります」
"Your pot is just as you left it"
「あなたの鍋はそのままです」
"I made sure no one has touched your pot"
「誰もあなたの鍋に触れていないことを確認しました」
The Brahman didn't suspect a thing.
ブラフマンは何も疑わなかった。
He picked up the pot.

彼は鍋を手に取った。
And he proceeded on his journey home.
そして彼は家路へと旅を続けた。

On his journey he had to think.
旅の途中で彼は考えなければならなかった。
He congratulated his good fortune.
彼は自分の幸運を祝った。
"My wife will be most pleasantly surprised!"
「妻はきっと喜んで驚くでしょう！」
"The children will devour the murukku!"
「子供たちはムルックを食い尽くすでしょう！」
"I shall soon become rich"
「私はすぐに金持ちになるだろう」
"I will be able to lift my head up high"
「私は頭を高く上げることができるでしょう」
The pains of travelling had been reduced.
旅行の苦労が軽減されました。
Now his problems were much more pleasant.
今、彼の問題はずっと楽しいものになった。
Only anticipation made the journey difficult.
期待だけが旅を困難にした。
He finally reached his home again.
彼はついに再び家に帰った。
He called to his wife and children.
彼は妻と子供たちに呼びかけた。
"Look at what I have brought"
「私が持ってきたものを見てください」
"This pot is an unfailing source of wealth".
「この壺は尽きることのない富の源です」。
"We will never have to struggle again"
「もう二度と苦労することはないだろう」
"I will turn the pot upside down"
「鍋をひっくり返します」
"And then you will see something.
「すると何かが見えてくるでしょう。

"Something you've never seen before"
「今まで見たことのないもの」
"A stream of the finest murukku will flow"
「最高級のムルックが流れ出る」
You can imagine what his wife was thinking.
彼の妻が何を考えていたかは想像に難くない。
"My husband has gone mad," she thought.
「夫は気が狂ってしまった」と彼女は思った。
She was soon confirmed in her opinion.
彼女の意見はすぐに承認された。
Nothing fell from the pot, as promised.
約束通り、鍋からは何も落ちませんでした。
He turned the pot upside down again and again.
彼は何度も鍋をひっくり返した。
The Brahman was overwhelmed with grief.
ブラフマンは深い悲しみに陥りました。
He realized that he had been tricked.
彼は騙されていたことに気づいた。
The innkeeper must have swapped the pot.
宿屋の主人が鍋を交換したに違いない。
He must have stolen Durga's pot.
彼はドゥルガーの壺を盗んだに違いない。
And he must have replaced the pot with a normal one.
そして彼は鍋を普通のものと交換したに違いありません
。
He went back to the innkeeper the next day.
彼は翌日宿屋の主人のところへ戻った。
And he accused him of having changed his pot.
そして彼は、彼が自分の鍋を変えたと非難した。
At first the innkeeper acted surprised.
最初、宿屋の主人は驚いた様子でした。
Then he pretended to be angry at the accusation.
それから彼はその非難に対して怒っているふりをしまし
た。
Finally, he chased him out of his shop.
ついに彼は彼を店から追い出した。

He had no way of getting the pot back.
彼にはその鍋を取り戻す方法がなかった。
The Brahman knew what he had to do.
ブラフマンは自分が何をしなければならないかを知って
いました。
He went to see the goddess Durga again.
彼は再び女神ドゥルガーに会いに行きました。
Siva and Durga honored him with their presence.
シヴァとドゥルガーは彼らの存在によって彼に敬意を表
した。
Durga spoke to the poor Brahman.
ドゥルガーは貧しいブラフマンに話しかけました。
"So, you have lost the pot I gave you"
「それで、私があげた壺をなくしたのね」
"I take pity on your situation"
「あなたの状況に同情します」
"Here is another magical pot"
「ここにもう一つ魔法の壺があります」
"Take this pot, and make good use of it"
「この鍋を持って、有効活用してください」
The Brahman was elated with joy.
ブラフマンは大喜びしました。
He made obeisance to the divine couple.
彼は神々の夫婦に敬意を表した。
And he took the pot with him.
そして彼はその鍋を持って行きました。
Again he had to see if the pot worked.
彼は再びその鍋が機能するかどうかを確かめなければな
りませんでした。
He turned the pot upside down.
彼は鍋をひっくり返した。
And he shook the pot as before.
そして彼は前と同じように鍋を振った。
And he waited for the murukku to fall out.
そして彼はムルックが落ちるのを待ちました。

But no, horror of horrors!
しかし、恐ろしいことに、そうではありません！
Murukku did not fall from the pot.
ムルックは鍋から落ちませんでした。
Instead of murukku, demons jumped out.
ムルックの代わりに悪魔が飛び出してきました。
They began to beat the astonished Brahman.
彼らは驚いたバラモンを殴り始めた。
The Brahman received punches and kicks.
ブラフマンはパンチとキックを受けた。
But he kept his presence of mind.
しかし彼は平静を保った。
He turned the pot the right way up.
彼は鍋を正しい向きにひっくり返した。
And he covered the pot up again.
そして彼は再び鍋に蓋をしました。
Fortunately his quick thinking worked.
幸運にも彼の素早い思考が功を奏した。
The demons disappeared as soon as he did this.
彼がそうするとすぐに悪魔たちは消え去りました。
The Brahman tried to understand what this meant.
ブラフマンはこれが何を意味するのか理解しようとしました。
It must be to punish the innkeeper!
宿屋の主人を罰するためでしょうね！
So he went to the innkeeper again.
それで彼は再び宿屋の主人のところへ行きました。
He gave him the new pot.
彼は彼に新しい鍋をあげた。
He begged of him to look after the pot.
彼は鍋の世話をしてくれるよう彼に懇願した。
Just like he had done before.
以前もそうしていたように。
He went for his ablutions and prayers.
彼は身を清めて祈りを捧げに行きました。
The innkeeper was delighted.

宿屋の主人は大喜びしました。
He had been given a second godsend.
彼は二度目の天の恵みを与えられた。
He agreed to take the greatest care of the pot.
彼は鍋を丁寧に扱うことに同意した。
He waited for the Brahman to go.
彼はブラフマンが去るのを待った。
And he called his wife and children.
そして彼は妻と子供たちを呼びました。
"This is another pot from the Brahman"
「これはブラフマンからのもう一つの壺です」
"This time I hope it is not murukku"
「今度はムルックじゃないといいけど」
"I hope this pot is full of sandesa"
「この鍋にサンデサがいっぱい入っているといいのですが」
"Come, be ready with the baskets"
「さあ、籠を用意して」
"I will turn the pot upside down"
「鍋をひっくり返します」
"And then I will shake the pot"
「そして鍋を振る」
And he did what he said he would do.
そして彼は言った通りのことをした。
But the room did not fill with food.
しかし、部屋は食べ物で満たされませんでした。
This time the room filled with demons.
今度は部屋が悪魔でいっぱいになりました。
The demons caught hold of the innkeeper.
悪魔たちは宿屋の主人を捕らえた。
And the demons also caught his family.
そして悪魔は彼の家族も捕らえました。
And the demons beat them mercilessly.
そして悪魔たちは容赦なく彼らを殴りつけた。
They would have completely destroyed the shop.
彼らは店を完全に破壊したでしょう。

But the victims ran to the Brahman.
しかし、犠牲者たちはブラフマンのもとへ走って行きました。
The Brahman had returned from his ablutions.
ブラフマンは身を清めて戻ってきた。
The Brahman showed mercy to them.
ブラフマンは彼らに慈悲を示した。
And he accepted their request.
そして彼は彼らの要求を受け入れました。
But there was one condition to his help.
しかし、彼の援助には一つ条件があった。
"I will only help if I get my pot back"
「ポットを取り戻せるなら協力するよ」
The innkeeper didn't have much choice.
宿屋の主人には選択の余地がなかった。
He had to accept the Brahman's conditions.
彼はブラフマンの条件を受け入れなければならなかった。
The Brahman put the pot upright again.
ブラフマンは再び壺を立てました。
And he put the lid on the pot.
そして彼は鍋に蓋をしました。
He took his pot back from the innkeeper.
彼は宿屋の主人から壺を取り戻した。
And he returned back to his village.
そして彼は村へ戻りました。
Now the Brahman had two magical pots.
さて、ブラフマンは二つの魔法の壺を持っていました。
The Brahman shut the door of his house.
ブラフマンは家のドアを閉めました。
And he called his family again.
そして彼は再び家族に電話をかけました。
He turned the murukku-pot upside down.
彼はムルック鍋をひっくり返した。
And he shook the murukku-pot as before.
そして彼は前と同じようにムルック鍋を振った。

This time the magic pot worked.
今回は魔法の鍋が効きました。
An endless stream of the finest murukku.
最高級のムルックが絶え間なく流れ出る。
The family devoured the sweetmeat.
家族はキャンディーをむさぼり食べた。
They ate to their hearts' content.
彼らは心ゆくまで食べた。
All the pots and pans were filled.
鍋やフライパンはすべていっぱいになりました。

The next day the Brahman became confectioner.
翌日、ブラフマンは菓子職人になった。
He opened a shop in his house.
彼は自宅に店を開いた。
And he sold the best murukku.
そして彼は最高のムルックを売りました。
The whole village came to the Brahman's house.
村全体がブラフマンの家に集まりました。
They all wanted to buy the wonderful murukku.
みんな、素晴らしいムルックを買いたがっていました。
They had never seen such murukku in their life.
彼らは人生でそのようなムルックを見たことがありません
んでした。
It was the most delicious murukku they ever had.
それは今まで食べたムルックの中で一番おいしかったで
す。
No one had ever made anything like this dessert.
誰もこのようなデザートを作ったことがありませんでし
た。
The reputation of the Brahman's murukku spread.
ブラフマンのムルックの評判は広まりました。
Soon people from outside the city came.
すぐに町の外から人々がやって来ました。
Cartloads of the sweetmeat were sold every day.

毎日、何台ものキャンディーがカートいっぱいに売れた
。
The Brahman quickly became very rich.
ブラフマンはすぐに非常に裕福になりました。
He built a large brick house.
彼は大きなレンガ造りの家を建てた。
And he lived like a nobleman of the land.
そして彼はその土地の貴族のように暮らしました。
Once, however, his luck almost changed.
しかし、一度だけ彼の運が変わりそうになったことがあ
りました。
His children had taken the wrong pot.
彼の子供たちは間違った鍋を持っていった。
A large number of demons came out.
大量の悪魔が出てきました。
And they caught hold of the Brahman's wife.
そして彼らはブラフマンの妻を捕らえた。
And they also caught his children.
そして彼らは彼の子供たちも捕まえた。
They were striking them mercilessly.
彼らは容赦なく彼らを殴りつけていた。
Fortunately the Brahman came back into the house.
幸いなことに、ブラフマンは家に戻ってきました。
He turned the pot back to its proper position.
彼は鍋を元の位置に戻した。
He wanted to prevent a similar catastrophe.
彼は同様の大惨事を防ぎたかった。
So the Brahman had a private room built.
そこで、ブラフマンは私室を建てました。
And he put the pot in a secret place.
そして彼はその壺を秘密の場所に置きました。
Mortals, however, do not have the luck of Gods.
しかしながら、人間には神のような幸運はありません。
Uninterrupted prosperity is not their fortune.
途切れることのない繁栄は彼らの幸運ではない。
The demon-pot had been put out of the way.

悪魔の壺は邪魔にならない場所に置かれていました。
But why might accident not befall the murukku pot?
しかし、なぜムルック鍋に事故が起こらないのでしょうか?
One day the Brahman and his wife were absent.
ある日、ブラフマンとその妻は不在でした。
The children decided to shake the pot.
子どもたちは鍋を振ることにしました。
Each of them wanted to do the honors.
彼らは皆、その栄誉を担いたいと考えていた。
So there was a fight to get the pot.
それで、ポットを手に入れるために戦いが起こりました。
In the struggle the pot fell to the ground.
格闘中に鍋は地面に落ちた。
Like any other earthen pot, it broke.
他の土鍋と同じように、壊れてしまいました。
Eventually the Braham came back home again.
結局、ブラハムはまた家に戻ってきました。
You can imagine how the news grieved him.
その知らせが彼をどれほど悲しませたかは想像に難くない。
Of course the children were well cudgeled.
もちろん、子供たちはしっかり殴られました。
But anger could not replace the pot.
しかし、怒りは鍋の代わりにはならなかった。
After some days he went to the forest again.
数日後、彼は再び森へ行きました。
He offered many a prayer for Durga's favor.
彼はドゥルガーの恵みを求めて何度も祈りを捧げた。
At last Siva and Durga appeared to him.
ついにシヴァとドゥルガーが彼の前に現れた。
They listened to how the pot had been broken.
彼らは鍋がどうやって壊れたのか聞いた。
Durga decided to give him another pot.
ドゥルガーは彼にもう一つ壺を与えることにしました。

But this pot was accompanied with a caution.
しかし、この鍋には注意が伴っていました。
"Brahman, take care of this pot"
「ブラフマン、この壺を大事にしてください」
"Do not break or lose this pot again"
「この壺を二度と壊したり失くしたりしないでください
」
"Next time I will not give you another pot"
「次回はもう鍋はあげません」
The Brahman made obeisance to the Gods.
ブラフマンは神々に敬意を表した。
And he went straight back to his house.
そして彼はまっすぐ家へ戻りました。
This time he did not halt at the innkeepers'.
今度は彼は宿屋の主人のところで立ち止まらなかった。
He shut the door of his house.
彼は家のドアを閉めた。
He called his family to him.
彼は家族を呼び寄せた。
And he turned the pot upside down.
そして彼は鍋をひっくり返しました。
And then he began to shake the pot.
そして彼は鍋を振り始めた。
They were only expecting murukku.
彼らはムルックだけを期待していた。
But this time it was not murukku.
しかし今回はムルックではありませんでした。
A stream of beautiful sandesa poured out.
美しいサンデサが流れ出てきました。
It was the finest sandesa you can imagine.
それは想像できる最高のサンデサでした。
It truly was the food of Gods.
それはまさに神の食べ物でした。
The Brahman set up another shop.
ブラフマンは別の店を開きました。
Now he was selling sandesa.

今、彼はサンデサを売っていました。
The fame of his shop soon drew large crowds.
彼の店はすぐに有名になり、大勢の客が集まるようにな
った。
People came from all over the country.
全国各地から人々が集まりました。
At all festivals and marriage feasts.
あらゆる祭りや結婚披露宴で。
And at all funeral celebrations in the area.
そして、その地域で行われるあらゆる葬儀式典にも出席
します。
No one bought any other sandesa.
他のサンデサを買う人は誰もいませんでした。
All day long the pot produced sandesa.
一日中、鍋はサンデサを生み出しました。
Gigantic jars were filled with sweet.
巨大な瓶にはお菓子がいっぱい詰まっていました。
And the jars were sent all over the country.
そしてその瓶は全国に送られました。

The Brahman's wealth made the Zemindar jealous.
ブラフマンの富はゼミーンダールを嫉妬させた。
In these days all villages had a Zemindar.
当時はすべての村にゼミーンダールがいました。
He had heard strange things about the sandesa.
彼はサンデサについて奇妙な話を聞いていた。
He heard the dessert came from a magic pot.
彼はそのデザートが魔法の鍋から出てくると聞いた。
So he devised a plan to get this pot.
そこで彼はこの壺を手に入れるための計画を考案しまし
た。
His son was going to get married.
彼の息子は結婚するつもりだった。
To celebrate there was a great feast.
祝って盛大な宴会が開かれた。
Many hundreds of people were invited.

何百人もの人々が招待されました。
Mountain-loads of sandesa were required.
山ほどのサンデサが必要でした。
The Zemindar made a proposal to the Brahman.
ゼミーンダールはブラフマンに提案をしました。
"Bring the magical pot to my house"
「魔法の壺を私の家へ持ってきてください」
At first the Brahman refused to bring the pot.
最初、ブラフマンは壺を持ってくるのを拒否しました。
But the Zemindar insisted.
しかし、ゼミンダールは主張した。
"I will have hundreds of guests"
「何百人ものゲストが来ます」
"I will need mountains of sandesa"
「山ほどのサンデサが必要になる」
"More sandesa than you can carry"
「持ち運べる以上のサンデサ」
"Bring the vessel to my house"
「その器を私の家まで持ってきてください」
"It will be easier for you and me"
「あなたにとっても私にとっても楽になるでしょう」
Eventually the Brahman agreed.
結局、ブラフマンは同意しました。
Himalayas of sandesa were shaken out.
サンデサのヒマラヤが揺り動かされた。
But the Zemindar got hold of the pot.
しかし、ゼミーンダールはその壺を手に入れた。
The Zemindar insulted the Brahman.
ゼミーンダールはブラフマンを侮辱した。
And he chased him out of his house.
そして彼は彼を家から追い出した。
The Brahman didn't give vent to anger.
ブラフマンは怒りを表に出さなかった。
Instead, he quietly went back to his house.
その代わりに、彼は静かに家へ戻りました。
He went to the private room.

彼は個室へ行きました。
And he took out the demon-pot.
そして彼は悪魔の壺を取り出した。
He came back to the Zemindar's house.
彼はゼミンダールの家に戻ってきた。
And he went to the door of the Zemindar.
そして彼はゼミンダールの玄関へ行きました。
He turned the pot upside down.
彼は鍋をひっくり返した。
And then shook the magical pot.
そして魔法の壺を振った。
A hundred demons fell out of the pot.
鍋から百匹の悪魔が落ちました。
The chaos was impossible to describe.
その混乱は言葉では言い表せないほどだった。
The unearthly visitors flooded the party.
この世のものとは思えない訪問者たちがパーティーに押し寄せた。
They caught hundreds of the guests.
彼らは何百人もの客を捕まえた。
And the demons beat them mercilessly.
そして悪魔たちは容赦なく彼らを殴りつけた。
The women were dragged by their hair.
女性たちは髪の毛をつかまれて引きずられた。
The Zemindar was chased from room to room.
ゼミンダールは部屋から部屋へと追いかけられた。
The demons' mischief was getting out of hand.
悪魔たちの悪戯は手に負えなくなっていた。
Someone had to put an end to their mischief.
誰かが彼らの悪行を止めなければならなかった。
Else all the men would have been killed.
そうでなければ、男たちは全員殺されていただろう。
And the house would have been torn to the ground.
そしてその家は地面まで破壊されたでしょう。
The Zemindar fell at the feet of the Brahman.
ゼミンダールはブラフマンの足元にひれ伏した。

And he begged to be shown mercy.
そして彼は慈悲を乞いました。
The Brahman showed him great mercy.
ブラフマンは彼に大きな慈悲を示した。
And he put the demons back in the pot.
そして彼は悪魔たちを鍋に戻しました。
The Zemindar never disturbed the Brahman again.
ゼミーンダールは二度とブラフマンを煩わせることはな
かった。
Nor was he disturbed by anyone else.
彼は他の誰にも邪魔されることはなかった。
And he lived for many happy years.
そして彼は何年も幸せに暮らしました。

The Story of the Rakshasas
ラークシャサの物語

There was once a poor dimwitted Brahman.
昔、貧しく愚かなバラモンがいました。
This dimwitted man had a wife, but no children.
この愚かな男には妻はいたが、子供はいなかった。
But him not having children was probably for the best.
しかし、彼にとって子供を持たないことはおそらく最善
だった。
Because he was barely able to meet his own needs.
なぜなら彼は自分のニーズをほとんど満たすことができ
なかったからです。
And he could hardly supply enough for his wife.
そして彼は妻に十分な食料を与えることがほとんどでき
なかった。
But his dimwittedness was not even his biggest problem.
しかし、彼の愚かさは最大の問題ではありませんでした
。
This dimwitted man was also a rather lazy man!
この愚かな男は、かなり怠け者でもありました。
He was averse to making any long journeys.
彼は長い旅をすることを嫌った。
Had he travelled further he might have had enough.
もし彼がさらに旅を続けていたなら、十分だったかもし
れない。
He could have got presents from rich men.
彼は金持ちの男性から贈り物をもらったかもしれない。
This would have enabled them to live comfortably.
これにより、彼らは快適に暮らすことができたでしょう
。
There was a great king in a neighbouring country.
隣国に偉大な王がいました。
The mother of the great king had just died.
偉大な王の母が亡くなったばかりだった。
So this king was celebrating the funeral obsequies.

つまり、この王は葬儀の儀式を執り行っていたのです。
And the funeral was celebrated with great pomp.
そして葬儀は盛大に執り行われました。
Brahmans and beggars were coming from faraway lands.
バラモンや乞食たちが遠い国からやって来ました。
They all came expecting to receive rich presents.
彼らは皆、豪華な贈り物を期待してやって来た。
The Brahman's wife requested him to also go.
ブラフマンの妻は彼も行くように頼みました。
"Seize this opportunity and get us a little money"
「この機会をつかんで少しお金を稼いでください」
But his constitutional indolence stood in the way.
しかし、彼の生来の怠惰さが邪魔になった。
The woman, however, gave her husband no rest.
しかし、その女性は夫に休息を与えなかった。
Finally she extorted from him the promise.
ついに彼女は彼から約束を強要した。
He promised his wife that he would go.
彼は妻に行くと約束した。
The good woman, accordingly, cut down a plantain tree.
それに応じて、その善良な女性はオオバコの木を切り倒
しました。
And she burnt the plantain tree to ashes.
そして彼女はオオバコの木を灰になるまで焼き尽くしま
した。
With the ashes she cleaned the clothes of her husband.
彼女は灰を使って夫の衣服を洗った。
And she made his clothes as white as any cleaner could.
そして彼女は彼の服をどんなクリーニング屋でもできる
ほど白くしました。
Her husband was going to the palace of a great king.
彼女の夫は偉大な王の宮殿へ行くところでした。
The king could not be approached by men in rags.
ぼろをまとった男たちは王に近づくことはできなかった
。
Besides, Brahman are bound to appear neat and clean.

その上、ブラフマンはきちんと清潔に見えなければなりません。
At last, one morning the Brahman left his house.
ついに、ある朝、ブラフマンは家を出ました。
And he made his way to the palace of the great king.
そして彼は偉大な王の宮殿へと向かった。
I have already mentioned he was a dimwitted man.
彼が愚かな男だったことはすでに述べた。
He did not inquire which road he should take.
彼はどの道を選ぶべきか尋ねなかった。
Instead, he walked on and on without directions.
その代わりに、彼は道案内もせずに歩き続けました。
And he followed wherever his nose pointed him.
そして彼は鼻が指し示すところへどこへでも従った。
I don't need to say he was not on the right road.
彼が正しい道を歩んでいなかったことは言うまでもない。
The regions he wandered became less and less inhabited.
彼が放浪した地域では、人が住む場所がだんだん少なくなっていった。
Soon he met no human being for many miles.
やがて彼は何マイルもの間誰にも会わなくなった。
But there were many other things he saw there.
しかし、彼がそこで見たものは他にもたくさんありました。
Things he had never seen in all his life.
彼が生涯一度も見たことのなかったもの。
He saw hillocks of cowries on the roadside.
彼は道端にタカラガイの丘があるのを見た。
Cowries were shells used as money in those times.
タカラガイは当時、お金として使われていた貝殻です。
He kept going and saw hillocks of jewels.
彼は進み続け、宝石の小山を見た。
Next, he saw hillocks of four-anna pieces.
次に、彼は4アンナの金貨の小丘を見た。
Further along were hillocks of eight-anna pieces.

さらに進むと、8アンナの石片が丘のように積まれていた。
And further yet were hillocks of rupees.
そしてさらにその先にはルピー札の山がありました。
But the Brahman's surprise did not end there.
しかし、ブラフマンの驚きはそれだけでは終わらなかった。
Next there was a hill of burnished gold-mohurs.
次には磨かれた金色のモハールの丘がありました。
The burnished gold-mohurs were shining brightly.
磨かれた金色のモハールが明るく輝いていた。
Because the gold-mohurs had been freshly minted.
金貨が新しく鋳造されたからである。
Close to the hill of gold-mohurs was a large house.
ゴールド・モハールの丘の近くには大きな家がありました。
The house looked like the palace of a powerful king.
その家は権力のある王の宮殿のように見えました。
At the door stood a lady of exquisite beauty.
ドアのところには絶世の美女が立っていた。
The lady, seeing the Brahman, said;
女性はブラフマンを見て言いました。
"Come to me, my beloved husband"
「私の愛する夫よ、私のところに来なさい」
"You married me when I was young"
「あなたは私が若い頃に結婚しました」
"But you never came back after our marriage"
「でも、結婚してからあなたは戻ってこなかった」
"Though I have been daily expecting you"
「毎日あなたを待っていたのに」
"Blessed be this day," said the lady.
「今日は祝福された日です」と女性は言った。
"On this day I see the face of my husband"
「この日、私は夫の顔を見る」
"Come, my sweet, come in," she asked of him.
「さあ、愛しい人、入って」と彼女は彼に頼んだ。

"You must be fatigued from your long journey"
「長旅でお疲れでしょう」
"Wash your feet and rest, and eat and drink"
「足を洗って休み、食べて飲んでください」
"And after that we shall make ourselves merry"
「その後は楽しく過ごそう」
The Brahman was astonished beyond measure.
ブラフマンは計り知れないほど驚きました。
He had no recollection marrying twice.
彼は二度結婚した記憶がなかった。
He remembered marrying the wife he left at home.
彼は家に残してきた妻と結婚したことを思い出した。
But he did not remember marrying this lady.
しかし彼はこの女性と結婚したことを覚えていなかった
。
But he remembered that he was a Kulin Brahman.
しかし、彼は自分がクリン・ブラフマンであることを思
い出しました。
Perhaps his father got him married as a child.
おそらく彼は父親のせいで子供の頃に結婚させられたの
だろう。
But what he thought did not matter much.
しかし、彼が何を考えたかは大して重要ではなかった。
The woman was certain he was her husband.
その女性は彼が自分の夫であると確信していた。
And he had no reason to say he was not her husband.
そして彼が彼女の夫ではないと言う理由はなかった。
Because her beauty was more than he could fathom.
なぜなら彼女の美しさは彼の想像をはるかに超えていた
からだ。
As beautiful as the Goddesses of Indra's heaven.
インドラの天界の女神たちと同じくらい美しい。
And he was sure that she was wealthy too.
そして彼は彼女も裕福であると確信していた。
These thoughts went through the Brahman's mind.
これらの考えがブラフマンの心中をよぎりました。

But the lady interrupted his flow of thought.
しかし、その女性は彼の思考の流れを遮った。
"Are you doubting whether I am your wife?"
「私があなたの妻かどうか疑っているのですか？」
"Have you lost all memories of that happy event?
「あの幸せな出来事の記憶は全部失ってしまったのですか？
"All the pomp and circumstance of our nuptials"
「私たちの結婚式の華やかさすべて」
"Come in, beloved; this is your house"
「愛しい人よ、入りなさい。ここがあなたの家です」
"Because whatever is mine is thine also"
「わたしのものはすべてあなたのものでもあるのですから」
The fair lady easily persuaded the Brahman.
美しい女性は簡単にブラフマンを説得した。
And he succumbed to her loving entreaties.
そして彼は彼女の愛情のこもった懇願に屈した。
And he went into the house of the lady.
そして彼はその婦人の家に入った。
The house was not an ordinary one.
その家は普通の家ではありませんでした。
The house was in fact a magnificent palace.
その家は実際、壮麗な宮殿でした。
All the apartments were large and lofty.
アパートはすべて広くて高層でした。
Every room in the palace was richly furnished.
宮殿のどの部屋も豪華な家具が置かれていました。
But one thing surprised the Brahman very much.
しかし、あることがブラフマンを非常に驚かせました。
There was no other person in all the house.
家の中には他に誰もいなかった。
The only one there was the lady herself.
そこにいたのは女性本人だけだった。
He could not account for the strange phenomenon.
彼はその奇妙な現象を説明できなかった。

They meet anyone on their walks either.
散歩中に誰かに会うこともありません。
The fact was that the lady was not a human being.
実際のところ、その女性は人間ではありませんでした。
What the lady really was was a Rakshasi.
その女性の正体はラークシャシでした。
She had eaten up the king and queen.
彼女は王と女王を食べてしまった。
And she had eaten all the members of the royal family.
そして彼女は王族全員を食べてしまったのです。
And gradually she had eaten their servants too.
そして徐々に彼女は彼らの召使いたちも食べるようになった。
This was why there were no humans far and wide.
これが、遠くまで人間がいなかった理由です。
The Rakshasi and the Brahman now lived together.
ラークシャシとブラフマンは一緒に暮らすようになりました。
After a week the former said to the latter;
一週間後、前者は後者にこう言いました。
“I am very anxious to see my sister”
「妹に会うのがとても待ち遠しいです」
“As you know, my sister is your other wife”
「ご存知の通り、私の妹はあなたのもう一人の妻です」
“You must go and fetch my sister; your other wife”
「あなたは私の妹、つまりあなたのもう一人の妻を迎えに行かなければなりません」
“Then we shall all live together happily”
「そうすれば私たちはみんな幸せに暮らせるでしょう」
“You must go to get her early tomorrow”
「明日は早く彼女を迎えに行かなくてはならない」
“I will give you clothes and jewels for her”
「彼女のために服と宝石をあげよう」
Next morning the Brahman set out for his home.
翌朝、ブラフマンは家に向けて出発しました。
He was furnished with fine clothes.

彼は上等な衣服を着せられていた。
And he wore around his wrists costly ornaments.
そして彼は手首に高価な装飾品を着けていた。

The poor woman was in great distress.
そのかわいそうな女性は大きな苦悩に陥っていた。
The funeral ceremony of the king's mother was over.
国王の母の葬儀は終わった。
All the Brahmans and Pandits had returned.
すべてのバラモンとパンディットが戻ってきました。
And they were loaded with donations.
そして、寄付金がいっぱい積まれていました。
But her husband had not returned.
しかし夫は帰って来なかった。
No one could give any news of him.
誰も彼についてのニュースを伝えることができなかった
。
Because no one had seen him there.
誰も彼をそこに見ていなかったからです。
The woman therefore could only come to one conclusion.
したがって、女性は一つの結論に達するしかなかった。
He must have been murdered on the road by highwaymen.
彼は路上で追いはぎに殺されたに違いない。
She was in this terrible suspense.
彼女はひどい不安に陥っていた。
But then one day she heard some rumors.
しかしある日、彼女はある噂を耳にしました。
People in her village were talking about her husband.
彼女の村の人々は彼女の夫について話していました。
They said they saw him coming back.
彼らは彼が戻ってくるのを見たと言った。
And they said he was dressed in fine clothes.
そして彼らは、彼が立派な服を着ていたと言いました。
And they said he had fine jewels for his wife.
そして彼らは、彼が妻のために素晴らしい宝石を持って
いると言いました。

And sure enough the Brahman soon appeared.
そして確かにブラフマンはすぐに現れました。
And he was carrying fine jewels for his wife.
そして彼は妻のために立派な宝石を携えていた。
On seeing his wife the Brahman thus accosted her;
ブラフマンは妻を見ると、こう話しかけました。
"Come with me, my dearest wife"
「私と一緒に来なさい、私の最愛の妻よ」
"I have found my first wife"
「最初の妻を見つけた」
"She lives in a stately palace"
「彼女は堂々とした宮殿に住んでいる」
"Near her palace are hillocks of rupees"
「彼女の宮殿の近くにはルピーの小山がある」
"And there is a large hill of gold-mohurs"
「そしてそこには金のモハールの大きな丘がある」
"Why should you pine away in wretchedness?"
「なぜあなたは惨めに衰弱していくのですか？」
"Why would you stay in this horrible place?"
「なぜこんなひどい場所に留まっているのですか？」
"Come with me to the house of my first wife"
「最初の妻の家へ一緒に来なさい」
"There we shall all live together happily"
「そこで私たちは皆幸せに暮らすでしょう」
At first, she thought her half-witted man had gone mad.
最初、彼女はその愚かな男が気が狂ったのだと思った。
She could not imagine the hillocks of rupees.
彼女はルピーの山を想像できなかった。
And she could not imagine a hill of gold-mohurs.
そして彼女は、金色のモハーの丘を想像できなかった。
But then she saw how he was beautifully dressed.
しかし、彼女は彼が美しく着飾っていることに気づいた
。
Beautiful clothes of exquisite silks and satins.
上質なシルクとサテンで作られた美しい衣服。
Ornaments set with diamonds and precious stones.

ダイヤモンドや宝石をあしらった装飾品。
Clothes fit for the queen of the land.
国の女王にふさわしい衣装。
Clothes only princesses were in the habit of putting on.
王女様だけが着る習慣のある衣服。
She concluded in her mind that something was amiss:
彼女は心の中で、何かがおかしいと結論づけた。
Her stupid husband must have been tricked.
彼女の愚かな夫は騙されたに違いない。
He must have fallen into the meshes of a Rakshasi.
彼はきっと、ラークシャシの網に落ちてしまったのだろう。
The Brahman, however, insisted his wife went with him.
しかし、ブラフマンは妻も一緒に行くことを主張した。
"Feel free to stay here and pine away in poverty"
「ここに留まって貧困に苦しんでも構いません」
"As for me, I will return to the palace of my first wife"
「私は最初の妻の宮殿に戻ります」
The good woman did her best to stop her husband.
その善良な女性は夫を止めるために全力を尽くした。
But in the end she resolved to go with him.
しかし結局彼女は彼と一緒に行くことにした。
Perhaps she could judge the matter better at the palace.
おそらく彼女は宮殿でその問題をよりよく判断できるだろう。

They set out accordingly the next morning.
彼らは翌朝それに従って出発した。
They went the same road the Brahman had travelled.
彼らはブラフマンが歩んだのと同じ道を歩んだ。
The woman was not a little surprised by what she saw.
その女性は見たものに少なからず驚いた。
She saw the hillocks of cowries and of jewels.
彼女はタカラガイと宝石の丘を見た。
And she saw hillocks of eight-anna pieces.
そして彼女は、8アンナの金貨の小山を見た。

And she saw the hillocks of rupees too.
そして彼女はルピーの山も見ました。
And last of all she saw a lofty hill of gold-mohurs.
そして最後に彼女は、金色のモハーの高い丘を見た。
She saw also an exceedingly beautiful lady.
彼女はまた、非常に美しい女性も見ました。
The lady of the palace was hastening towards her.
宮廷の女官は彼女の方へ急いでいた。
The lady fell on the neck of the Brahman woman.
その女性はブラフマンの女性の首に倒れ込んだ。
And she wept tears of joy, and said:
そして彼女は喜びの涙を流してこう言いました。
"Welcome, beloved sister!"
「ようこそ、愛しい妹よ！」
"This is the happiest day of my life!"
「今日は私の人生で一番幸せな日です！」
"I see the face of my dearest sister again!"
「最愛の妹の顔がまた見れた！」
The husband and his two wives entered the palace.
夫と二人の妻は宮殿に入りました。
Now he was lodged in a stately mansion.
今、彼は立派な邸宅に住んでいた。
The most delectable food appeared, as if by enchantment.
まるで魔法にかかったかのように、とてもおいしい食べ
物が現れました。
He was caressed and endeared by his two wives.
彼は二人の妻から愛され、慕われていた。
Both wives did their best to make him happy.
二人の妻は彼を幸せにするために最善を尽くした。
Both wives did their best to make him comfortable.
二人の妻は彼を安心させるために最善を尽くした。
His two wives were competing for his love.
彼の二人の妻は彼の愛を求めて争っていた。
The Brahman had a jolly time of it.
ブラフマンは楽しい時間を過ごしました。
He was steeped in an ocean of enjoyment.

彼は楽しみの海に浸っていた。
The Brahman lived in this state of Elysian pleasure.
ブラフマンはこの楽園の至福の境地に生きていました。
Some fifteen or sixteen years he spent this way.
彼は15、6年ほどをこのように過ごした。
During this time his two wives presented him with two sons.
この間、彼の二人の妻は二人の息子を産んだ。
The Rakshasi's son was the elder.
ラークシャシの息子が兄でした。
He looked more like a god than a human being.
彼は人間というより神のように見えた。
He was named Sahasra-Dal.
彼はサハスラ・ダルと名付けられました。
His name meant the thousand-branched.
彼の名前は「千枝」を意味します。
The son of the Brahman woman was a year younger.
ブラフマンの女の息子は一歳年下でした。
He was named Champa-Dal
彼はチャンパ・ダルと名付けられました
His name meant the branch of a champaka tree.
彼の名前はチャンパカの木の枝を意味していました。
The two brothers loved each other dearly.
二人の兄弟は互いに心から愛し合っていた。
They were both sent to the same school.
二人は同じ学校に通った。
The school was several miles distant from the palace.
学校は宮殿から数マイル離れていました。
Every day they rode their two little ponies to school.
彼らは毎日二頭の小さなポニーに乗って学校へ通いました。
The Brahman woman had always been suspicious.
ブラフマンの女は、常に疑い深かった。
A thousand little circumstances gave her clues.
何千もの小さな出来事が彼女に手がかりを与えた。
She knew her sister-in-law was not a human being.

彼女は義理の妹が人間ではないことを知っていた。
She was sure her sister-in-law was a Rakshasi.
彼女は義理の妹がラークシャシであると確信していた。
But her suspicion had not yet ripened into certainty.
しかし、彼女の疑念はまだ確信にまでは達していなかった。
Because the Rakshasi exercised great self-restraint.
なぜなら、ラークシャシは偉大な自制心を発揮したからです。
She never did anything which human beings did not do.
彼女は人間がやらないようなことは決してしなかった。
But she couldn't hide her demonic nature forever.
しかし、彼女は自分の悪魔的な本性を永遠に隠すことはできませんでした。
Her demonic nature was eventually going to reveal itself.
彼女の悪魔的な本性は、やがて明らかになるだろう。

The Brahman had little to keep him busy.
ブラフマンには忙しくすることがほとんどなかった。
In order to pass his time he went hunting.
時間をつぶすために彼は狩りに出かけた。
The first day he returned with an antelope.
最初の日、彼はカモシカを連れて帰ってきました。
The antelope was laid in the courtyard of the palace.
カモシカは宮殿の中庭に横たわっていました。
The Rakshasi saw the antelope with great interest.
ラークシャシは、そのカモシカを大変興味深く見ました。
At the sight of the raw meat her mouth began to water.
生の肉を見ると、彼女の口の中にヨダレが出始めた。
The antelope was never taken to the kitchen.
アンテロープは決して台所に連れて行かれなかった。
Instead, the Rakshasi took the antelope to another room.
その代わりに、ラークシャシはカモシカを別の部屋に連れて行きました。
In this room she began devouring the antelope.

この部屋で彼女はカモシカを食い始めました。
The Brahman woman saw everything from a secret room.
ブラフマンの女は秘密の部屋からすべてを見ました。
Her Rakshasi sister tore a leg off the antelope.
彼女のラクシャシの妹は、アンテロープの足を引きちぎりました。
She saw how she opened her tremendous jaw.
彼女は自分が巨大な顎をどのように開けるかを見ました。
And in one mouthful she swallowed up the leg.
そして彼女は一口でその足を飲み込んだ。
The other limbs were devoured in the same manner.
他の手足も同様に食べられてしまいました。
And opening her jaw even further, she swalled the body.
そして、彼女はさらに顎を開けて、その死体を飲み込んだ。
Only a little bit of the meat was kept for the kitchen.
ほんの少しの肉だけがキッチン用に残されました。
On the second day the Brahman caught another antelope.
2日目に、ブラフマンはもう一頭のカモシカを捕まえました。
On the third day the Brahman caught another antelope.
3日目に、ブラフマンはもう一頭のカモシカを捕まえました。
The Rakshasi was unable to restrain her appetite.
ラークシャシは食欲を抑えることができませんでした。
The raw flesh brought out her demonic nature.
生の肉が彼女の悪魔的な本性を引き出した。
And she devoured each antelope like the last.
そして彼女は、前のものと同じように、それぞれのカモシカを貪り食った。
On the third day the Brahman woman expressed her surprise.
三日目に、ブラフマンの女は驚きを表明しました。
"Nearly three whole antelopes have disappeared"
「アンテロープ3頭近くが姿を消した」

"All that is left is a little bit of meat"
「残っているのはほんの少しの肉だけだ」
The Rakshasi did not appreciate the accusation.
ラークシャシはその非難を快く思わなかった。
"Do I eat raw flesh?" she asked fiercely.
「生の肉を食べるんですか？」と彼女は激しく尋ねた。
"Perhaps you do eat raw flesh," replied the Brahman woman.
「もしかしたら、あなたは生の肉を食べているのかもしれませんね」とバラモンの女は答えました。
"I have nothing to prove the contrary"
「反証するものは何もない」
The Rakshasi knew she had been discovered.
ラクシャシは自分が発見されたことを知りました。
Her eyes became even fiercer than before.
彼女の目は前よりもさらに鋭くなった。
And she vowed to get her revenge.
そして彼女は復讐を誓った。
The Brahman woman concluded her fate was sealed.
ブラフマンの女は自分の運命は決まっていると結論した。
She thought her husband would meet the same fate.
彼女は夫も同じ運命を辿るだろうと思った。
She did not expect her son to be spared either.
彼女は自分の息子も助かるとは思っていなかった。
That night she hardly slept at all.
その夜、彼女はほとんど眠れなかった。
The Rakshasi had prevented her from seeing her husband.
ラクシャシは彼女が夫に会うのを妨げました。
Early next morning Champa-Dal went to school.
翌朝早く、チャンパ・ダルは学校に行きました。
Before he went to school she gave her son a golden bottle.
息子が学校に行く前に、彼女は息子に金の瓶を渡した。
In the golden bottle was her own breast milk.
金色の瓶の中には彼女自身の母乳が入っていました。
"Carefully watch the colour of the milk"

「牛乳の色を注意深く見てください」
"If the milk turns red, your father has been killed"
「牛乳が赤くなったら、お父さんが殺された」
"If the milk turns redder, then I have been killed"
「牛乳が赤くなったら、私は殺された」
"If the milk turns red you must gallop away"
「牛乳が赤くなったら、逃げなくてはならない」
"Gallop as fast as your horse can carry you"
「馬が走れる限り速く駆け抜けなさい」
"If you do not run away, you will be devoured"
「逃げなければ、食べられてしまう」
That morning the Rakshasi made a suggestion to her husband.
その朝、ラークシャシは夫にある提案をしました。
"Let us bathe in the river this morning"
「今朝は川で水浴びをしましょう」
She would not take no for an answer.
彼女は「ノー」という答えを受け入れなかった。
The river was some distance from the palace.
川は宮殿から少し離れたところにありました。
The Brahman followed her as meekly as a lamb.
ブラフマンは子羊のように従順に彼女に従った。
The Brahman woman saw that her doom was near.
ブラフマンの女は自分の破滅が近いことを悟った。
But it was beyond her power to avert the catastrophe.
しかし、その大惨事を回避するのは彼女の力では不可能だった。
The Brahman and the Rakshasi did indeed reach the river.
ブラフマンとラークシャシは確かに川に到着しました。
Soon after the Rakshasi changed into her real dimensions.
すぐに、ラクシャシは本来の姿に変化しました。
She tore the Brahman limb from limb.
彼女はブラフマンを手足から引き裂いた。
She devoured him like she had devoured the antelope.
彼女はカモシカを貪り食ったように彼を貪り食った。
Then she ran back to her palace.

それから彼女は宮殿へ走って戻りました。
The wive's fate was the same as the Brahman's.
妻の運命はバラモンと同じでした。

Young Champ Dal had done as his mother instructed.
若いチャンプ・ダルは母親の指示通りにしました。
He was diligently observing the golden bottle.
彼は金色の瓶を熱心に観察していた。
He paid special attention to the colour of the milk.
彼は牛乳の色に特に注意を払った。
He was horror-struck to find the milk redden a little.
彼は牛乳が少し赤くなっているのを見て恐怖に襲われた
。
"My father has been killed," he cried.
「父が殺された」と彼は叫んだ。
Soon after the milk completely reddened.
すぐに牛乳は完全に赤くなりました。
"Now my mother has been killed too," he cried.
「今度は私の母も殺されてしまった」と彼は叫んだ。
Quickly he rushed to mount his pony.
彼は急いでポニーに乗りました。
His half-brother, Sahasra-Dal, was surprised.
彼の異母兄弟であるサハスラ・ダルは驚いた。
"Where are you going, Champa?"
「チャンパ、どこへ行くの？」
"Why are you crying, brother?"
「お兄ちゃん、どうして泣いてるの？」
"Let me accompany you to wherever you are going"
「どこへでもお供させてください」
But Champa-Dal now feared his brother.
しかし、チャンパ・ダルは今や兄を恐れていた。
"Oh! do not come to me," he objected.
「ああ！私のところに来ないで」と彼は反対した。
"Your mother has devoured my father and mother"
「あなたの母は私の父と母を食い尽くしました」
"Don't you come and devour me"

「私を食いに来ないで」
"I will not devour you," he promised his brother.
「私はあなたを食い尽くしません」と彼は兄に約束しました。
"I'll save you," he promised his brother.
「僕が君を救ってみせる」と彼は兄に約束した。
And he galloped after his brother, Champa-Dal.
そして彼は兄のチャンパ・ダルの後を追って駆け出した。
Soon his mother, the Rakshasi, appeared at a distance.
やがて彼の母親であるラークシャシが遠くから現れました。
She demanded Champa-Dal to come to her.
彼女はチャンパ・ダルに自分のところに来るように要求した。
But Champa-Dal knew better than to go to the Rakshasi.
しかし、チャンパ・ダルはラクシャシのところに行くべきではないことを知っていました。
"Champa-Dal will not come to you, but I will"
「チャンパダルはあなたのところに来ないだろうが、私は来る」
And instead, Sahasra-Dal went to his mother.
そして、サハスラ・ダルは母親のもとへ行きました。
The young prince always carried a sword with him.
若い王子はいつも剣を持ち歩いていた。
With his sword he cut off his mother's head.
彼は剣で母親の首を切り落とした。
Champa-Dal had not stayed to witness this.
チャンパ・ダルはこれを目撃するために留まっていなかった。
He had galloped off as far as his pony could carry him.
彼はポニーが運べる限り遠くまで駆け去った。
Because he was running for his life.
彼は命からがら逃げていたからだ。
But Sahasra-Dal soon caught up with his brother.
しかし、サハスラ・ダルはすぐに兄に追いついた。

And he told him that his mother was no more.
そして彼は、母親はもういないことを告げた。
This was small consolation to Champa-Dal.
これはチャンパ・ダルにとって小さな慰めだった。
The Rakshasi had already devoured both his parents.
ラークシャシはすでに彼の両親を食い尽くしていました
。
But he could still not trust Sahasra-Dal's friendship.
しかし、彼はまだサハスラ・ダルとの友情を信頼するこ
とができなかった。
They both rode as fast as their horses could carry them.
二人は馬の速度に合わせて全速力で走った。
And their horses could carry them very far.
そして彼らの馬は彼らを非常に遠くまで運ぶことができ
ました。
Because their horses were Pakshirajes horses.
彼らの馬はパクシラジェスの馬だったからです。
Pakshirajes horses are the kings of birds.
パクシラジェスの馬は鳥の王様です。
On their horses they travelled over hundreds of miles.
彼らは馬に乗って何百マイルも旅した。
An hour or two before sundown they reached a village.
日没の1、2時間前に彼らは村に到着した。
Here they became the guests of a respectable family.
ここで彼らは立派な家族の客人となった。
But the two brothers saw the family was in gloom.
しかし、二人の兄弟は家族が暗い状況にあることに気づ
きました。
Something was agitating the family very much.
何かが家族を非常に動揺させていました。
Some of the family held private consultations.
家族の中には個人的に相談した人もいました。
And others in the family were weeping.
そして家族の他の人たちも泣いていました。
The mother was the eldest lady in the house.
母親はその家の中で一番年上の女性でした。

"I will go, as I am the eldest," she said.
「私が長女なので行きます」と彼女は言った。
"I have lived long enough"
「もう十分生きてきた」
"At most my life would be cut short by a year or two"
「せいぜい1、2年くらい寿命が縮まるだけだ」
The youngest member of the house was a little girl.
その家の一番年下のメンバーは小さな女の子でした。
"I will go, as I am young," she said.
「私は若いので行きます」と彼女は言った。
"I am useless to the family"
「私は家族にとって役に立たない」
"If I die, I shall not be missed"
「私が死んでも、誰も私を惜しまないだろう」
The head of the house was the son of the old lady.
その家の主は老婦人の息子だった。
"I am the representative of the family," he said.
「私は家族の代表です」と彼は言った。
"It is but reasonable that I should give up my life"
「私が命を捨てるのは当然のことだ」
He also had a younger brother.
彼には弟もいました。
"You are the pillar of the family," he said.
「君は一家の大黒柱だ」と彼は言った。
"If you go the whole family is ruined"
「あなたが行けば家族全員が破滅する」
"It is not reasonable that you should go"
「あなたが行くのは合理的ではない」
"I will go, as I shall not be much missed"
「私は行きます。誰も私を惜しまないだろうから」
The two strangers listened to all this conversation.
二人の見知らぬ人はこの会話の一部始終を聞いていた。
You can imagine their curiosity was not little.
彼らの好奇心は決して小さくなかったことは想像に難く
ありません。
They wondered what the discussion could be about.

彼らはその議論が何についてのものなのか疑問に思った
。
Sahasra-Dal took the risk of being thought meddlesome.
サハスラ・ダルは、おせっかいだと思われるリスクを冒
した。
"What is the subject of your consultations?"
「ご相談内容は何ですか？」
"What is the reason for your deep miserable?"
「あなたの深い悲しみの理由は何ですか？」
"Why are your words full of countenances?"
「なぜあなたの言葉は表情に満ちているのですか？」
The head of the house gave the following answer.
家長は次のように答えた。
"There is something you must know, me worthy guests"
「あなた方に知っておいていただきたいことがあります
、私のような立派な客人よ」
"These lands are infested by a terrible Rakshasi"
「この土地には恐ろしいラークシャシが蔓延している」
"This Rakshasi has depopulated all the regions here"
「このラークシャシはここのすべての地域の人口を減ら
しました」
"This town, too, would have been depopulated"
「この町も人口が減っていただろう」
"But that our king became suppliant to the Rakshasi"
「しかし、我らの王はラクシャシに懇願するようになっ
た」
"He begged her to show mercy to us his people"
「彼は彼女に、我々国民に慈悲を示してくれるよう懇願
した」
The Rakshasi replied to the king.
ラクシャシは王に答えました。
"I will consent to show mercy to your subjects"
「私はあなたの臣民に慈悲を示すことに同意します」
"But there is one condition for my mercy"
「しかし、慈悲を与えるには条件が一つある」
"Every night I demand one human being"

「毎晩私は一人の人間を要求する」
"I don't mind if it is a male or a female"
「男性でも女性でも構いません」
"Put the human being in a temple for me to feast"
「その人間を神殿に置き、私に祝宴を開いてくれ」
"If I get a human being every night I will rest satisfied"
「毎晩人間をゲットできれば満足して眠れる」
"Promise me this and I will commit no further depredations"
「これを約束すれば、私はこれ以上の略奪行為は行いません」
"Your subjects will be spared from my ravenous hunger"
「あなたの臣民は私の飢えから救われるでしょう」
"Our king had no other alternative than to agree"
「我らの王は同意する以外に選択肢がなかった」
"What human can ever hope to contend against a Rakshasi?"
「一体どんな人間がラークシャシと戦えるというのでしょうか?」
"From that day the king made a new law"
「その日から王は新しい法律を制定した」
"Every family has to send one member to the temple"
「各家庭は一人を神殿に送らなければなりません」
"To appease the wrath of the terrible Rakshasi"
「恐ろしいラークシャシの怒りを鎮めるために」
"To satisfy the endless hunger of the Rakshasi"
「ラークシャシの果てしない飢えを満たすために」
"All the families in this neighbourhood have had their turn"
「この近所のすべての家族が順番に来ました」
"This night it is the turn of our family"
「今夜は私たち家族の番です」
"One of us is to devote ourself to destruction"
「我々のうちの一人は破滅に身を捧げる」
"We are therefore discussing who should go to the Rakshasi"
「そこで、誰がラクシャシに行くべきかを議論しているのです」

"You can now perceive the cause of our distress"
「あなたは今、私たちの苦悩の原因を理解できるでしょう」
The two friends consulted together for a few minutes.
二人の友人は数分間相談した。
After this time they concluded their consultation.
この後、彼らは相談を終了しました。
Sahasra-Dal was the spokesman for the brothers.
サハスラ・ダルは兄弟たちのスポークスマンだった。
"Most worthy host, do not any longer be sad"
「最も立派な主人よ、もう悲しまないでください」
"You have been very kind to us"
「あなたは私たちにとても親切でした」
"We have resolved to requite your hospitality"
「私たちはあなたの親切に報いることを決意しました」
"We will go to the temple instead of you"
「あなたに代わって私たちが寺に行きます」
"We shall go as your representatives"
「私たちはあなたの代表として行きます」
"We will become the food of the Rakshasi"
「我々はラークシャシの食べ物となるだろう」
The whole family protested against the proposal.
家族全員がその提案に抗議した。
They declared that guests were like gods.
彼らは客は神様のような存在だと宣言した。
"The host must ensure the comfort of the guests"
「ホストはゲストの快適さを確保しなければならない」
"The guests must not suffer for the host"
「客は主人のために苦しむべきではない」
But the two strangers could not be persuaded.
しかし、二人の見知らぬ人は説得されなかった。
"We will stand as proxies for your family"
「私たちはあなたの家族の代理人として立ちます」
There was a great deal of objection to the proposal.
その提案に対しては大きな反対があった。
But eventually the guests persuaded their hosts.

しかし結局、客たちはホストを説得した。
Finally the hosts consented to the arrangement.
最終的に主催者はその取り決めに同意した。

Sahasra-Dal and Champa-Dal rode off on their horses.
サハスラ・ダルとチャンパ・ダルは馬に乗って出発しました。
Immediately after candle light they reached the temple.
ろうそくの灯りがともるとすぐに彼らは寺院に到着しました。
They went into the temple, and shut the door.
彼らは神殿に入り、扉を閉めました。
Sahasra told his brother to go to sleep.
サハスラは弟に寝るように言いました。
"I will guard over your sleep"
「私はあなたの眠りを守ります」
"I will watch out for the terrible Rakshasi"
「私は恐ろしいラクシャシに気をつけよう」
Champa was soon in a fine sleep.
チャンパはすぐにぐっすりと眠りにつきました。
Sahasra lay awake, waiting for the Rakshasi.
サハスラは目を覚まして横たわり、ラクシャシを待っていた。
Nothing happened during the early hours of the night.
夜の早い時間帯には何も起こらなかった。
But then the gong of the king's bell sounded.
しかしその時、王の鐘の音が鳴りました。
It was midnight, the dead hour of the night.
それは真夜中、夜の静かな時間でした。
Sahasra heard the sound as of a rushing tempest.
サハスラは激しい嵐のような音を聞いた。
He used the knowledge he had of Rakshasas.
彼はラークシャサについての知識を活用しました。
He concluded the Rakshasi was nigh.
彼は、ラークシャシが近づいていると結論した。
A thundering knock was heard at the door.

ドアを激しくノックする音が聞こえた。
The following words accompanied the knock at the door:
ドアをノックする音とともに次の言葉が聞こえた。
"How, mow, khow! A human being I smell"
「やあ、やあ、やあ！人間の匂いがする」
"Who keeps guard inside this temple?"
「この寺院の中を警備しているのは誰ですか？」
To this question Sahasra-Dal made the following reply:
この質問に対して、サハスラ・ダルは次のように答えました。
"Sahasra-Dal keeps guard inside this temple"
「サハスラ・ダルはこの寺院を守っている」
"Champa-Dal keeps guard inside this temple"
「チャンパ・ダルはこの寺院を守っている」
"Two winged horses keep guard inside this temple"
「この寺院には二頭の翼のある馬が守っている」
Rakshasa blood flowed through Sahasra-Dal's veins.
サハスラ・ダルの血管にはラークシャサの血が流れていた。
The Rakshasi knew Sahasra-Dal was not human.
ラクシャシはサハスラ・ダルが人間ではないことを知っていました。
And so the Rakshasi turned away with a groan.
そして、ラクシャシはうめき声をあげながら立ち去りました。
After an hour the Rakshasi returned to the temple.
1時間後、ラークシャシは寺院に戻りました。
The Rakshasi thundered at the door again.
ラクシャシは再びドアに向かって雷のような音を立てて鳴らした。
"How, mow, khow! A human being I smell"
「やあ、やあ、やあ！人間の匂いがする」
"Who keeps guard inside this temple?"
「この寺院の中を警備しているのは誰ですか？」
To this question Sahasra-Dal again replied:
この質問に対して、サハスラ・ダルは再びこう答えた。

"Sahasra-Dal keeps guard inside this temple"
「サハスラ・ダルはこの寺院を守っている」
"Champa-Dal keeps guard inside this temple"
「チャンパ・ダルはこの寺院を守っている」
"Two winged horses keep guard inside this temple"
「二頭の翼のある馬がこの寺院を守っている」
The Rakshasi again groaned and went away.
ラークシャシは再びうめき声をあげて立ち去りました。
At two o'clock the Rakshasi appeared once more.
2時に、ラークシャシが再び現れました。
And at three o'clock the Rakshasi came again.
そして3時にラークシャシが再びやって来ました。
Each time the Rakshasi made the same inquiry.
毎回、ラークシャシは同じ質問をしました。
And each time the Rakshasi left with a groan.
そしてそのたびに、ラークシャシはうめき声をあげながら去っていきました。
After three o'clock, however, Sahasra-Dal felt very sleepy.
しかし、3時を過ぎると、サハスラ・ダルは非常に眠くなりました。
He could not any longer keep awake.
彼はもう眠れなかった。
He therefore roused Champa.
そこで彼はチャンパを起こした。
And he told him to keep guard over the temple.
そして彼に神殿の警備をするように命じました。
"The Rakshasi will come again in an hour"
「ラークシャシは1時間後にまた来るだろう」
"The Rakshasi will ask who keeps guard here"
「ラクシャシは誰がここを守っているのか尋ねるだろう」
"You must mention Sahasra's name first"
「まずサハスラの名前を挙げなければなりません」
Having given these instructions he went to sleep.
これらの指示を与えると、彼は眠りについた。
At four o'clock the Rakshasi again made her appearance.

4時に、ラークシャシは再び姿を現しました。
The Rakshasi thundered at the door, and said:
ラークシャシはドアの前で雷鳴のような音を立てて言いました。
"How, mow, khow! A human being I smell"
「やあ、やあ、やあ！人間の匂いがする」
"Who keeps guard inside this temple?"
「この寺院の中を警備しているのは誰ですか？」
Champa-Dal was in a terrible fright.
チャンパ・ダルはひどく怯えていました。
He had forgotten the instructions of his brother.
彼は兄の指示を忘れていた。
"Champa-Dal keeps guard inside this temple"
「チャンパ・ダルはこの寺院を守っている」
"Sahasra-Dal keeps guard inside this temple"
「サハスラ・ダルはこの寺院を守っている」
"Two winged horses keep guard inside this temple"
「この寺院には二頭の翼のある馬が守っている」
The Rakshasi uttered a shout of exultation.
ラクシャシは歓喜の叫びを上げました。
And the Rakshasi laughed how only demons can laugh.
そしてラクシャシは、悪魔だけが笑えると笑いました。
With a dreadful noise the door broke open.
恐ろしい音とともにドアが勢いよく開いた。
The noise roused Sahasra from his sleep.
その騒音でサハスラは眠りから覚めた。
Within a moment he sprung to his feet.
すぐに彼は立ち上がった。
He had his sword with him not only by day.
彼は昼間だけではなく、他の時間も剣を持ち歩いていた。
He had his sword with him by night too.
彼は夜も剣を携帯していた。
His sword was as supple as a palm-leaf.
彼の剣はヤシの葉のようにしなやかだった。
And he cut off the head of the Rakshasi.

そして彼はラクシャシの首を切り落とした。
The huge mountain of a body fell to the ground.
巨大な山のような体が地面に倒れた。
The body made a great noise when it fell.
死体が落ちたとき、大きな音がした。
And the body covered many surrounding acres.
そしてその死体は周囲の何エーカーもの土地を覆った。
Sahasra-Dal kept the severed head of the Rakshasi.
サハスラ・ダルはラクシャシの生首を保管していた。
And he slept again with the head near him.
そして彼はまた頭を自分のそばに置いて眠りました。

Early in the morning some wood-cutters came.
朝早くに木こりたちがやって来ました。
The wood-cutters were passing near the temple.
木こりたちが寺の近くを通っていました。
The wood-cutters saw the huge body on the ground.
木こりたちは地面に横たわる巨大な死体を見た。
So they walked towards the temple.
それで彼らは神殿に向かって歩きました。
Soon they saw that it was a carcass.
すぐに彼らはそれが死体だと分かりました。
The carcass of the terrible Rakshasi.
恐ろしいラクシャシの死骸。
The Rakshasi that had nearly depopulated the land.
土地の人口をほぼ絶滅させたラクシャシ。
There had been a bounty for this Rakshasi.
このラークシャシには賞金がかけられていた。
The king offered the hand of his daughter.
王は娘の手を差し出した。
And the king had offered half the kingdom.
そして王は王国の半分を差し出しました。
He would trade it all for the head of the Rakshasi.
彼はそれをすべてラークシャシの首と交換するつもりで
した。
The wood-cutters saw no claimant at hand.

木こりたちは、近くに希望者がいないことに気づいた。
So they went to get the reward.
それで彼らは報酬を受け取りに行きました。
Each wood-cutter cut off a limb from the Rakshasi.
それぞれの木こりは、ラークシャシの手足を切り落としました。
And each wood-cutter went to the king.
そして木こりたちは皆王のところへ行きました。
And each wood-cutter tried to claim the reward.
そして、それぞれの木こりは報酬を請求しようとしました。
"I am the destroyer of the great man eater"
「私は偉大な人食い獣の破壊者だ」
"I have come to claim my reward"
「報酬を受け取るために来ました」
The king knew there could only be one hero.
王は英雄は一人しかいないことを知っていました。
So he made an inquiry with his minister.
そこで彼は大臣に問い合わせました。
"What family's turn was it last night?"
「昨夜はどの家族の番でしたか？」
"And who is the head of that family?"
「そしてその一族の長は誰ですか？」
The king's minister set out to find the family.
王の大臣はその家族を探しに出かけた。
He brought the head of the family to the king.
彼は一家の主を王のもとに連れてきた。
And the head of the family told of his guests.
そして、一家の主は客のことを話しました。
"Last night two youthful travelers came to me"
「昨夜、二人の若い旅行者が私のところに来ました」
"We offered to be their hosts for the night"
「私たちは一晩彼らをホストすることを申し出ました」
"Soon they discovered the problem we had"
「すぐに彼らは私たちが抱えていた問題に気づきました」

"And they volunteered to take our place"
「そして彼らは私たちの代わりを志願したのです」
"They went to the temple, instead of one of us"
「彼らは私たちの代わりに神殿へ行きました」
The king took his men to the temple.
王は部下たちを連れて寺院へ行った。
The door of the temple was broken open.
寺院の扉が破壊された。
They found the two brothers sleeping.
彼らは二人の兄弟が眠っているのを発見した。
And the horses were safe in the temple too.
そして馬たちも寺院の中では安全でした。
And the head of the Rakshasi was there too.
そして、そこにはラクシャシの頭もいました。
There was no doubt about who had killed the monster.
誰がその怪物を殺したかについては疑いの余地はなかった。
The real hero had been discovered.
本当の英雄が発見された。
And the king kept true to his word.
そして王は約束を守りました。
He gave the hand of his daughter to Sahasra-Dal.
彼は娘の手をサハスラ・ダルに渡した。
And he gave him half his kingdom too.
そして彼は王国の半分も彼に与えました。
Champa-Dal remained with his friend.
チャンパ・ダルは友人と一緒に残りました。
And he rejoiced in Sahasra-Dal's prosperity.
そして彼はサハスラダルの繁栄を喜んだ。
And they lived together happily for some time.
そして彼らはしばらくの間、幸せに暮らしました。

But one day a misunderstanding arose between them.
しかしある日、彼らの間に誤解が生じました。
The queen-mother had a certain maid-servant.
王太后にはある女中がいました。

This maid-servant was the most useful domestic.
この女中は最も役に立つ家政婦だった。
She could turn her hand to any task.
彼女はどんな仕事でもこなすことができた。
And she had uncommon strength for a woman.
そして彼女は女性としては並外れた強さを持っていました。
Her intelligence was not lacking either.
彼女の知性も欠けてはいなかった。
And she had a remarkable amount of energy.
そして彼女は驚くべきエネルギーを持っていました。
She would have been quickly missed in the palace.
宮殿では彼女がいなくなるとすぐに寂しがられただろう。
The zenana was completely dependent on her.
ゼナナは彼女に完全に依存していました。
Hence her services were highly valued.
そのため、彼女の貢献は高く評価されました。
The queen-mother appreciated her very much.
王太后は彼女をとても高く評価した。
And the ladies of the palace valued her too.
そして宮殿の女性たちも彼女を高く評価していました。
But this valuable woman was not a woman.
しかし、この貴重な女性は女性ではありませんでした。
What this woman was was a Rakshasi.
この女性はラークシャシでした。
She had put on the appearance of a woman.
彼女は女性の姿をしていた。
She had her own nefarious reasons for doing this.
彼女がこれをやったのには、彼女なりの邪悪な理由があった。
And then she took service in the royal household.
そして彼女は王室に仕えるようになりました。
At night she used to assume her own real form.
夜になると彼女は本来の姿に戻るのだった。
When everyone in the palace was asleep.

宮殿の全員が眠っているとき。
And then she went about in search of food.
そして彼女は食べ物を探しに歩き回りました。
Because her hunger was not satisfied at the palace.
宮殿では彼女の空腹が満たされなかったからです。
A Rakshasi needs much more food than a man or woman.
ラークシャシは男性や女性よりもはるかに多くの食物を
必要とします。
At this time Champa-Dal had no wife.
当時、チャンパ・ダルには妻がいなかった。
So he often slept outside the zenana.
それで彼はよくゼナナの外で寝ました。
He was not far from the outer gate of the palace.
彼は宮殿の外門からそれほど遠くなかった。
And from there he could observe her.
そしてそこから彼は彼女を観察することができた。
He saw her devouring sundry goats and sheep.
彼は彼女が様々なヤギや羊をむさぼり食うのを見た。
And he saw her devouring horses and elephants.
そして彼は彼女が馬や象を食い尽くすのを見た。
This of course was not good for the maid-servant.
もちろん、これは女中にとって良いことではありません
でした。
Champa-Dal was in the way of her supper.
チャンパ・ダルは彼女の夕食の邪魔をしていた。
So she was determined to get rid of him.
それで彼女は彼を排除しようと決心した。
One day she went to the queen-mother.
ある日、彼女は王妃のところへ行きました。
"Queen-mother," she said to her.
「皇太后様」と彼女は言いました。
"I can no longer work in the palace"
「もう宮殿で働くことはできない」
"Why?" asked the queen-mother.
「なぜですか？」と王妃は尋ねました。
"What is the matter, Dasi" she wanted to know.

「どうしたの、ダシ」と彼女は知りたがった。
"How can I go on without you?"
「あなたなしでどうやって生きていけばいいの？」
"Tell me your reasons for leaving"
「辞める理由を教えてください」
The maid-servant explained her situation.
女中は自分の状況を説明した。
"I am but a poor woman in this palace"
「私はこの宮殿では貧しい女に過ぎません」
"A woman like me can't preserve her honour here"
「私のような女はここでは名誉を保てない」
"Your son-in-law has a friend, Champa-Dal"
「あなたの義理の息子には友達がいます、チャンパ・ダル」
"He always cracks indecent jokes with me"
「彼はいつも私に下品な冗談を言うんです」
"I would rather beg for my rice than to lose my honour"
「名誉を失うよりは米を乞う方がましだ」
"If Champa-Dal remains in the palace I must go away"
「チャンパ・ダルが宮殿に残っているなら、私は去らなければならない」
The maid-servant was irreplicable in the palace.
宮廷では女中は真似できない存在だった。
The queen-mother knew what sacrifice to make.
王太后はどのような犠牲を払うべきかを知っていました。
Champa-Dal was going to have to leave the palace.
チャンパ・ダルは宮殿を去らなければならなかった。
And she told Sahasra-Dal all her reasons.
そして彼女はサハスラ・ダルにすべての理由を話しました。
"Champa-Dal is a bad man"
「チャンパ・ダルは悪い男だ」
"His character and morals are loose"
「彼の性格と道徳観は緩い」
"He must leave this palace at once"

「彼はすぐにこの宮殿を去らなければなりません」
Sahasra-Dal did his best to persuade her otherwise.
サハスラ・ダルは彼女を説得するために全力を尽くした
。
He earnestly pleaded on behalf of his friend.
彼は友人に代わって熱心に弁護した。
But his efforts were in vain.
しかし彼の努力は無駄になった。
The queen-mother had made up her mind.
王太后は決心した。
He had to be driven out of the palace.
彼は宮殿から追い出されなければならなかった。
Sahasra-Dal had not the courage to tell his friend.
サハスラ・ダルには友人にそれを告げる勇気がなかった
。
He therefore wrote a letter to him.
そこで彼は彼に手紙を書いた。
In the letter he was vague about the reason.
彼は手紙の中でその理由を曖昧に述べた。
But either way, he was going to have to leave.
しかし、いずれにせよ、彼は去らなければならなかった
。
Champa-Dal went to have a bath.
チャンパダルはお風呂に入りに行きました。
And the letter was put in his room.
そしてその手紙は彼の部屋に置かれました。
Champa-Dal was grieved upon reading the letter.
チャンパ・ダルはその手紙を読んで悲しくなりました。
He mounted his fleet of horses.
彼は馬の群れに乗りました。
And on his horses he left the palace.
そして彼は馬に乗って宮殿を去った。

Champa's horses were uncommonly fleet.
チャンパの馬は珍しく速かった。
Soon he had traversed thousands of miles.

やがて彼は数千マイルを旅した。
And eventually he reached a new city.
そしてついに彼は新しい街にたどり着いた。
He stood at the gateway of a magnificent palace.
彼は壮麗な宮殿の入り口に立っていた。
He dismounted from his horse.
彼は馬から降りた。
And he entered the palace.
そして彼は宮殿に入った。
But in the palace he met not a single creature.
しかし、宮殿では彼は一匹の生き物にも会わなかった。
He went from apartment to apartment.
彼はアパートからアパートへと回った。
All the rooms were richly furnished.
すべての部屋には豪華な家具が備え付けられていました。
But none of the rooms were lived in.
しかし、どの部屋も人が住んでいませんでした。
But in the end he came to a different room.
しかし結局、彼は別の部屋に来ました。
In this room there was a young lady.
この部屋には若い女性がいました。
The young lady was of heavenly beauty.
その若い女性は天国のような美しさを持っていた。
And she was lying down on a splendid bedstead.
そして彼女は立派なベッドの上に横たわっていた。
The beautiful young lady was asleep.
美しい若い女性は眠っていました。
Champa-Dal looked upon the sleeping beauty.
チャンパ・ダルは眠れる森の美女を見つめた。
He was captivated by what he was seeing.
彼は見たものに魅了された。
He had not seen any woman so beautiful.
彼はこんなに美しい女性を見たことがなかった。
Upon the bed there were two sticks.
ベッドの上には棒が二本ありました。

The two sticks were near the woman's head.
２本の棒は女性の頭の近くにあった。
One of the sticks was made of silver.
棒のうちの1本は銀で作られていました。
And the other stick was made of gold.
そしてもう一方の棒は金でできていました。
Champa took the silver stick into his hand.
チャンパは銀の棒を手に取りました。
And with the stick he touched the body of the lady.
そして彼はその棒で女性の体に触れた。
But no change was perceptible to her sleep.
しかし、彼女の睡眠には変化は見られませんでした。
He then took up the gold stick.
それから彼は金の棒を手に取りました。
And with the stick he touched the body of the lady.
そして彼はその棒で女性の体に触れた。
This time the young lady did awake.
今度は若い女性は目を覚ましました。
Eyeing the stranger, she inquired who he was.
彼女はその見知らぬ男に目を留め、彼が誰なのか尋ねた
。
"I am Champa-Dal," he told her.
「私はチャンパ・ダルです」と彼は彼女に言いました。
"There was once a poor dimwitted Brahman"
「昔、愚かなブラフマンがいました」
"This dimwitted man had a wife, but no children"
「この愚かな男には妻はいたが、子供はいなかった」
"But him not having children was probably for the best"
「でも、彼が子供を持たないのはおそらく最善だった」
"Because he was barely able to meet his own needs"
「彼は自分のニーズを満たすのがやっとだったから」
"And he could hardly supply enough for his wife"
「そして彼は妻に十分なものを与えることもほとんどで
きなかった」
"But his dimwittedness was not even his biggest problem"
「しかし、彼の愚かさは最大の問題ではなかった」

And he continued the story as we have followed it.
そして彼は、私たちが追ってきたように物語を続けました。

"My mother concluded her fate was sealed"
「母は自分の運命は決まっていると結論づけた」

"And she thought my father would meet the same fate"
「そして彼女は私の父も同じ運命を辿るだろうと考えていた」

"And she did not expect me to be spared either"
「そして彼女は私が助かるとも思っていなかった」

"That night she hardly slept at all"
「その夜、彼女はほとんど眠れなかった」

"The Rakshasi had prevented her from seeing my father"
「ラクシャシが彼女が父に会うのを妨げた」

"Early next morning I went to school"
「翌朝早く学校に行きました」

"Before I went to school she gave me a golden bottle"
「学校に行く前に彼女は私に金の瓶をくれました」

"In the golden bottle was her own breast milk"
「金の瓶には彼女自身の母乳が入っていた」

"I was told to carefully watch the colour of the milk"
「牛乳の色を注意深く見るように言われました」

And he continued the story as we have followed it.
そして彼は、私たちが追ってきたように物語を続けました。

"We will stand as proxies for your family"
「私たちはあなたの家族の代理人として立ちます」

"There was a great deal of objection to our proposal"
「私たちの提案には大きな反対がありました」

"But eventually we persuaded our hosts"
「しかし最終的にはホストを説得することができました」

"Finally the hosts consented to the arrangement"
「最終的に主催側もこの取り決めに同意した」

And he continued the story as we have followed it.

そして彼は、私たちが追ってきたように物語を続けまし
た。
“So I often slept outside the zenana”
「それで私はよくゼナナの外で寝ていました」
“I was not far from the outer gate of the palace”
「私は宮殿の外門からそれほど遠くありませんでした」
“And from there I could observe her”
「そこから彼女を観察することができた」
“I saw her devouring sundry goats and sheep”
「私は彼女が様々なヤギや羊をむさぼり食うのを見た」
“And I saw her devouring horses and elephants”
「そして私は彼女が馬や象をむさぼり食うのを見た」
And he continued the story as we have followed it.
そして彼は、私たちが追ってきたように物語を続けまし
た。
“One day a letter was put in my room”
「ある日、私の部屋に手紙が置かれました」
“I was grieved upon reading the letter”
「手紙を読んで悲しくなりました」
“I mounted my fleet of horses”
「私は馬の群れに乗りました」
“And on my horses he left the palace”
「そして私の馬に乗って彼は宮殿を去った」
“My horse are uncommonly fleet”
「私の馬は珍しく速い」
“Soon I had traversed thousands of miles”
「すぐに私は数千マイルを旅しました」
“And eventually I reached a new city”
「そしてついに私は新しい街にたどり着いた」
And he continued the story as we have followed it.
そして彼は、私たちが追ってきたように物語を続けまし
た。
“I took the silver stick into his hand”
「私は銀の杖を彼の手に取りました」
“And with the stick I touched your body”
「そして棒であなたの体に触れた」

"But no change was perceptible to your sleep"
「しかし、あなたの睡眠には変化は感じられませんでした」
"I then took up the gold stick"
「私は金の棒を手に取りました」
And with the stick he touched your body.
そして彼はその棒であなたの体に触れました。
"This time you did awake from your sleep"
「今回は確かに目覚めた」
The young lady had listened to Champa-Dal's story.
若い女性はチャンパ・ダルの話を聞いていました。
The young lady was in fact a princess.
その若い女性は実は王女様だった。
"Unhappy man! why have you come here?"
「不幸な人！なぜここに来たの？」
"This is the country of Rakshasas"
「ここは羅刹の国だ」
"No less than seven hundred Rakshasas live here"
「ここには少なくとも700体の羅刹が住んでいる」
"Every morning the Rakshasas leave"
「毎朝、ラークシャサは去っていく」
"They go to the other side of the ocean"
「彼らは海の向こう側へ行く」
"And they search for provisions there"
「そして彼らはそこで食料を探す」
"And before dusk they return again"
「そして夕暮れ前に彼らは再び戻ってくる」
"My father was king in these regions"
「私の父はこの地方の王様でした」
"His kingdom had millions of subjects"
「彼の王国には何百万人もの臣民がいた」
"They lived in flourishing towns and cities"
「彼らは繁栄した町や都市に住んでいました」
"But some years ago the Rakshasas invaded"
「しかし数年前にラークシャサが侵略した」
"And they devoured all the subjects of the kingdom"

「そして彼らは王国の民を皆食い尽くした」
"The Rakshasas devoured my father and my mother"
「ラークシャサは私の父と母を食い尽くしました」
"The Rakshasas devoured my brothers and sisters"
「ラークシャサは私の兄弟姉妹を食い尽くした」
"And they devoured all the cattle of the country"
「そして彼らは国中の家畜を食い尽くした」
"There is no living human being in these regions"
「この地域には生きている人間はいない」
"I am the last human living left"
「私は生き残った最後の人間だ」
"I too would have been devoured long ago"
「私もとっくに食い尽くされていただろう」
"But an old Rakshasi took a liking to me"
「しかし、老いたラークシャシが私を気に入ってくれたのです」
"She prevents the other Rakshasas from eating me"
「彼女は他のラークシャサが私を食べるのを防いでくれます」
"Do you see those sticks of silver and gold?"
「あの銀と金の棒が見えますか？」
"Every morning she kills me with the silver stick"
「毎朝彼女は銀の棒で私を殺す」
"Every evening she re-animates me with the gold stick"
「毎晩彼女は金の棒で私を生き返らせてくれる」
"I do not know how to advise you"
「どうアドバイスしたらいいのか分からない」
"If the Rakshasas see you, you are a dead man"
「ラークシャサに見られたら、あなたは死人だ」
Then they talked in a very affectionate manner.
それから彼らはとても愛情深く話をしました。
And they laid their heads together.
そして彼らは頭を寄せ合った。
And they thought to devise a means of escape.
そして彼らは脱出の手段を考え出そうと考えた。
Some way to get out of the hands of the Rakshasas.

ラクシャサの手から逃れる方法。

The hour of the return of the Rakshasas was coming.
ラークシャサが戻ってくる時が来ようとしていた。
The seven hundred flesh-eaters were soon returning.
七百人の肉食獣たちはすぐに戻って来た。
Keshavati called out to Champa-Dal.
ケーシャヴァティはチャンパ・ダルに呼びかけました。
(Because that was the name of the princess)
（それが王女の名前だったから）
"Hide yourself in the heaps of the sacred trefoil"
「聖なる三つ葉の山に身を隠せ」
But first Champ Dal picked up the silver stick.
しかし、最初にチャンプ・ダルが銀の棒を手に取りました。
He touched Keshavati with the silver stick.
彼は銀の棒でケーシャヴァティに触れました。
And as soon as he touched her, she died.
そして彼が彼女に触れるとすぐに、彼女は死んでしまいました。
Then he went to the center of the temple of Siva.
それから彼はシヴァ寺院の中心地へ向かいました。
And he hid beneath the heaps of sacred trefoil.
そして彼は、聖なる三つ葉の山の下に隠れました。
From his hiding place he heard the sound of wind rushing.
彼は隠れた場所から風が吹き抜ける音を聞いた。
Then he heard terrible noises in the palace.
そのとき、彼は宮殿で恐ろしい音を聞いた。
The Rakshasas had come home from their hunt.
ラークシャサたちは狩りから帰って来た。
They had filled their stomachs with meat.
彼らはお腹を肉で満たしていた。
Sundry goats, sheep, cows, horses, buffaloes.
さまざまなヤギ、羊、牛、馬、水牛。
And they had devoured elephants too.
そして彼らは象も食べてしまったのです。

The old Rakshasi returned to the palace too.
年老いたラクシャシも宮殿に戻りました。
She went to the room of the sleeping princess.
彼女は眠っている王女の部屋に行きました。
And she woke her with the stick made of gold.
そして彼女は金の杖で彼女を起こした。
"Hye, mye, khye! A human being I smell"
「ヒェ、ミェ、キェ！人間の匂いがする」
"I am the only human being here," said the princess.
「私はここにいる唯一の人間です」と王女は言いました
。
"Eat me if you like," added Keshavati.
「よかったら食べてね」とケーシャヴァティは付け加え
た。
To this the Rakshasi replied:
これに対してラークシャシはこう答えました。
"Let me eat up your enemies"
「あなたの敵を食べさせてください」
"Why should I eat you?" she asked the princess.
「なぜあなたを食べなければならないのですか？」と彼
女は王女に尋ねました。
She laid herself down on the ground.
彼女は地面に横たわった。
She was as long and high as the Vindhya Hills.
彼女はヴィンディヤ山脈と同じくらい長くて高かった。
And in this position she fell asleep.
そして彼女はこの姿勢のまま眠りに落ちました。
The other Rakshasas and Rakshasis soon fell asleep too.
他のラークシャサとラークシャシーたちもすぐに眠りに
落ちました。
Because they were tired from their gigantic labour.
膨大な労働で疲れていたからです。
Keshavati also composed herself to sleep.
ケーシャヴァティもまた眠りに落ちた。
But Champa did not dare to come out from under the leaves.

しかしチャンパは葉の下から出てくる勇気がありません
でした。
And he tried his best to pray to the god of repose.
そして彼は安息の神に全力を尽くして祈った。

At daybreak all seven hundred Rakshasas got up again.
夜明けとともに、七百の羅刹すべてが再び起き上がりま
した。
They went on their usual predatory excursion.
彼らはいつもの略奪旅行に出かけた。
And along with them went the old Rakshasi.
そして老いたラクシャシも彼らと一緒に去りました。
But first the old Rakshasi picked up the silver stick.
しかし、まず最初に、老いたラクシャシが銀の棒を手に
取りました。
And she touched Keshavati with the silver stick.
そして彼女は銀の杖でケーシャヴァティに触れました。
Soon the coast was clear for Champa-Dal.
すぐにチャンパ・ダルの海岸は開けました。
And he dared to come out from under the pile of leaves.
そして彼は葉の山の下から勇気を出して出てきたのです
。
He walked back into the room of the princess.
彼は王女の部屋に戻って行きました。
And he touched her with the golden stick.
そして彼は金の杖で彼女に触れました。
And the princess revived from her death again.
そして王女は再び死から蘇りました。
They sauntered about in the gardens.
彼らは庭園をぶらぶら歩き回った。
They enjoyed the cool breeze of the morning.
彼らは朝の涼しい風を楽しんだ。
They bathed in a lucid pool of water.
彼らは透明な水のプールで入浴した。
And they ate and drank food in the palace.

そして彼らは宮殿で食べ物を食べたり飲んだりしました
。
And they spent the day in sweet converse.
そして彼らは楽しい会話をしながら一日を過ごしました
。
And they concocted a plan for their deliverance.
そして彼らは救出のための計画を練りました。
Keshavaity was going to speak to the old Rakshasi.
ケーシャヴァイティは老いたラクシャシと話をするつも
りだった。
She was going to ask on what a Rakshasa's life depended.
彼女は、ラークシャサの命が何にかかっているのかを尋
ねようとしていました。
And with that secret they were going to act accordingly.
そして彼らはその秘密に基づいて行動するつもりでした
。

The hour of the return of the Rakshasas was coming again.
ラークシャサが戻ってくる時が再び来ようとしていた。
And events unfolded as they had the evening before.
そして、出来事は前夜と同じように展開した。
The seven hundred flesh-eaters were returning to the palace.
七百人の肉食獣たちが宮殿に戻ってきました。
Champ Dal touched Keshavati with the silver stick.
チャンプ・ダルは銀の棒でケーシャヴァティに触れた。
She died like the had died the night before.
彼女は前の晩に死んだかのように死んだ。
Champa-Dal went to the centre of the temple of Siva.
チャンパ・ダルはシヴァ寺院の中心地へ行きました。
He hid beneath the heaps of sacred trefoil again.
彼は再び、聖なる三つ葉の山の下に隠れた。
He heard the sound of wind rushing.
彼は風が吹き抜ける音を聞いた。
And he heard terrible noises in the palace.
そして彼は宮殿で恐ろしい音を聞いた。
The Rakshasas had come home from their hunt.

ラークシャサたちは狩りから帰って来た。
They had filled their stomachs with meat.
彼らはお腹を肉で満たしていた。
Sundry goats, sheep, cows, horses, buffaloes.
さまざまなヤギ、羊、牛、馬、水牛。
And they had devoured elephants too.
そして彼らは象も食べてしまったのです。
The old Rakshasi returned to the palace too.
年老いたラクシャシも宮殿に戻りました。
She went to the room of the sleeping princess.
彼女は眠っている王女の部屋に行きました。
And she woke her with the stick made of gold.
そして彼女は金の杖で彼女を起こした。
"Hye, mye, khye! A human being I smell"
「ヒェ、ミェ、キェ！人間の匂いがする」
"I am the only human being here," said the princess.
「私はここにいる唯一の人間です」と王女は言いました
。
"Eat me if you like," added Keshavati.
「よかったら食べてね」とケーシャヴァティは付け加え
た。
To this the Rakshasi replied:
これに対してラークシャシはこう答えました。
"Let me eat up your enemies"
「あなたの敵を食べさせてください」
"Why should I eat you?" she asked the princess.
「なぜあなたを食べなければならないのですか？」と彼
女は王女に尋ねました。
She laid herself down on the ground.
彼女は地面に横たわった。
And she looked like a part of the Himalaya mountains.
そして彼女はヒマラヤ山脈の一部のように見えました。
Keshavati had a phial of heated mustard oil.
ケーシャヴァティは熱したマスタードオイルの入った小
瓶を持っていました。
And she approached the foot of the Rakshasi.

そして彼女はラークシャシの麓に近づきました。
“Mother, your feet are sore from walking”
「お母さん、歩きすぎて足が痛いよ」
“Let me rub your sore feet with oil”
「痛い足をオイルでマッサージしましょう」
And she began to rub with oil the Rakshasi's feet.
そして彼女はラクシャシの足に油を塗り始めました。
Then a few tear-drops fell from the eyes of the princess.
すると、王女の目から一粒の涙が落ちました。
And the tear-drops landed on the monster's legs.
そして涙は怪物の足に落ちた。
The Rakshasi tasted the tear-drops with her lips.
ラークシャシは唇で涙を味わいました。
And she found the tear-drops tasted briny.
そして彼女は、その涙が塩辛い味がすることに気づきました。
“Why are you weeping, darling?” asked the Rakshasi.
「なぜ泣いているのですか、ダーリン？」とラークシャシは尋ねました。
“What aileth thee?” she wanted to know.
「どうしたの？」彼女は知りたがった。
The princess tried to stop herself from crying.
王女様は泣くのを止めようとしました。
“Mother, I am weeping because you are old”
「お母さん、あなたが年老いているので泣いているんです」
“When you die one of the Rakshasas will devour me”
「お前が死ぬと、ラークシャサの一体が私を食い尽くすだろう」
“When I die?! Don't be foolish, girl”
「私が死んだら？！馬鹿なこと言わないでよお嬢ちゃん」
“Don't you know that Rakshasas never die?”
「ラークシャサは決して死なないということを知らないのか？」
“We are not naturally immortal”

「私たちは生まれつき不死ではない」
"There is a secret to our strength"
「私たちの強さには秘密がある」
"But no human can unravel this secret"
「しかし、この秘密を解くことのできる人間はいない」
"But let me tell you the secret"
「でも、秘密を教えてあげましょう」
"So that you are comforted a little"
「少しでも慰められるように」
"Do you see the pool of water in the palace?"
「宮殿の水たまりが見えますか？」
"In that pool of water is a Sphatikasthamba"
「その水たまりにはスパティカスタンバがある」
"The Sphatikasthambha is deep in the water"
「スパティカスタムバは水の中に深くある」
"And on the Sphatikasthambha are two bees"
「そしてスパティカスタンバには2匹のミツバチがいます」
"A human being would have to dive into the water"
「人間は水に飛び込まなければならない」
"The human being would have to bring the bees onto dry land"
「人間はミツバチを陸地に連れてこなければならないだろう」
"Then the human being would have to kill the two bees"
「そうすると人間は2匹の蜂を殺さなければならない」
"But not a drop of their blood must touch the ground"
「しかし、彼らの血の一滴も地面に触れてはならない」
"Only then can a human kill a Rakshasa"
「その時初めて人間は羅刹を殺すことができる」
"But if the blood touches the ground, a thousand Rakshasas will rise"
「しかし、血が地面に触れれば、千のラークシャサが立ち上がるだろう」
"But what human will find out this secret?"

「しかし、どんな人間がこの秘密を知るのでしょうか？
」
"And what human can achieve this feat?"
「そして、どんな人間がこの偉業を成し遂げられるのか
？」
"No human knows the secret to the life of a Rakshasa"
「羅刹の生命の秘密を知る人間はいない」
"And no human can achieve such a feat"
「そして、人間にはそのような偉業を成し遂げることは
できない」
"So there is no reason to be sad, my darling"
「だから悲しむ必要はないのよ、ダーリン」
"I am practically immortal," she confirmed.
「私は実質的に不死身です」と彼女は認めた。
Keshavati treasured the secret in her memory.
ケーシャヴァティはその秘密を記憶の中に大切に保管し
た。
And then she went back to sleep.
そして彼女はまた眠りについた。

Next morning the Rakshasas, as usual, went away.
翌朝、ラークシャサたちはいつものように去って行きま
した。
Champa came out of his hiding-place.
チャンパは隠れ場所から出てきました。
And he roused Keshavati from her sleep.
そして彼はケーシャヴァティを眠りから起こした。
The princess told him the secret she had learnt.
王女は自分が学んだ秘密を彼に話した。
Champa-Dal immediately started to prepare himself.
チャンパ・ダルはすぐに準備を始めました。
He brought to the pool a knife.
彼はプールにナイフを持ってきた。
And he brought a quantity of ashes.
そして彼は大量の灰を持って来た。
He took off his heavy clothes.

彼は重い服を脱いだ。
He put a drop or two of mustard oil into each ear.
彼は両方の耳にマスタードオイルを一滴か二滴垂らした。
To prevent water from entering into his ears.
耳に水が入らないようにするためです。
He swam out into the middle of the water.
彼は水の真ん中まで泳ぎ出した。
And from there he dove down into the pool.
そしてそこから彼はプールに飛び込んだ。
Soon he reached the top of the crystal pillar.
やがて彼は水晶の柱の頂上に到達した。
And on Sphatikasthambha were the two bees.
そして、Sphatikasthambha には 2 匹の蜂がいました。
He caught hold of the two bees he found there.
彼はそこで見つけた二匹の蜂を捕まえた。
And he swam up again in a singular breath.
そして彼は再び息を吸って浮上した。
He took the knife he had left at the edge of the water.
彼は水辺に置いておいたナイフを取り出した。
And over the ashes he cut up the bees.
そして灰の上でミツバチを切り刻んだ。
A drop or two of the blood fell from the bees.
ミツバチから一滴か二滴の血が落ちた。
But their blood did not touch the ground.
しかし、彼らの血は地面に触れなかった。
Instead, their blood landed on the ashes.
その代わりに、彼らの血は灰の上に落ちた。
A terrible scream was heard at a distance.
遠くで恐ろしい叫び声が聞こえた。
The scream was the wailing of the Rakshasas.
その叫び声は、ラークシャサたちの泣き声でした。
They were all running home as fast as they could.
彼らは皆、できるだけ早く家に走って帰っていた。
They wanted to prevent the bees from being killed.
彼らはミツバチが殺されるのを防ぎたかったのです。

But they could not reach the palace in time.
しかし彼らは時間内に宮殿に到着することができません
でした。
Because the bees had already perished.
なぜならミツバチはすでに死んでいたからです。
The moment the bees were killed, all the Rakshasas died.
蜂が殺された瞬間、すべての羅刹が死にました。
Their carcases fell on the very spot they were standing.
彼らの死骸は彼らが立っていたまさにその場所に倒れた
。
Their carcases now blocked the gateway of the palace.
彼らの死骸が宮殿の入り口を塞いでいた。
In this manner the seven hundred Rakshasas were
destroyed.
このようにして、700体のラークシャサは滅ぼされまし
た。

Afterwards Champa-Dal and Keshavati got married.
その後、チャンパ・ダルとケーシャヴァティは結婚しま
した。
They made the traditional exchange of garlands of flowers.
彼らは伝統的な花輪の交換をしました。
The princess had never been out of the house.
王女様は一度も家から出たことがありませんでした。
So she naturally expressed a desire to see the outer world.
それで彼女は自然と外の世界を見てみたいという願望を
表現しました。
Every morning and evening they went on long walks.
彼らは毎朝と毎晩長い散歩に出かけました。
There was a large river Keshavati wished to bathe in.
ケーシャヴァティが水浴びをしたいと思っていた大きな
川がありました。
As she bathed one of Keshavati's hairs came off.
彼女が入浴していると、ケーシャヴァティの髪の毛が1
本抜けました。
There was a special custom in those times.

当時は特別な習慣がありました。
A woman never threw away a hair away by itself.
女性は髪の毛をひとりでに捨てたりはしない。
A sea-shell was floating in the water.
貝殻が水に浮いていた。
So Keshavati tied the strand of hair to the sea-shell.
そこでケーシャヴァティは髪の毛を貝殻に結び付けました。
And then the couple returned to the palace.
そして夫婦は宮殿に戻りました。
Meanwhile the sea-shell floated down the stream.
その間に貝殻は川を下っていった。
And in due time the sea-shell reached another bathing spot.
そしてやがて貝殻は別の水浴び場にたどり着きました。
This was the bathing spot Sahasra-Dal went to.
ここはサハスラ・ダルが行った水浴び場です。
Here Champa-Dal's brother performed his ablutions.
ここでチャンパ・ダルの弟は身を清めました。
On this day Sahasra-Dal was in the water.
この日、サハスラ・ダルは水の中にいました。
He was bathing and swimming with his friends.
彼は友達と一緒に入浴したり泳いだりしていました。
And so the sea-shell floated past the men.
そして貝殻は男たちのそばを漂っていった。
The men were in a playful mood that day.
その日、男たちは陽気な気分だった。
"Whoever gets to the sea-shell first wins"
「先に貝殻にたどり着いた人が勝ち」
And so they all swam towards the sea-shell.
そして彼らは皆、貝殻に向かって泳ぎました。
Sahasra-Dal was the strongest swimmer among his friends.
サハスラ・ダルは友人たちの中で一番泳ぎが上手かった。
And so he was the first the reach the sea-shell.
そして彼は最初に貝殻にたどり着いたのです。
Examining the seashell, he found a hair tied to it.

貝殻を調べてみると、そこに髪の毛がくっついているの
が見つかった。
But it was a hair of extraordinary length.
しかし、それは異常に長い髪の毛でした。
He had never seen such a long hair.
彼はこんなに長い髪を見たことがなかった。
The strand of hair was exactly seven cubits long.
その髪の毛の長さはちょうど七キュビトであった。
"This strand of hair must belong to a woman"
「この髪の毛は女性のものに違いない」
"And this woman must be very remarkable"
「この女性はきっと素晴らしい人なのでしょう」
"I must see who this remarkable woman is"
「この素晴らしい女性が誰なのか、ぜひ見ておきたい」
Sahasra-Dal was determined to find the remarkable woman.
サハスラ・ダルは、その素晴らしい女性を見つけようと
決心した。
He went home from the river in a pensive mood.
彼は物思いにふけりながら川から家へ帰った。
And he did not proceed to the zenana for breakfast.
そして彼は朝食のためにゼナナに進まなかった。
Instead he remained in the outer part of the palace.
その代わりに彼は宮殿の外側に留まりました。
The queen-mother heard about Sahasra-Dal's meloncholy.
王妃はサハスラ・ダルの憂鬱について聞きました。
And she heard he had not come to breakfast.
そして彼女は彼が朝食に来なかったと聞きました。
So she went to him and asked the reason.
それで彼女は彼のところへ行き、理由を尋ねました。
He showed her the strand of hair he had found.
彼は見つけた髪の毛を彼女に見せた。
"I must see the woman who's head this strand of hair
adorned"
「この髪で飾られた女性に会わなければならない」
The queen-mother was happy to help her son-in-law.
王妃は喜んで義理の息子を助けた。

"Very well," she said to him.
「結構です」と彼女は彼に言った。
"You shall soon have that lady in the palace"
「あなたはすぐにその女性を宮殿に連れて行くでしょう
」
"I promise you to bring her here"
「彼女をここに連れて来ると約束する」
The queen mother already had a plan.
皇太后はすでに計画を立てていた。
Her favourite maid-servant would be good at the job.
彼女のお気に入りの女中はその仕事が得意だろう。
Because this maid-servant was very resourceful.
なぜなら、この女中は非常に機知に富んでいたからです
。
Of course the queen-mother did not really know her maid.
もちろん、王太后は侍女のことを本当には知りませんで
した。
She did not know her favourite maid was a Rakshasi.
彼女は自分のお気に入りの侍女がラークシャシであるこ
とを知らなかった。
"Please find the owner of this strand of hair," she asked.
「この髪の毛の持ち主を見つけてください」と彼女は頼
んだ。
And her maid-servant more than politely agreed.
そして彼女の女中は丁重に同意した。
"It would my pleasure to find this woman"
「この女性を見つけることができれば嬉しいです」
"I will soon bring her to the palace"
「すぐに彼女を宮殿に連れて行きます」
"I will need a boat build from Hajol wood"
「ハジョールの木材で船を造る必要がある」
"The oars of the boat must be made from Mon-Paban wood"
「ボートのオールはモンパバンの木材で作られなければ
ならない」
The boat makers soon made the boat.
船職人たちはすぐに船を作り上げた。

And the boat was launched on the stream.
そして、ボートは川に進水しました。
The maid-servant went on board of the boat.
女中は船に乗り込んだ。
With her she took some baskets of wicker.
彼女は柳細工の籠をいくつか持って行きました。
The baskets of wicker were of curious workmanship.
柳細工のかごは興味深い細工で作られていた。
She also took with her some sweetmeats.
彼女はまた、お菓子もいくつか持って行きました。
Into the sweetmeats some poison had been mixed.
お菓子の中に毒が混ざっていた。
She snapped her fingers thrice.
彼女は指を三回鳴らした。
And then she uttered the following charm:
そして彼女は次のような呪文を唱えました。
"Boat of Hajol! Oars of Mon Paban!"
「ハジョルの船！モンパバンの櫂！」
"Take me to the Ghat,"
「ガートに連れて行って」
"The Ghat in which Keshavati bathes"
「ケーシャヴァティが沐浴するガート」
The boat heeded to her command.
船は彼女の命令に従った。
And the boat flew like lightning over the waters.
そして、その船は稲妻のように水面上を飛んで行きました。
And the boat left many towns and cities behind.
そして船は多くの町や都市を後にしました。
At last the boat stopped at a bathing-place.
ついに船は水浴び場に止まった。
The Rakshasi maid-servant had reached her goal.
ラクシャシの女中は目的を達成しました。
She concluded it was the bathing ghat of Keshavati.
彼女はそれがケーシャヴァティの沐浴場であると結論した。

She landed with the sweetmeats in her hand.
彼女はキャンディーを手に持って着陸した。
She went to the gate of the palace, and cried aloud:
彼女は宮殿の門まで行き、大声で叫びました。
"Oh Keshavati! Keshavati! I am your aunt"
「ああ、ケーシャヴァティ！ケーシャヴァティ！私はあなたの叔母よ」
"Oh Keshavati, I am your mother's sister"
「ああ、ケーシャヴァティ、私はあなたの母の妹です」
"I have come to see you, my darling"
「あなたに会いに来ました、愛しい人」
"I have come after so many years"
「何年も経ってから来ました」
"Are you home, Keshavati?" she asked.
「ケーシャヴァティ、家にいますか？」と彼女は尋ねた。
The princess heard the words of the false-aunt.
王女は偽叔母の言葉を聞いた。
She came out of her room and to the entrance of the palace.
彼女は部屋から出て宮殿の入り口に向かいました。
She had no doubt that it was really her aunt.
彼女はそれが本当に叔母であることに何の疑いも持っていなかった。
And she embraced and kissed her aunt.
そして彼女は叔母を抱きしめキスをしました。
They both wept rivers of joy.
二人は喜びのあまり涙を流した。
Although you should know the Rakshasi wept first.
ただし、ラークシャシーが最初に泣いたことは知っておく必要があります。
Keshavati wept with her out of empathy.
ケーシャヴァティは共感から彼女と一緒に泣きました。
Champa-Dal also believed the Rakshasi to be her aunt.
チャンパ・ダルもまた、ラクシャシが自分の叔母であると信じていました。
They all ate and drank and enjoyed the happy occasion.

彼らは皆、食べたり飲んだりして楽しいひとときを楽しみました。

And then they took rest in the middle of the day.
そして彼らは日中に休憩しました。
And they celebrated again in the evening.
そして彼らは夕方に再び祝いました。

The next day the celebrations continued at breakfast.
翌日、祝賀会は朝食時にも続きました。
Champa-Dal had a habit of sleeping after breakfast.
チャンパダルは朝食後に寝る習慣がありました。
Towards afternoon, the supposed aunt said to Keshavati:
午後になって、叔母と思われる人物はケーシャヴァティにこう言った。
"Let us both go to the river and wash ourselves:
「二人とも川に行って体を洗いましょう。
Keshavati replied, "How can we go now?"
ケーシャヴァティは答えました。「今どうやって行けばいいのですか？」
"My husband is sleeping," she explained.
「夫は寝ているんです」と彼女は説明した。
"Do not worry about your husband's sleep," said the aunt.
「夫の睡眠については心配しないで」と叔母は言った。
"Let him sleep as much as he likes"
「好きなだけ寝かせてあげなさい」
"Let me put these sweetmeats near his bedside"
「このお菓子をベッドサイドに置いておきます」
"That way, when he awakes, he has something to eat"
「そうすれば、目覚めたときに何か食べられる」
Then they then went to the river-side.
それから彼らは川辺へ行きました。
They went close to the spot where the boat was.
彼らはボートが停まっていた場所の近くまで行きました。
From a distance Keshavati saw the baskets of wicker-work.
ケーシャヴァティは遠くから柳細工のかごを見た。

"Aunt, what beautiful things are those!"
「おばさん、それはなんて美しいものなのでしょう！」
"I wish I could get some of those wicker baskets"
「あの籐のかごがほしいな」
Her aunt happily obliged her.
彼女の叔母は喜んで彼女の要求に応じた。
"Come, my child, and look at the wicker baskets"
「さあ、我が子よ、柳かごを見なさい」
"You can have as many baskets as you like"
「バスケットは好きなだけお持ちいただけます」
Keshavati at first refused to go into the boat.
ケーシャヴァティは最初、ボートに乗ることを拒否した。
But her aunt was very persuasive.
しかし、彼女の叔母は非常に説得力がありました。
And finally she went onto the boat.
そしてついに彼女はボートに乗り込みました。
But once on the boat her aunt did a strange thing.
しかし、船に乗ると叔母は奇妙なことをしました。
The aunt snapped her fingers thrice and said:
叔母は指を三回鳴らして言いました。
"Boat of Hajol! Oars of Mon-Paban!"
「ハジョルの船！モンパバンの櫂！」
"Take me to the Ghat,"
「ガートに連れて行って」
"The Ghat in which Sahasra-Dal bathes"
「サハスラダルが沐浴するガート」
And the boat heeded to her command.
そして船は彼女の命令に従った。
And the boat flew like an arrow over the waters.
そして、その船は水面の上を矢のように飛んで行きました。
Keshavati was frightened and began to cry.
ケーシャヴァティは怖くなって泣き始めました。
But the boat went on despite her crying.

しかし、彼女が泣いているにもかかわらず、船は進み続けました。
And the boat left behind many towns and cities.
そして船は多くの町や都市を後にしました。
In a trice the boat reached its destination.
あっという間に船は目的地に到着した。
The ghat where Sahasra-Dal was in the habit of bathing.
サハスラダルが沐浴を習慣としていたガート。
Keshavati was taken to the palace.
ケーシャヴァティは宮殿に連れて行かれました。
Sahasra-Dal admired her beauty and the length of her hair.
サハスラ・ダルは彼女の美しさと髪の長さに感心した。
And the ladies of the palace tried their best to comfort her.
そして宮殿の女性たちは彼女を慰めるために全力を尽くしました。
But she set up a loud cry of protest.
しかし彼女は大声で抗議の声を上げた。
And she wanted to be taken back to her husband.
そして彼女は夫の元へ連れ戻されることを望んだ。
Finally she saw that she had been taken captive.
ついに彼女は自分が捕らえられていたことに気づいた。
So she spoke to the ladies of the palace.
そこで彼女は宮殿の女性たちに話しかけました。
"Upon marriage I made a vow to my husband"
「結婚に際して、私は夫に誓いを立てました」
"I promised not to look upon the face of any other man"
「私は他の男の顔を見ないと誓った」
"I promised to uphold this vow for six months"
「私はこの誓いを6ヶ月間守ると約束しました」
She was then lodged away from the others in the palace.
彼女はその後、宮殿内で他の人々から隔離された。
And she was given a small house to live in.
そして彼女は住むための小さな家を与えられました。
The window of the house overlooked the road.
家の窓からは道路が見えました。
There she spent the livelong day.

そこで彼女は一日中を過ごした。
And there she spent the livelong night.
そして彼女はそこで一晩中過ごした。
Because she had very little sleep.
彼女はほとんど眠れなかったからです。
Because her time was spent in sighing and weeping.
なぜなら、彼女はため息をつき、泣いて時間を過ごした
からです。

In the meantime Champa-Dal awoke from his sleep.
その間に、チャンパ・ダルは眠りから目覚めました。
He was distracted with the grief of not finding his wife.
彼は妻が見つからないという悲しみに気を取られていた
。
His suspicions turned to the aunt of Keshavati.
彼の疑いはケーシャヴァティの叔母に向けられた。
He knew she was a cheat and an impostor.
彼は彼女が詐欺師であり偽者だと知っていた。
It must have been her who carried away Keshavati.
ケーシャヴァティを連れ去ったのは彼女だったに違いな
い。
He did not eat the sweetmeats left for him.
彼は残しておいたお菓子を食べなかった。
Because he suspected the sweets to have been poisoned.
お菓子に毒が入っているのではないかと疑ったからだ。
He threw one of the sweets to a crow.
彼はお菓子の一つをカラスに投げました。
The moment the crow ate the sweet, it dropped down dead.
カラスがお菓子を食べた瞬間、死んでしまいました。
This confirmed his suspicion of the pretend aunt.
これにより、偽叔母に対する彼の疑惑は確証された。
Maddened with grief, he rushed out of the house.
彼は悲しみに打ちひしがれて家を飛び出した。
He was determined to go wherever his feet took him.
彼は自分の足が導くままにどこへでも行こうと決心した
。

Like a madman he blubbered, "Oh Keshavati! Oh Keshavati!"
彼は狂人のように泣きじゃくりました。「ああ、ケーシャヴァティ！ああ、ケーシャヴァティ！」
He travelled on foot day after day.
彼は毎日歩いて旅をした。
And he followed whatever way his feet took him.
そして彼は足が導くままに道をたどりました。
Six months he spent travelling in this wearisome manner.
彼はこのように退屈な旅を6か月間続けた。
After six month he reached the capital of Sahasra-Dal.
6か月後、彼はサハスラダルの首都に到着しました。
He passed by the gate of the palace.
彼は宮殿の門を通り過ぎた。
And from the road he could see a small house.
そして道から小さな家が見えました。
And from in the house he could hear sighs.
そして家の中からはため息が聞こえた。
Champa-Dal instantly recognized his wife.
チャンパ・ダルはすぐに自分の妻だと分かりました。
And Keshavita instantly recognized her husband.
そしてケシャビタはすぐに夫だと分かりました。
Keshavita told her husband everything that had happened.
ケシャビタさんは夫に起こったことすべてを話した。
"The woman asked to go bathing after breakfast"
「女性は朝食後に入浴を希望した」
"At the river there was a boat"
「川にはボートがありました」
"The woman persuaded me onto the boat"
「その女性は私をボートに乗せるよう説得した」
"And then the boat took us to this place"
「そして船は私たちをこの場所に連れて行きました」
"I realized that I had been made captive"
「私は自分が捕らわれていたことに気づきました」
"So I told them of my vows to you"
「それで私はあなたへの誓いを彼らに伝えました」

"But tomorrow will be the end of six month"
「でも明日は6ヶ月の終わりです」
There was a custom in those days.
当時はそういう習慣がありました。
The fulfilments of vows were publicly recited.
誓いの成就は公に朗読された。
This was normally fulfilled by a learned Brahman.
これは通常、博学なバラモンによって遂行されました。
They planned for Champa-Dal to take on this role.
彼らはチャンパ・ダルがこの役割を担うことを計画した
。
And so that evening the palace drum was beat.
そしてその夜、宮殿の太鼓が鳴らされました。
The king wanted a learned Brahman to make a recitation.
王は博学なバラモンに朗誦をさせたいと考えました。
The story of Keshavati on the fulfilment of her vow.
ケーシャヴァティが誓いを果たした物語。
Champa-Dal touched the drum and volunteered.
チャンパ・ダルは太鼓に触れて志願した。
"I will make the recitation of Keshavita's vows"
「ケーシャヴィタの誓いを唱えます」
The next morning all assembled in the courtyard.
翌朝、全員が中庭に集まりました。
The old king and the queen mother.
老いた王と王妃。
Sahasra-Dal and his wife were there.
サハスラ・ダル氏とその妻もそこにいました。
All the courtiers and the learned Brahmans of the country.
国中の廷臣たちと博学なバラモンたち全員。
All royalty was under a huge canopy of silk.
すべての王族は巨大な絹の天蓋の下にいました。
Kashavati was also there, but behind a veil.
カシャヴァティもそこにいたが、ベールの後ろにいた。
So that she wouldn't be exposed to the rude gaze of people.
人々の失礼な視線にさらされないようにするため。
Champa-Dal, the reciter, sat on a dais.

朗誦者のチャンパ・ダルは壇上に座った。
And he began to tell the story of Keshavati.
そして彼はケーシャヴァティの物語を語り始めました。
"There was once a poor dimwitted Brahman"
「昔、愚かなブラフマンがいました」
"This dimwitted man had a wife, but no children"
「この愚かな男には妻はいたが、子供はいなかった」
"But him not having children was probably for the best"
「でも、彼が子供を持たないのはおそらく最善だった」
"Because he was barely able to meet his own needs"
「彼は自分のニーズを満たすのがやっとだったから」
"And he could hardly supply enough for his wife"
「そして彼は妻に十分なものを与えることもほとんどできなかった」
"But his dimwittedness was not even his biggest problem"
「しかし、彼の愚かさは最大の問題ではなかった」
And he continued the story as we have followed it.
そして彼は、私たちが追ってきたように物語を続けました。
And sometimes he turned around to Keshavati.
そして時々彼はケーシャヴァティの方を向きました。
And he asked her if he was telling the story correctly.
そして彼は彼女に、その話を正しく伝えているかどうか尋ねました。
And she told him he was telling the story correctly.
そして彼女は彼に、その話は正しく語っていると伝えた。
"The Brahman woman concluded her fate was sealed"
「ブラフマンの女は自分の運命は決まっていると結論づけた」
"And she thought her husband would meet the same fate"
「そして彼女は夫も同じ運命を辿るだろうと思った」
"And she did not expect her son to be spared either"
「そして彼女は息子も助かるとは思っていなかった」
"That night she hardly slept at all"
「その夜、彼女はほとんど眠れなかった」

"The Rakshasi had prevented her from seeing her husband"
「ラークシャシーは彼女が夫に会うのを妨げた」
"Early next morning Champa-Dal went to school"
「翌朝早くチャンパ・ダルは学校に行きました」
"Before he went to school, she gave her son a golden bottle"
「学校に行く前に、彼女は息子に金の瓶を与えました」
"In the golden bottle was her own breast milk"
「金の瓶には彼女自身の母乳が入っていた」
"Carefully watch the colour of the milk"
「牛乳の色を注意深く見てください」
During the recitation the Rakshasi maid-servant grew pale.
朗誦中に、ラークシャシの女中は青ざめました。
She perceived that her real character was going to be discovered.
彼女は自分の本当の性格が明らかになりそうだと悟った。
And Sahasra-Dal was astonished at the knowledge of the reciter.
そしてサハスラ・ダルは朗誦者の知識に驚嘆した。
The reciter clearly told the history of the prince's life.
朗読者は王子の生涯の歴史を明瞭に語った。
"A drop or two of the blood fell from the bees"
「蜂から一滴か二滴の血が落ちた」
"But their blood did not touch the ground"
「しかし彼らの血は地面に触れなかった」
"Instead, their blood landed on the ashes"
「その代わりに、彼らの血は灰の上に落ちた」
"A terrible scream was heard at a distance"
「遠くから恐ろしい叫び声が聞こえた」
"The scream was the wailing of the Rakshasas"
「その叫び声はラークシャサの嘆きだった」
"They were all running home as fast as they could"
「彼らは皆、できるだけ早く家に走って帰っていた」
"They wanted to prevent the bees from being killed"
「彼らはミツバチが殺されるのを防ぎたかったのです」
"But they could not reach the palace in time"

「しかし彼らは時間内に宮殿に到着できなかった」
"Because the bees had already been killed"
「ミツバチはすでに殺されていたから」
"The moment the bees were killed, all the Rakshasas died"
「蜂が殺された瞬間、すべてのラークシャサが死んだ」
"Their carcasses fell on the very spot they were standing"
「彼らの死体は彼らが立っていたまさにその場所に倒れた」
"Their carcasses now blocked the gateway of the palace"
「彼らの死骸が宮殿の入り口を塞いでいた」
"In this manner the seven hundred Rakshasas were destroyed"
「このようにして七百のラークシャサは滅ぼされた」
All where enthralled by the story of the Rakshasas.
皆がラークシャサの物語に魅了されました。
Because the story was being told by a true storyteller.
なぜなら、その物語は真の語り手によって語られていたからです。
All enjoyed the story except for the maid-servant.
女中を除いて全員がその話を楽しんだ。
Because her real character was bound to be discovered.
彼女の本当の性格は必ず明らかになるから。
"Champa-Dal touched the drum and volunteered.
「チャンパ・ダルは太鼓に触れて志願しました。
"I will make the recitation of Keshavita's vows"
「ケーシャヴィタの誓いを唱えます」
"The next morning all assembled in the courtyard"
「翌朝、皆が中庭に集まった」
"The old king and the queen mother"
「老王と王妃」
"Sahasra-Dal and his wife were there"
「サハスラ・ダルとその妻がそこにいた」
"All the courtiers and the learned Brahmans of the country"
「国中の廷臣たちと博学なバラモンたち」
"All royalty was under a huge canopy of silk"
「すべての王族は巨大な絹の天蓋の下にいた」

"Kashavati was also there, but behind a veil"
「カシャヴァティもそこにいたが、ベールの後ろにいた
」
"So that she wouldn't be exposed to the rude gaze of people"
「人々の失礼な視線にさらされないように」
"Champa-Dal, the reciter, sat on a dais"
「朗誦者チャンパ・ダルは壇上に座った」
"And he began to tell the story of Keshavati"
「そして彼はケーシャヴァティの物語を語り始めた」
Sahasra-Dal jumped up from his seat.
サハスラ・ダルは席から飛び上がった。
And he embraced the reciter of the story.
そして彼は物語の語り手を抱きしめた。
"You can be none other than my brother Champa-Dal"
「あなたは私の兄弟、チャンパ・ダルに他ならない」
Then the prince was inflamed with rage.
すると王子は激怒した。
He ordered the maid-servant to come into his presence.
彼は女中を自分の前に来るように命じた。
A hole the height of a man was dug in the ground.
地面に人の背丈ほどの穴が掘られた。
And the maid-servant was put into the hole, standing.
そして、その女奴隷は立ったまま穴の中に入れられまし
た。
Prickly thorns were heaped around her.
とげとげした棘が彼女の周りに積み重なっていた。
Up to the crown of her head she was covered in thorns.
彼女は頭頂部までイバラに覆われていた。
In this way the maid-servant was buried alive.
こうして女中は生き埋めになった。
After this all lived happily together for many years.
その後、皆は何年も幸せに暮らしました。
Sahasra-Dal and his princess, and Champa-Dal and
Keshavati.
サハスラ・ダルとその王女、そしてチャンパ・ダルとケ
シャヴァティ。

The Story of Swet and Bachanta
スウェットとバチャンタの物語

There was once upon a time a rich merchant.
昔々、裕福な商人がいました。
This rich merchant had only one son.
この裕福な商人には息子が一人しかいなかった。
And he loved his only son very much.
そして彼は一人息子をとても愛していました。
He gave to his son whatever he wanted.
彼は息子に欲しいものは何でも与えた。
Of course his son wanted a beautiful house.
もちろん彼の息子は美しい家を欲しがっていました。
And he also wanted to have a large garden.
そして彼は大きな庭も欲しかったのです。
So a beautiful house was built for him.
それで彼のために美しい家が建てられました。
And a fine garden was made for him too.
そして彼のためにも素晴らしい庭園が作られました。
The merchant's son was pleased with the garden.
商人の息子はその庭に満足した。
And he enjoyed walking in the garden.
そして彼は庭を散歩することを楽しみました。
One day a bird's nest caught his attention.
ある日、鳥の巣が彼の注意を引いた。
This bird happens to be called Toontooni.
この鳥はトゥーントゥーニと呼ばれています。
He put his hand into the small bird's nest.
彼は小さな鳥の巣に手を入れた。
And in the nest he found an egg.
そして巣の中に卵を見つけました。
He took the egg out of its nest.
彼は巣から卵を取り出した。
There was an almirah in the wall of his house.
彼の家の壁にはアルミラがありました。
So he put the egg in the almirah.

そこで彼は卵をアルミラの中に入れました。
He closed the door of the almirah.
彼はアルミラの扉を閉めた。
And then he thought no more of the egg.
そして彼はもう卵のことなど考えなくなった。
The merchant's son had a house of his own.
商人の息子は自分の家を持っていた。
But he had a house without a household.
しかし、彼には世帯のない家がありました。
So in his house there was no cook.
それで彼の家には料理人がいませんでした。
But he had no need for his own cook.
しかし、彼は専属の料理人を必要としていなかった。
Because his mother regularly sent him food.
母親が定期的に食べ物を送ってくれたからです。
In the morning she sent him breakfast.
朝、彼女は彼に朝食を届けた。
And every day she had dinner sent to him.
そして彼女は毎日彼に夕食を送ってもらいました。
One day the egg in the almirah burst.
ある日、アルミラの中の卵が破裂しました。
But it was not a bird that came out of the egg.
しかし、卵から生まれたのは鳥ではありませんでした。
Out of the egg came a beautiful infant.
卵から美しい赤ちゃんが生まれました。
The infant was not a bird, but a human girl.
その赤ん坊は鳥ではなく、人間の女の子でした。
But the merchant's son knew nothing of the event.
しかし、商人の息子はその出来事について何も知らなか
った。
He had forgotten everything about the egg.
彼は卵のことを全て忘れていた。
The door of the wall-almirah had been kept closed.
城壁アルミラの扉は閉ざされたままだった。
However, the merchant's son did not lock the door.
しかし、商人の息子はドアに鍵をかけませんでした。

The child grew up within the wall-almirah.
その子は壁アルミラの中で育ちました。
She had no knowledge of the merchant's son.
彼女はその商人の息子について何も知らなかった。
Nor did she know of anyone else.
彼女は他の誰かについても知りませんでした。
When the child could walk it grew curious.
子供は歩けるようになると好奇心が増しました。
And out of curiosity she opened the door.
そして好奇心から彼女はドアを開けた。
That day, too, the mother had sent breakfast.
その日も、お母さんが朝食を持ってきてくれました。
And the breakfast had been put on the floor.
そして朝食は床に置かれていました。
The child saw the food that was on the floor.
子供は床に落ちている食べ物に気づきました。
Of course the child ate from the food.
もちろん子供は食べ物を食べました。
And then the child returned into the wall.
そして子供は壁の中に戻って行きました。
The merchant's mother always made a lot of food.
商人の母親はいつもたくさんの料理を作っていました。
It was more food than he could possibly eat.
それは彼が食べられる量を超える量の食べ物でした。
So he didn't notice that any food was missing.
そのため、彼は食べ物がなくなったことに気づきません
でした。
The girl of the wall-almirah came out every day.
城壁の少女アルミラは毎日出てきました。
And every day she ate a part of the food.
そして彼女は毎日その食べ物の一部を食べました。
After eating the food she returned to the almirah.
食べ物を食べた後、彼女はアルミラに戻りました。
But with time the girl got older and older.
しかし、時が経つにつれて、その少女はどんどん成長し
ていきました。

And with age she got bigger and bigger.
そして年齢を重ねるにつれて、彼女はどんどん大きくなっていきました。
And the bigger she got the hungrier she got.
そして、体が大きくなるにつれて、お腹も空くようになりました。
And she began to eat more of the food each day.
そして彼女は毎日より多くの食べ物を食べるようになりました。
Eventually the merchant's son noticed the missing food.
やがて商人の息子は食べ物がなくなったことに気づいた。
But he had no way of knowing where the food went.
しかし、その食べ物がどこへ行ったのか知るすべがなかった。
The last thing he suspected was a girl from inside the almirah.
彼が最後に疑ったのは、アルミラの中にいる少女だった。
And so he came to a very different conclusion.
そして彼は全く異なる結論に達した。
"Why is mother sending such a small quantity of food?".
「お母さんはどうしてこんなに少ない量の食べ物を送ってくるの？」
And he had a message sent to his mother.
そして彼は母親にメッセージを送りました。
"Why am I being sent insufficient food?".
「なぜ十分な食糧が送られてこないのか？」
"And why is the dish served so slovenly?".
「そして、なぜ料理はこんなにだらしなく提供されるのですか？」
Of course we know why the food was insufficient.
もちろん、食糧が不足していた理由はわかっています。
And we know why the food was presented slovenly.
そして、食べ物が雑に提供された理由も分かりました。
The girl from in the wall ate from his food.

壁の中の少女は彼の食べ物を食べた。
And as she ate she fingered the rice and curry.
そして彼女はご飯とカレーを指でつまみながら食べました。
And she always hurried back into her cell in the wall.
そして彼女はいつも壁の中の独房に急いで戻っていった。
So that she would not be seen by anyone.
誰にも見られないように。
She had no time to put the rice in proper order.
彼女にはご飯をきちんと整える時間がなかった。
The mother was astonished at her son's complaint.
母親は息子の苦情に驚いた。
She gave him more than he could eat.
彼女は彼に食べきれないほどの量を与えた。
The food was served up on a silver plate.
食べ物は銀の皿に盛られて出されました。
And she neatly arranged the food herself.
そして彼女は自分で食べ物をきれいに並べました。
But her son repeated the same complaint again.
しかし彼女の息子は再び同じ不満を繰り返した。
Day after day he complained of the small portions.
彼は毎日、食事の量が少ないことに不満を漏らした。
Day after day he complained of the messy food.
彼は毎日、散らかった食事について不平を言った。
And so his mother began to suspect foul play.
そして彼の母親は不正行為を疑い始めた。
She told her son to watch over the food.
彼女は息子に食べ物を監視するように言いました。
"See if anyone is eating your food".
「誰かがあなたの食べ物を食べていないか確認してください」。
The next day a servant brought the food.
翌日、召使いが食べ物を持ってきました。
The servant laid the food in a clean place.
召使いは食べ物を清潔な場所に置いた。

Normally the merchant's son took a bath.
通常は商人の息子が風呂に入っていました。
But this day he did not go for a bath.
しかし、この日は彼はお風呂に入らなかった。
Instead, on this day he hid himself nearby.
その代わりに、この日彼は近くに身を隠しました。
From his hiding place he could see the food.
彼は隠れた場所から食べ物を見ることができた。
The merchant's son did not have to wait for long.
商人の息子は長く待つ必要はなかった。
Soon he saw the wall-almirah open.
すぐに彼は壁のアルミラが開くのを見た。
And he saw a beautiful damsel step out.
そして彼は美しい乙女が出てくるのを見ました。
She could not have been more than sixteen.
彼女は16歳以上ではなかったはずだ。
She sat on the carpet by the breakfast.
彼女は朝食のそばのカーペットの上に座った。
And she began to eat from the food left on the floor.
そして彼女は床に残された食べ物を食べ始めました。
The merchant's son came out of his hiding-place.
商人の息子が隠れ場所から出てきた。
And the damsel could not escape from him.
そして、その乙女は彼から逃げることができなかった。
"Who are you, beautiful creature?".
「あなたは誰ですか、美しい生き物？」
"You do not seem to be earth-born".
「あなたは地球生まれではないようですね」
"Are you one of the daughters of the gods?".
「あなたは神々の娘の一人ですか？」
The girl replied, "I do not know who I am".
少女は答えました。「私は自分が誰なのか分かりません
。」
"But there is one thing I do know," the girl continued.
「でも、一つだけわかっていることがあります」と少女
は続けた。

"One day I found myself in the almirah in the wall".
「ある日、私は壁の中のアルミラの中にいることに気づきました」。
"And since then I have been living in the wall".
「そしてそれ以来、私は壁の中で暮らしています」。
The merchant's son thought her story was strange.
商人の息子は彼女の話が奇妙だと思った。
But then he thought a bit more about the story.
しかし、彼はその話についてもう少し考えてみました。
And he remembered what happened sixteen years ago.
そして彼は16年前に何が起こったかを思い出した。
He remembered the nest of the toontoori bird.
彼はトゥーントゥーリ鳥の巣を思い出した。
And he remembered finding an egg in the nest.
そして彼は巣の中に卵を見つけたことを思い出した。
And he remembered putting the egg in the almirah.
そして彼はアルミラに卵を入れたことを思い出した。
The wall-almirah girl was of uncommon beauty.
壁のアルミラの少女は並外れた美しさを持っていた。
And the merchant's son was struck by her beauty.
そして商人の息子は彼女の美しさに心を打たれました。
Her beauty made a deep impression on his mind.
彼女の美しさは彼の心に深い印象を残した。
And he resolved in his mind to marry her.
そして彼は彼女と結婚しようと心に決めた。
From then on the girl didn't stay in the almirah.
それ以来、その少女はアルミラに留まらなくなった。
She was given a room in the merchant's son's house.
彼女は商人の息子の家に部屋を与えられた。
The next day the merchant's son wrote a message.
翌日、商人の息子はメッセージを書いた。
And he had the message sent to his mother.
そして彼はそのメッセージを母親に送らせました。
You can guess the general theme of the message.
メッセージの全体的なテーマを推測することができます
。

The merchant's son said he would like to get married.
商人の息子は結婚したいと言った。
The mother of the merchant's son reproached herself.
商人の息子の母親は自らを責めた。
She had not tried to find a wife for his son.
彼女は彼の息子に妻を見つけようとしなかった。
She felt she should have thought of his marriage.
彼女は彼の結婚について考えるべきだったと感じた。
And so she promptly replied to her son's message.
それで彼女は息子のメッセージにすぐに返信しました。
She and her father were going to send out ghataks.
彼女と彼女の父親はガタクを送り出すつもりだった。
The ghataks were going to go to different countries.
ガタクたちはさまざまな国へ行く予定でした。
There they were going to look for suitable brides.
そこで彼女たちはふさわしい花嫁を探すつもりだった。
But the merchant's son said there would be no need.
しかし、商人の息子は、その必要はないと言いました。
He had secured himself a lovely young lady.
彼は若くて素敵な女性を手に入れた。
If they had no objection, he would introduce her to them.
もし彼らに異議がなければ、彼は彼女を彼らに紹介する
つもりだった。
And so the young lady was taken to the merchant's house.
そして、その若い女性は商人の家に連れて行かれました
。
The merchant and his wife welcomed the stranger.
商人とその妻はその見知らぬ人を歓迎した。
And they were also struck by her unmatched beauty.
そして彼らはまた、彼女の比類のない美しさに衝撃を受
けた。
The girl was of perfect loveliness and grace.
その少女は完璧な愛らしさと優雅さを備えていた。
The parents made no questions to her birth.
両親は彼女の出生について何も疑問を持たなかった。
And the nuptials were celebrated there and then.

そして、その場で結婚式が執り行われました。

In the course of time the merchant's son had two sons.
時が経つにつれ、その商人の息子には二人の息子が生まれました。
The elder of the sons he named Swet.
彼は息子たちのうちの兄にスウェットという名を付けた。
And the younger son he named Basanta.
そして下の息子にバサンタと名付けました。
After the passing of more time the old merchant died.
それからさらに時が経ち、その老商人は亡くなりました。
So the merchant's son now became the merchant.
それで商人の息子が商人になったのです。
And after some time his mother died too.
そしてしばらくして彼の母親も亡くなりました。
Swet and Basanta grew up to be fine lads.
スウェットとバサンタは立派な若者に成長しました。
And the elder son was in due time married.
そして、長男はやがて結婚した。
Sometime after Swet's marriage his mother also died.
スウェットの結婚後しばらくして、彼の母親も亡くなった。
The girl from in the wall was no more.
壁の中の少女はもういなかった。
The widower lost no time in marrying again.
男やもめはすぐに再婚した。
And he had a new young and beautiful wife.
そして彼には若くて美しい新しい妻がいました。
Swet's wife was older than his stepmother.
スウェットの妻は彼の継母より年上だった。
So his wife became the mistress of the house.
それで彼の妻はその家の女主人になった。
The stepmother was like all stepmothers are.
その継母は他の継母と同じような人でした。

She hated Swet and Basanta with a perfect hatred.
彼女はスウェットとバサンタを徹底的に憎んでいた。
And the two ladies also couldn't stand each other.
そして二人の女性もお互い我慢できなかった。
It so happened one day that a fisherman came.
ある日、漁師がやって来ました。
The fisherman brought to the merchant a fish.
漁師は商人に魚を持って来た。
This fish was of singular and remarkable beauty.
この魚は独特で驚くべき美しさを持っていました。
It was unlike any other fish that had been seen.
それはこれまで見てきたどの魚とも違っていました。
And the fish had other qualities too.
そして、その魚には他の特質もありました。
The fisherman explained the wonders of the fish.
漁師は魚の素晴らしさを説明した。
"Two things will happen if you eat this fish".
「この魚を食べると2つのことが起こります」。
"When you laugh maniks will drop from your mouth".
「笑うと口からマニクが落ちます」。
"And when you weep pearls will drop from your eyes".
「そしてあなたが泣くとあなたの目から真珠が落ちるで
しょう」。
The merchant was astounded by what he had heard.
商人は聞いたことに驚いた。
And he wanted the wonderful properties of the fish.
そして彼は魚の素晴らしい特性を欲していました。
And so he bought the fish at one thousand rupees.
それで彼は1000ルピーで魚を買いました。
And he put the fish into the hands of Swet's wife.
そして彼はその魚をスウェットの妻の手に渡した。
Because Swet's wife was the mistress of the house.
スウェットの妻がその家の女主人だったからです。
He strictly instructed her to cook the fish well.
彼は彼女に魚を上手に調理するように厳しく指示した。
And he told her to give the fish to him alone to eat.

そして彼は、その魚を自分だけに食べさせるように彼女
に言いました。

The house-mother however knew the fish's secret.
しかし、寮母はその魚の秘密を知っていました。

She had overheard what the fisherman had said.
彼女は漁師が言ったことを偶然聞いてしまった。

Secretly she made a different plan in her mind.
彼女は心の中で密かに別の計画を立てた。

She was going to cook the fish for her husband.
彼女は夫のために魚を料理するつもりだった。

And she was going to share the fish with his brother.
そして彼女はその魚を彼の弟と分け合うつもりでした。

For her father-in-law she was going to prepare a frog.
彼女は義父のためにカエルを用意するつもりだった。

Soon she had finished cooking the marvelous fish.
やがて彼女は素晴らしい魚を調理し終えた。

And she had finished cooking a frog too.
そして彼女はカエルも調理し終えていました。

But from the kitchen she could hear a squable.
しかし、台所からは口論の声が聞こえた。

She could hear who it was that was arguing.
彼女は誰が口論しているのか聞こえた。

Her stepmother-in-law and her husband's brother.
彼女の義母と夫の弟。

And she understood the cause of the argument.
そして彼女はその議論の原因を理解した。

Basanta was still but a young lad.
バサンタはまだ若い少年でした。

But he was passionately fond of his pigeons.
しかし、彼は鳩を心から愛していた。

And he tamed his pigeons very well.
そして彼は鳩をとても上手に飼いならしました。

Nonetheless, one of his pigeons had escaped.
それにもかかわらず、彼の鳩のうちの1羽は逃げてしま
いました。

And the pigeon flew into his stepmother's room.

そして鳩は継母の部屋に飛び込んでいきました。
His stepmother hid the pigeon in her clothes.
彼の継母は鳩を服の中に隠した。
Basanta rushed after the pigeon into the room.
バサンタは鳩を追って部屋へ駆け込んだ。
And he loudly demanded to have the pigeon back.
そして彼は鳩を返すように大声で要求した。
His stepmother denied having the pigeon.
彼の継母は鳩を飼っていたことを否定した。
Swet, however, did know she had the pigeon.
しかし、スウェットは自分が鳩を飼っていることは知っていた。
And the older brother forcibly took the bird.
そして兄は無理やりその鳥を奪い取りました。
And he freed the pigeon from her clothes.
そして彼は鳩を彼女の服から解放した。
And he gave the pigeon back to his brother.
そして彼は鳩を弟に返しました。
The stepmother cursed and swore, and added;
継母は悪態をつきながら、こう付け加えた。
"Wait until the head of the house comes home".
「家長が帰宅するまで待ってください」。
"He will get no water till he sheds your blood".
「あなたの血を流すまで、彼は水を得ることはできない」。
Swet's wife called her husband and said to him;
スウェットの妻は夫を呼んでこう言いました。
"My dearest lord, that woman is a most wicked woman".
「親愛なる殿、あの女は本当に邪悪な女でございます」
"And she has boundless influence over my father-in-law".
「そして彼女は私の義父に対して無限の影響力を持っています」。
"She will make him do what she has threatened".
「彼女は脅したことを実行させるだろう」。
"All our lives are in imminent danger".

「私たち全員の命が差し迫った危険にさらされている」
。
"But let us first eat a little," she added.
「でも、まずは少し食べましょう」と彼女は付け加えた
。
"And then let us all three run away from this place".
「それでは私たち三人ともここから逃げましょう」。
Swet forthwith called Basanta to him.
スウィートはすぐにバサンタを呼びました。
And he told him what he had heard from his wife.
そして彼は妻から聞いたことを夫に話した。
They resolved to run away before nightfall.
彼らは日が暮れる前に逃げようと決心した。
The woman placed before her husband the fish.
女性は夫の前に魚を置いた。
And her brother-in-law ate of the fish too.
そして彼女の義理の弟もその魚を食べました。
And they ate of the fish heartily.
そして彼らはその魚を心から食べた。
The woman packed up all her jewels in a box.
その女性は宝石をすべて箱に詰めた。
There was only one horse in the stables.
馬小屋には馬が一頭しかいなかった。
But the horse was of uncommon fleetness.
しかし、その馬は異常に速かった。
They could all sit on the horse together.
彼らは全員一緒に馬に乗ることができました。
Swet held the reins of the horse.
スウェットは馬の手綱を握った。
The woman sat in the middle of the horse.
女性は馬の真ん中に座った。
And she had the jewel-box in her lap.
そして彼女は膝の上に宝石箱を置いていた。
And Basanta sat on the rear of the horse.
そしてバサンタは馬の後ろに座りました。
The horse galloped with the utmost swiftness.

その馬は猛烈な速さで駆け抜けた。
They passed through many a plain and noted town.
彼らは多くの平野と有名な町を通過した。
After midnight they found themselves in a forest.
真夜中過ぎに彼らは森の中にいた。
And they were not far from the banks of a river.
彼らは川岸からそれほど遠くないところにいた。
Here the most untoward event took place.
ここで最も厄介な出来事が起こりました。
Swet's wife began to feel the pains of child-birth.
スウェットの妻は出産の痛みを感じ始めた。
They dismounted from the horse without delay.
彼らはすぐに馬から降りた。
And within an hour Swet's wife gave birth to a son.
そして1時間以内にスウェットの妻は息子を出産した。
What were the two brothers to do in this forest?
二人の兄弟はこの森で何をするべきだったのでしょうか？
They knew that a fire had to be kindled.
彼らは火を起こさなければならないことを知っていた。
The mother and the new-born baby needed warmth.
母親と生まれたばかりの赤ちゃんは暖かさを必要としていました。
But from where was there fire to be gotten?
しかし、火はどこから得られるのでしょうか？
There were no human habitations visible.
人間の住居は見当たりませんでした。
Nonetheless, a fire had to be procured.
それにもかかわらず、火を起こさなければなりませんでした。
And it was the winter month of December.
そして12月は冬の月でした。
The mother and the baby would certainly perish.
母親と赤ちゃんは確実に死んでしまうでしょう。
Swet told Basanta to sit beside his wife.
スウェットはバサンタに妻の隣に座るように言った。

And he set out in the darkness of the night.
そして彼は夜の闇の中を出発した。
And he went in search of wood to make a fire.
そして彼は火を起こすための木を探しに行きました。
Swet walked many a mile through the darkness.
スウェットは暗闇の中を何マイルも歩いた。
But despite the distance he saw no human habitations.
しかし、距離にもかかわらず、人間の住居は見えなかった。
But eventually his eyes were given some help.
しかし、最終的に彼の目には何らかの助けがもたらされました。
The genial light of Sukra somewhat illumined his path.
スクラの優しい光が彼の行く手をいくらか照らした。
And he saw at a distance what seemed a large city.
そして彼は遠くに大きな都市らしきものを見た。
He was congratulating himself on his journey's end.
彼は旅の終わりを自ら祝っていた。
And he congratulated himself for finding fire.
そして彼は火を見つけたことを自ら祝福した。
The fire that was going to benefit his poor wife.
その火事は彼のかわいそうな妻に利益をもたらすはずだった。
His wife that was lying cold in the forest.
森の中で寒さに震えていた彼の妻。
The fire that was going to save his new-born child.
彼の生まれたばかりの子供を救うはずだった火事。
The new-born baby born into the coldness.
寒さの中に生まれたばかりの赤ちゃん。
Suddenly an elephant shot across his path.
突然、一頭の象が彼の行く手を横切った。
The elephant was gorgeously caparisoned.
象は豪華に飾り立てられていました。
And the elephant gently picked him with his trunk.
そして象は鼻で彼を優しく持ち上げました。
He placed him on the rich howdah on its back.

彼は彼をその背中の豪華なハウダに乗せました。
The elephant then walked rapidly towards the city.
それから象は街に向かって急いで歩きました。
Swet was quite taken aback by the events.
スウェット氏はこの出来事にかなり驚いた。
He did not understand the elephant's actions.
彼は象の行動を理解しなかった。
And he wondered what was in store for him.
そして彼は、自分に何が待ち受けているのか疑問に思った。
A crown is that which was in store for him.
王冠は彼のために用意されていたものだった。
He was being taken to the chief city of a kingdom.
彼は王国の主要都市に連れて行かれようとしていた。
In this kingdom every morning a king was elected.
この王国では毎朝王が選出されました。
Because the kings of this city lasted but a day.
なぜなら、この都市の王の在位期間はたったの一日だったからです。
Every night the new king joined the queen in her room.
毎晩、新しい王は女王の部屋で彼女と合流した。
And every morning the previous king was found dead.
そして毎朝、前の王が死んでいるのが発見されました。
No one knew what caused the deaths of the kings.
王たちの死の原因が何であったかは誰も知らなかった。
Not even the queen knew what caused their death.
女王でさえ彼らの死の原因を知らなかった。
So this kingdom had its own king-maker.
つまり、この王国には独自の国王を定める者がいたのです。
The elephant who suddenly took hold of Swet.
突然スウェットを掴んだ象。
Early in the morning the elephant roamed about.
早朝、象は歩き回っていました。
Sometimes the elephant went to distant places.
時々象は遠い場所へ行きました。

And every evening the elephant returned with a man.
そして、毎晩、象は男を連れて戻ってきました。
The man on the elephant's became their king.
象に乗った男が彼らの王様になった。
The elephant majestically marched through the streets.
象は堂々と通りを行進した。
A crowd of people welcomed their new king.
群衆は新しい王を歓迎した。
But Swet did not yet understand their cheers.
しかしスウェットはまだ彼らの歓声の意味を理解してい
なかった。
The elephant entered the kingdom's palace.
象は王国の宮殿に入りました。
And the elephant placed Swet on the throne.
そして象はスウェットを王座に座らせました。
Amid much rejoicing he was proclaimed king.
大いに歓喜する中、彼は王であると宣言された。
But there were lamentations in the crowd too.
しかし群衆の中には嘆きの声もあった。
In the course of the day he heard of the curse.
その日のうちに彼は呪いのことを聞いた。
The nightly death of every newly elected king.
新しく選ばれた王は毎晩死ぬ。
But Swet was possessed of great discretion.
しかし、スウェットは非常に慎重な人物だった。
And he had the courage not to try an escape.
そして彼は逃げようとしない勇気を持っていた。
He took every precaution that he could take.
彼はできる限りの予防措置を講じた。
But he did not know how to avert the catastrophe.
しかし彼はその大惨事を回避する方法を知らなかった。
And he knew not what expedients to adopt.
そして彼は、どのような手段を講じるべきか知らなかっ
た。
Because he didn't know the nature of the danger.
なぜなら彼はその危険の本質を知らなかったからだ。

He resolved, however, upon two things;
しかし、彼は二つのことを決意しました。
He was going to go armed into the bedchamber.
彼は寝室に武装して入ろうとしていた。
And he was going to stay awake the whole night.
そして彼は一晩中起き続けるつもりだった。
The queen was young and of exquisite beauty.
女王は若く、非常に美しかった。
Guileless and benevolent was the expression of her face.
彼女の表情は純真で慈悲深かった。
It was impossible to attribute her any malice.
彼女に何らかの悪意があったと判断することは不可能だった。
No one believed she caused all the kings' deaths.
彼女がすべての王の死を引き起こしたとは誰も信じなかった。
In the queen's chamber Swet spent an agreeable evening.
スウェットは女王の部屋で楽しい夜を過ごした。
As the night advanced the queen fell asleep.
夜が更けるにつれ女王は眠りに落ちた。
But Swet kept awake, and was on the alert.
しかしスウェットは目を覚まし、警戒を怠らなかった。
He looked at every creek and corner of the room.
彼は部屋のあらゆる隅々まで調べた。
And he expected every minute to be murdered.
そして彼は毎分ごとに殺されるだろうと覚悟していた。
But the queen did not rise to murder him.
しかし女王は彼を殺すために立ち上がらなかった。
And no one entered the room to murder him either.
そして、彼を殺すために部屋に入ってきた者もいなかった。
Nor did he feel anything other than sleepiness.
彼は眠気以外には何も感じなかった。
But in the dead of night he perceived something.
しかし、真夜中に彼は何かに気づきました。
A thread was coming out the queen's nostril.

女王の鼻孔から糸が出ていました。
The thread was so thin that it was almost invisible.
糸は非常に細かったので、ほとんど見えませんでした。
Slowly the thread reached several yards in length.
ゆっくりと糸は数ヤードの長さに達しました。
And eventually all the thread came out.
そしてついに糸がすべて抜けてしまいました。
Only then did the thread begin to grow thicker.
そのとき初めて、糸は太くなり始めました。
Soon the thread took on its real shape.
やがて糸は本来の形を呈しました。
The thread was in fact a huge serpent.
その糸は実は巨大な蛇だった。
Immediately Swet cut off the head of the serpent.
スウェットはすぐに蛇の頭を切り落としました。
The body of the serpent wriggled violently.
蛇の体が激しくくねくねと動いた。
He sat quiet in the room, expecting other adventures.
彼は部屋の中で静かに座り、新たな冒険を期待していた
。
But nothing else happened the rest of the night.
しかし、その夜の残りは何も起こりませんでした。
The queen slept longer than usual.
女王様はいつもより長く眠りました。
Because she had been relieved of the huge snake.
巨大な蛇から解放されたからだ。
Early next morning the ministers came.
翌朝早く大臣たちがやって来た。
They were expecting to hear of the king's death.
彼らは王の死の知らせを聞くことを予想していた。
The ladies of the bedchamber knocked at the door.
寝室の女性たちがドアをノックした。
But to their astonishment Swet come out.
しかし驚いたことに、スウィートが出てきました。
The folk learned the mystery of all the kings' deaths.
民衆はすべての王たちの死の謎を知った。

And now the country rejoiced their permanent king.
そして今、国は永遠の王を歓喜した。
There is a strange thing you probably noticed.
おそらくあなたは奇妙なことに気づいたでしょう。
Swet did not remember his wife he left behind.
スウェットは残してきた妻のことを覚えていなかった。
It is a strange thing, nevertheless it is true.
それは奇妙なことだが、それでも真実だ。
Nor did he remember the defenceless new-born babe.
彼は、無防備な生まれたばかりの赤ん坊のことも覚えて
いなかった。
And he did not remember his brother either.
そして彼は兄のことも覚えていなかった。
He had no time to remember when the elephant came.
彼には象がいつ来たかを思い出す時間がなかった。
On the first night he had to worry for his own life.
最初の夜、彼は自分の命の危険を感じなければならなか
った。
And now the crown brought on his forgetfulness.
そして今、王冠は彼に忘却をもたらした。
But he had entrusted his wife and child to Basanta.
しかし、彼は妻と子供をバサンタに託していた。
And his brother sat waiting for many weary hours.
そして彼の兄弟は、何時間も疲れて座って待っていまし
た。
Every moment he expected to see Swet return with fire.
彼はスウェットが火を持って戻ってくるのを毎瞬期待し
ていた。
But the whole night passed away without his return.
しかし、彼が戻ってくることなく一晩が過ぎた。
At sunrise he went to the bank of the river.
日の出とともに彼は川岸へ行った。
There he anxiously looked about for his brother.
そこで彼は心配しながら兄を探した。
But his waiting and searching were all in vain.
しかし、彼の待ち時間と捜索はすべて無駄になった。

Distressed beyond measure, he wept at the riverside.
彼は計り知れない悲しみに襲われ、川辺で泣いた。
As he was weeping a boat was passing by.
彼が泣いていると、一隻の船が通り過ぎていきました。
In the boat a merchant was returning from business.
船に乗って商人が商売から帰って来ていた。
The boat was not far from the shore.
ボートは岸からそれほど遠くなかった。
So the merchant could see Basanta weeping.
それで商人はバサンタが泣いているのを見ることができた。
Something struck the attention of the merchant.
何かが商人の注意を引いた。
By the weeping man appeared to be a pile of pearls.
泣いている男のそばに真珠の山が現れた。
The merchant requested the boatman to halt.
商人は船頭に停止を要請した。
And the merchant went to the weeping man.
そして商人は泣いている男のところへ行きました。
By the weeping man was in fact a pile of pearls.
泣いている男のそばには、実は真珠の山がありました。
And the pearls were of the highest quality.
そしてその真珠は最高品質のものでした。
And another thing astonished the merchant.
そしてもう一つ、商人を驚かせた事がありました。
The pile of pearls grew larger every second.
真珠の山は毎秒大きくなっていった。
Because the man was crying, but not tears.
なぜなら、その男は泣いていたが、涙ではなかったからだ。
Because his tears turned to pearls on the ground.
彼の涙は地面の上で真珠に変わったからです。
The merchant stowed away the pearls into his boat.
商人は真珠を船に積み込んだ。
Then the merchant got his servants to help him.
それから商人は召使いたちに手伝わせました。

And together they captured the crying man.
そして二人は一緒に泣いている男を捕まえた。
They put him on board of the vessel.
彼らは彼を船に乗せた。
And he tied him to one of the ship's masts.
そして彼を船のマストの一つに縛り付けました。
Basanta, of course, tried his best to resist.
もちろん、バサンタは全力を尽くして抵抗した。
But what could he do against so many sailors?
しかし、彼はこれほど多くの船員に対して何ができるだろうか?
He thought of his brother who never returned.
彼は二度と帰って来なかった兄のことを思った。
He thought of his sister-in-law in the forest.
彼は森の中にいる義理の妹のことを思った。
And he thought of his newly born niece.
そして彼は生まれたばかりの姪のことを思いました。
And he cried even more bitterly than before.
そして彼は前よりもさらに激しく泣いた。
His weeping mightily pleased the merchant.
彼の涙は商人を大いに喜ばせた。
Because even more pearls were falling to the ground.
なぜなら、さらに多くの真珠が地面に落ちていたからです。
And the merchant became richer and richer.
そして商人はますます裕福になりました。
Eventually the merchant reached his native town.
ついに商人は故郷の町に着いた。
When they got there he confined Basanta in a room.
彼らがそこに着くと、彼はバサンタを部屋に閉じ込めた。
At stated hours every day he had him whipped.
毎日決められた時間に、彼は彼を鞭打った。
In order to make him shed yet more tears.
彼にもっと涙を流させるために。
And every tear converted into a bright pearl.

そして、すべての涙が輝く真珠に変わったのです。
The merchant one day said to his servants;
ある日、商人が召使たちに言いました。
"The fellow is making me rich by his weeping".
「あの男は泣くことで私を裕福にしてくれている」。
"Let us see what he gives me by laughing".
「笑うことで彼が私に何を与えてくれるのか見てみまし
ょう」。
Accordingly, he began to tickle his captive.
そこで彼は捕虜をくすぐり始めた。
Upon being tickled Basanta began to laugh.
バサンタはくすぐられて笑い始めました。
Of course he was not laughing out of happiness.
もちろん彼は嬉しさから笑っていたわけではない。
But none the less maniks dropped from his mouth.
しかし、それでも彼の口からはマニクが落ちた。
After this Basanta was not just whipped anymore.
この後、バサンタはただ鞭打たれることはなくなりまし
た。
Now he was alternately whipped and tickled.
今度は、彼は鞭打たれ、くすぐられるという拷問を交互
に受けた。
All day and far into the night he was exploited.
彼は一日中、そして夜遅くまで搾取された。
The merchant's wealth increased day and night.
商人の富は昼も夜も増加した。
Soon he became the wealthiest man in the land.
やがて彼は国で最も裕福な男になった。
But let us return to Basanta's subjugation later.
しかし、バサンタの征服については後で再び取り上げる
ことにする。
Now let us turn our attention to Swet's wife.
さて、スウェットの妻に注目してみましょう。

Swet's abandoned wife was still in the forest.
スウェットの捨てられた妻はまだ森の中にいた。

She had just given birth to her child.
彼女はちょうど子供を出産したばかりだった。
But now she was alone in the forest.
しかし今、彼女は森の中に一人きりだった。
First her husband had abandoned her.
まず夫が彼女を捨てた。
And now her brother-in-law abandoned her too.
そして今、彼女の義理の兄も彼女を捨てた。
Imagine how overwhelmed with grief she felt.
彼女がどれほどの悲しみに打ちひしがれたか想像してみてください。
Alone, and in a forest, far from civilization.
文明から遠く離れた森の中で、一人で。
Her case was indeed deserving of sympathy.
彼女のケースは確かに同情に値するものだった。
She wept rivers of sad and lonely tears.
彼女は悲しく孤独な涙を流して泣いた。
Excessive grief, however, brought her relief.
しかし、過度の悲しみが彼女に安堵をもたらした。
She fell asleep with the new-born in her arms.
彼女は生まれたばかりの赤ちゃんを腕に抱いて眠りについた。
While she was deep in sleep another tragedy took place.
彼女がぐっすり眠っている間に、もう一つの悲劇が起こった。
It so happened that the Kotwal was passing by.
ちょうどそのとき、コトワルが通りかかったのです。
He had recently suffered his own misfortune.
彼は最近、不幸に見舞われた。
But his misfortune was of a different nature.
しかし、彼の不幸は性質の異なるものでした。
The children his wife bore died shortly after birth.
彼の妻が産んだ子供たちは生後まもなく亡くなった。
And he was now going to bury the last infant.
そして彼は今、最後の幼児を埋葬しようとしていた。
He was heading to the banks of the river.

彼は川の岸に向かっていた。
The place where the other infants were buried.
他の幼児が埋葬された場所。
But then he saw the woman sleeping in the forest.
しかしその時、彼は森の中で眠っている女性を見ました。
And in her arms he saw her holding a baby.
そして彼は、彼女が腕の中に赤ちゃんを抱いているのを見ました。
The infant was a lively and beautiful boy.
その赤ん坊は活発で美しい男の子でした。
His liveliness did not disturb his mother's sleep.
彼の活発さは母親の眠りを妨げなかった。
The Kotwal wanted the lovely infant very much.
コトワル族はその可愛い赤ん坊をとても欲しがっていました。
He quietly took the child from his mother.
彼は静かにその子供を母親から引き離した。
And in her arms he placed his own dead child.
そして彼は自分の死んだ子供を彼女の腕の中に抱きました。
Of course this is not what he could tell his wife.
もちろん、彼は妻にそんなことは言えなかった。
"We both thought that our son had died".
「私たちは二人とも息子が死んだと思っていました」。
"And I carried his body to the river bank".
「そして私は彼の遺体を川岸まで運びました」。
"And that was when a miracle occurred".
「そして奇跡が起こったのです」。
"Once more our son opened his young eyes".
「私たちの息子は再び若い目を開きました」。
"And now we have a beautiful and lively boy".
「そして今、私たちには美しく元気な男の子がいます」。
But Swet's wife did not know the true events.

しかし、スウェットの妻は真実の出来事を知らなかった
。
When she woke she held the dead child in her arms.
彼女は目が覚めると死んだ子供を腕の中に抱きました。
And she thought it was her child that had died.
そして彼女は、死んだのは自分の子供だと思ったのです
。
The distress of her mind may easily be imagined.
彼女の心の苦悩は容易に想像できる。
The whole world became dark to her.
彼女にとって全世界が暗闇になった。
She was distracted by the loss of her child.
彼女は子供を失ったことで気が散っていた。
And in her distraction she formed a resolution.
そして気を紛らわせながら、彼女は決意を固めた。
She had resolved to take her own life.
彼女は自ら命を絶つことを決意した。
The river was not far from where she had slept.
川は彼女が寝ていた場所からそれほど遠くなかった。
And she determined to drown herself in the river.
そして彼女は川で溺死しようと決心した。
She took in her hand the bundle of jewels.
彼女は宝石の束を手に取った。
And then she proceeded to the river-side.
それから彼女は川辺へと進みました。
An old Brahman was at no great distance.
老いたブラフマンは、それほど遠くないところにいた。
The Brahman was performing his morning ablutions.
ブラフマンは朝の身支度をしていた。
He noticed the woman going into the water.
彼は女性が水に入っていくのに気づいた。
Naturally he thought that she was going to bathe.
当然彼は彼女が入浴するつもりだと思った。
But then he saw her going into the deep waters.
しかし、彼は彼女が深い水の中に入っていくのを見まし
た。

Something akin to suspicion arose in his mind.
何か疑念のようなものが彼の心の中に浮かんだ。
The Brahman discontinued his devotions.
ブラフマンは信仰をやめた。
He too waded out towards the river's depth.
彼もまた川の奥深くへと歩いていった。
And he ordered the woman to come to him.
そして彼はその女に自分のところに来るように命じた。
Swet's wife heard the old man calling her.
スウェットの妻は老人が自分を呼んでいるのを聞いた。
So she retraced her steps to the old man.
それで彼女は老人のところへ戻って行きました。
"What were your intentions?" asked the Braham.
「あなたの意図は何だったのですか？」とブラフマは尋
ねました。
And the woman confirmed his suspicions.
そしてその女性は彼の疑いを裏付けた。
"I was going to put an end to my life".
「私は自分の人生を終わらせるつもりでした」。
And she thanked the Brahman for saving her.
そして彼女は自分を救ってくれたブラフマンに感謝しま
した。
"Accept these jewels as a sign of appreciation".
「感謝の印としてこれらの宝石を受け取ってください」
。
The Brahman accepted the sign of appreciation.
ブラフマンは感謝の印を受け取りました。
But he was more interested in her story.
しかし彼は彼女の話にもっと興味を持っていた。
And at his request she related her story.
そして彼の要請に応じて彼女は自分の話を語った。
She had escaped from her stepmother in law.
彼女は義母から逃げていた。
In the forest she gave birth to a child.
彼女は森の中で子供を産んだ。
First her husband went looking for fire.

まず彼女の夫が火を探しに行きました。
But her husband never came back to her.
しかし、夫は二度と彼女の元に戻って来なかった。
Then her brother-in-law looked for her husband.
それから彼女の義理の兄は彼女の夫を捜しました。
But her brother-in-law did not return either.
しかし、彼女の義兄も戻ってきませんでした。
Eventually she fell asleep with her child.
結局、彼女は子供と一緒に眠りに落ちました。
But when she woke her child was dead.
しかし、彼女が目を覚ましたとき、子供は亡くなっていた。
And that's when she decided to drown herself.
そして彼女は自殺しようと決心したのです。
She felt the relieve of telling her fate.
彼女は自分の運命を告げることによって安堵を感じた。
The Brahman invited the woman to his house.
ブラフマンはその女性を自分の家に招待した。
And the woman was accepted into his family.
そしてその女性は彼の家族に受け入れられました。
The Brahman's wife treated her like a daughter.
ブラフマンの妻は彼女を娘のように扱いました。
And she spent years with her new family.
そして彼女は新しい家族と何年も過ごしました。
Swet spend those years in his kingdom.
スウェットはその年月を彼の王国で過ごした。
Basanta spent those years being tortured.
バサンタさんはその年月の間、拷問を受け続けた。
And the adopted son of the Kotwal grew up.
そしてコトワルの養子は成長した。
The Brahman's house was not far from the Kotwal's.
ブラフマンの家はコトワルの家からそれほど遠くありませんでした。
So the Kotwal's son met the Brahman's adopted daughter.
そこでコトワルの息子はブラフマンの養女と出会った。
And the lad thought he fell in love with her.

そして少年は彼女に恋をしたと思った。
He spoke to his father about the woman.
彼はその女性について父親に話した。
And the father spoke to the Brahman about the woman.
そして父親はその女性についてブラフマンに話しました
。
The Brahman's rage knew no bounds.
ブラフマンの怒りは限りなく激しかった。
"What is this insolence!" the Brahman protested.
「これは何という傲慢だ！」とブラフマンは抗議した。
"Your son is the son of an infidel".
「あなたの息子は異教徒の息子です」。
"How can he aspire to the hand of a Brahman's daughter!?".
「どうして彼はバラモンの娘の手を欲しがるのだろうか
！」
"A dwarf may as well aspire to catch hold of the moon!".
「小人も月を掴むことを望むのと同じだ！」
But the Kotwal's son determined to have her by force.
しかし、コトワルの息子は彼女を強制的に手に入れよう
と決心した。
One day he scaled the wall of the Brahman's house.
ある日、彼はブラフマンの家の壁をよじ登りました。
He got upon the thatched roof of the cow-house.
彼は牛小屋の茅葺き屋根の上に登った。
And from that lofty position he reconnoitered.
そしてその高い位置から彼は偵察した。
And he saw two young calves below him.
そして彼は、自分の下に二頭の子牛がいるのを見ました
。
And he overheard the conversation of two young calves.
そして彼は二頭の子牛の会話を耳にしました。
"Men accuse us of brutish ignorance and immorality".
「男たちは私たちを残忍な無知と不道徳だと非難する」
。
"But in my opinion men are fifty times worse".
「でも、私の意見では、男性の方が50倍ひどいんです」

"What makes you say so, brother?" the calf asked.
「兄弟よ、なぜそう言うのですか？」と子牛は尋ねました。
"Have you witnessed instances of human depravity?".
「人間の堕落の例を目撃したことがありますか？」
"Who is a greater monster than the Kotwal's son?".
「コトワルの息子よりも大きな怪物は誰ですか？」
"The same lad standing on the thatched roof".
「茅葺き屋根の上に立っている同じ少年」。
"The roof of this hut above our heads".
「私たちの頭上にあるこの小屋の屋根」。
"I thought he was just the son of our Kotwal".
「彼は私たちのコトワルの息子だと思っていました」。
"I never heard that he was exceptionally vicious".
「彼が特別に凶暴だったとは聞いたことがない」。
"You may have never heard of his wickedness".
「あなたは彼の邪悪さについて聞いたことがないかもしれません」。
"But now you will hear of his wickedness from me".
「しかし今、あなたは彼の邪悪さを私から聞くことになるでしょう」。
"This wicked lad is now making immoral plans".
「この邪悪な若者は今、不道徳な計画を立てている」。
"He is trying get married to his own mother!".
「彼は自分の母親と結婚しようとしているんです！」
The First Calf then related the whole story.
それから、最初の子牛は物語の一部始終を語りました。
And the inquisitive Second Calf listened.
そして好奇心旺盛な二番目の子牛は耳を傾けました。
And the calf told Swet's and Basanta's story.
そして子牛はスウェットとバサンタの物語を語りました。
"A merchant built a house for his son"
「商人が息子のために家を建てた」
"In the garden of the house was a Toontooni bird"
「家の庭にはトゥーントゥーニという鳥がいました」

"In the nest of the Toontooni bird was an egg"
「トゥーントゥーニ鳥の巣には卵がありました」
"The merchant's son put the egg in a almirah"
「商人の息子は卵をアルミラに入れた」
"Out of the egg came a beautiful girl"
「卵から美しい女の子が生まれました」
"Eventually the merchant's son married this beautiful girl"
「結局、商人の息子はこの美しい娘と結婚した」
"Together they had two children; Swet and Basanta"
「二人の間にはスウェットとバサンタという二人の子供がいました」
"Some time later the grandfather of the children died"
「しばらくして、子供たちの祖父が亡くなりました」
"Some time later again their grandmother died too"
「しばらくして、また祖母も亡くなりました」
"At the right time, the oldest son, Swet, got married"
「ちょうど良いタイミングで、長男のスウェットが結婚しました」
"His mother, the Toontooni woman, died sometime later"
「彼の母親であるトゥーントゥーニの女性はその後しばらくして亡くなった」
"Soon after their father married a younger woman"
「父親が若い女性と結婚した直後」
"But their new stepmother hated her stepsons"
「しかし、新しい継母は継子たちを嫌っていた」
"And she also hated her new stepdaughter-in-law"
「そして彼女は新しい義理の娘も嫌っていた」
"One day a fisherman happened to visit the merchant"
「ある日、漁師が商人を訪ねてきました」
"The Fisherman had sold the merchant a magical fish"
「漁師は商人に魔法の魚を売った」
"Whoever ate the fish would laugh maniks"
「魚を食べた者は誰でも大笑いするだろう」
"And whoever ate the fish would weep pearls"
「そして魚を食べた者は真珠を泣き叫ぶだろう」
"The same day there was an argument over some pigeons"

「同じ日に鳩をめぐる口論があった」
"The stepmother was terribly vengeful to her stepsons"
「継母は継子たちに対してひどい復讐心を抱いていた」
"And she swore revenge on her stepsons"
「そして彼女は義理の息子たちに復讐を誓った」
"That day Swet, his wife, and Basanta escaped"
「その日、スウェットとその妻、そしてバサンタは逃げ出した」
"But before leaving they ate the magical fish"
「しかし、出発前に彼らは魔法の魚を食べたのです」
"On their journey Swet's wife gave birth to a baby boy"
「旅の途中でスウェットの妻は男の子を出産した」
"Swet went to look for wood to make a fire"
「スエットは火を起こすための木を探しに行きました」
"But he was carried away by an elephant"
「しかし彼は象に連れ去られてしまった」
"He was taken to a Queen haunted by a snake"
「彼は蛇にとりつかれた女王のところに連れて行かれた」
"But he succeeded in killing the serpent"
「しかし彼は蛇を殺すことに成功した」
"And so he became king of the land""Basanta went looking for his brother"
「そして彼はその国の王となった」
「バサンタは弟を探しに行った」
"But he was captured by a merchant"
「しかし彼は商人に捕らえられた」
"And now he's flogged and tickled daily"
「そして今では毎日鞭打たれ、くすぐられている」
"And he cries pearls and laughs maniks"
「そして彼は真珠を泣き、マニクを笑う」
"The Kotwal's son had died that night"
「コトワルの息子はその夜亡くなった」
"So the Kotwal exchanged the two babies"
「それでコトワルは二人の赤ちゃんを交換した」
"The mother couldn't bear the loss of her child"

「母親は子供を失うことに耐えられなかった」
"So she made the decision to drown herself"
「それで彼女は自殺を決意したのです」
"But there was a Brahman that saved her life"
「しかし、彼女の命を救ったブラフマンがいた」
"And this Brahman took her into his home"
「そしてこのブラフマンは彼女を家に迎え入れた」
"The Kotwal's son grew up a hardy boy"
「コトワル家の息子はたくましい少年に育った」
"And he fell in love with the woman"
「そして彼はその女性に恋をした」
"And now he stands on the roof"
「そして今、彼は屋根の上に立っている」
"And he's intent on having the woman"
「そして彼はその女性を手に入れるつもりだ」
All this the Kotwal's son heard.
コトワルの息子はこれらすべてを聞いた。
And he was struck with horror.
そして彼は恐怖に襲われました。
He forthwith got down from the thatch.
彼はすぐに屋根から降りた。
And he went home to his father.
そして彼は父親のいる家に帰りました。
And he said he must speak with the king.
そして彼は王と話をしなければならないと言いました。
The father protested against the request.
父親はその要求に抗議した。
But he got an interview with the king.
しかし彼は王との面会の機会を得た。
He told the king about the two calves.
彼は二頭の子牛のことを王に話しました。
And he repeated the whole story.
そして彼はその話を全部繰り返した。
The king now remembered his poor wife.
王は今、哀れな妻のことを思い出した。
So a servant was sent to the Brahman.

そこで、ブラフマンに召使が遣わされました。
And the Brahman was richly rewarded.
そしてブラフマンは豊かに報われました。
And his wife was brought back to the palace.
そして彼の妻は宮殿に連れ戻されました。
His wife was put in her proper position.
彼の妻は適切な地位に就いた。
And she became queen of the kingdom.
そして彼女は王国の女王になりました。
The reputed son of the Kotwal was readopted.
コトワルの名高い息子が再採用されました。
And he was proclaimed heir to the throne.
そして彼は王位継承者と宣言されました。
Basanta was brought out of the dungeon.
バサンタは地下牢から連れ出されました。
And the wicked merchant was buried alive.
そして、その邪悪な商人は生き埋めにされました。
And thorns were put in his burying-place.
そして彼の墓には茨が植えられた。
And all lived together happily for many years.
そして皆、何年も幸せに暮らしました。
Swet, his wife and son, and Basantas.
スウェット氏、その妻と息子、そしてバサンタス。

The Evil Eye of Sani
サニの邪眼

Once upon a time Sani and Lakshmi fell out with each other.
昔々、サニとラクシュミは仲たがいしていました。
Sani, also known as Saturn, is the God of bad luck.
サニはサターンとも呼ばれ、不運の神です。
And Lakshmi is the Goddess of good luck.
そしてラクシュミは幸運の女神です。
And these two Gods fell out with each other in heaven.
そして、この二人の神は天で互いに争った。
Sani said he was higher in rank than Lakshmi.
サニは自分の方がラクシュミより地位が高いと言いました。
And Lakshmi said she was higher in rank than Sani.
そしてラクシュミは、自分の方がサニよりも地位が高いと言いました。
But there were just as many Gods as there were Goddesses.
しかし、神々の数は女神の数と同じくらい多かったのです。
Therefore the dispute could not be settled in heaven.
したがって、その争いは天国で解決することはできませんでした。
The contending deities agreed to refer the matter to humans.
争っていた神々は、この問題を人間に委ねることに同意した。
The humans had a name for wisdom and justice.
人間には知恵と正義という名前がありました。
There lived at that time upon earth a man named Sribatsa.
当時、地上にはシュリバツァという名の男が住んでいました。
(Sri is another name of Lakshmi).
(Sri は Lakshmi の別名です)。
(And"batsa" is another word for child).
（そして、「バツァ」は子供を意味する別の言葉です）。

(so Sribatsa literally means"the child of fortune").
（つまり、Sribatsa
は文字通り「幸運の子」を意味します）。
Sribatsa had as much wisdom as he had wealth.
シュリバツァは富と同じくらい知恵も持っていた。
And he was as fair as he was rich, too.
そして彼は裕福であると同時に美貌でもありました。
He was therefore a good judge for the dispute.
したがって、彼はその紛争に関して優れた裁判官であった。
And the God and Goddess agreed he could judge their case.
そして神と女神は、彼が彼らの事件を裁くことに同意しました。
One day, accordingly, Sribatsa was contacted.
ある日、Sribatsa に連絡が入りました。
He was told that Sani and Lakshmi would come to him.
サニとラクシュミが彼のところに来るだろうと告げられた。
And he was told they wished for him to settle their dispute.
そして、彼らは彼に争いを解決して欲しいと望んでいると告げられた。
This put Sribatsa in a delicate situation.
これにより、スリバツァ氏は微妙な状況に陥った。
He could say Sani was higher in rank than Lakshmi.
サニはラクシュミよりも地位が高いと言えるでしょう。
But then she would be angry with him and forsake him.
しかし、そうすると彼女は彼に対して怒り、彼を見捨てることになるだろう。
He could say Lakshmi was higher in rank than Sani.
ラクシュミはサニよりも地位が高いと言えるでしょう。
But then Sani would cast his evil eye upon him.
しかし、サニは彼に邪悪な視線を向けることになる。
He made up his mind not to say anything directly.
彼は直接何も言わないことに決めた。
The god and the goddess had to observe his actions.

神と女神は彼の行動を観察しなければなりませんでした
。
And from his actions they could gather their opinions.
そして、彼の行動から彼らは意見を集めることができました。
Sribatsa ordered two chairs to be made.
スリバツァさんは椅子を2脚作るよう命じた。
One of the chairs was made from gold.
椅子のうちの1つは金で作られていました。
And the other chair was made from silver.
そしてもう一つの椅子は銀で作られていました。
And he placed the two chairs beside himself.
そして彼は自分の横に二つの椅子を置きました。
The day came when Sani and Lakshmi visited Sribatsa.
サニとラクシュミがスリバツァを訪れる日がやってきました。
He told Sani to sit upon the silver chair.
彼はサニに銀の椅子に座るように言った。
And he told Lakshmi to sit upon the gold chair.
そして彼はラクシュミに金の椅子に座るように言いました。
Sani became mad with rage, and spoke angrily;
サニは激怒し、怒って言った。
"You consider me lower in rank than Lakshmi"
「あなたは私をラクシュミより下等だと考えている」
"I will cast my eye on you for three years"
「私は3年間あなたに目を向けます」
"We shall see how you fare at the end of that period"
「その期間の終わりにあなたがどうなっているかを見てみましょう」
The god then went away in great anger.
すると神は激怒して立ち去った。
Lakshmi, before she went away, said to Sribatsa;
ラクシュミは立ち去る前にシュリーバツァに言いました
。
"My child, do not fear. I'll befriend you"

「我が子よ、恐れることはない。私が君の味方になる」
The god and the goddess then went away.
それから神と女神は去って行きました。
Sribatsa spoke to his wife, Chantamani;
スリバツァさんは妻のチャンタマニさんにこう話した。
"Dearest, the evil eye of Sani will be upon me"
「愛しい人よ、サニの邪悪な目が私に向けられるでしょう」
"I had better go away from the house"
「家から出て行った方がいい」
"If I stay evil will befall you and me"
「私がここに留まれば、あなたと私に災いが降りかかるでしょう」
"But if I go, evil will overtake me only"
「しかし、私が行けば、災いが私を襲うだけだ」
Chintamani said, "it cannot be that way"
チンタマニ氏は「そんなはずはない」と述べた。
"Wherever you go, I will go with you"
「あなたがどこへ行くにも、私も一緒に行きます」
"Your good luck shall be my good luck"
「あなたの幸運は私の幸運です」
"And your bad luck shall be my bad luck"
「あなたの不運は私の不運となるでしょう」
The husband tried hard to persuade his wife to stay.
夫は妻に留まるよう懸命に説得した。
But all his efforts were of no use.
しかし彼の努力はすべて無駄になった。
She refused to abandon her husband.
彼女は夫を見捨てることを拒否した。
Sribatsa told his wife to make an opening in their mattress.
スリバツァさんは妻に、マットレスに穴を開けるように言った。
And he told her to stow away all their money and jewels.
そして彼は彼女に、お金と宝石をすべてしまっておくように言いました。

On the eve of leaving their house, Sribatsa invoked Lakshmi.

家を出る前夜、シュリーバツァはラクシュミに祈りを捧げました。

Upon being invoked, Lakshmi forthwith appeared.

呼び出されると、ラクシュミはすぐに現れました。

"Mother Lakshmi, the evil eye of Sani is upon us"

「母なるラクシュミよ、サニの邪悪な目が私たちに向けられています」

"We are going away into exile"

「私たちは亡命する」

"Please befriend us, and take care of our property"

「どうか私たちと友達になってください、そして私たちの財産を大切にしてください」

The goddess of good luck answered.

幸運の女神は答えました。

"Do not fear; I'll befriend you"

「恐れることはない。私が君の味方になる」

"In the end all will be right"

「結局、すべてうまくいく」

They then set out on their journey.

それから彼らは旅に出発した。

Sribatsa rolled up the mattress and put it on his head.

スリバツァさんはマットレスを丸めて頭の上に乗せた。

They had not gone many miles when they saw a river.

彼らはあまり行かないうちに川を見つけました。

There was a canoe with a man sitting in it.

そこには男が座っているカヌーがありました。

The travelers requested the ferryman to take them across.

旅行者たちは渡し守に渡河を依頼した。

The ferryman said he could only take one at a time.

渡し守は一度に一匹しか乗せられないと言った。

"Tere are three of you," he objected.

「君たちは三人いる」と彼は反対した。

"There is you, your wife, and your mattress"

「あなたとあなたの奥さん、そしてあなたのマットレス
があります」
Sribatsa proposed in what order they should ferry over the
river.
シュリバツァは、どのような順番で川を渡るべきか提案
した。
"First my wife should be taken across the river"
「まず妻を川の向こうに連れて行かなければなりません
」
"After my wife, take the mattress across the river"
「妻の後を追って、マットレスを川の向こうへ運んでく
ださい」
"And then you can take me across the river"
「それから川を渡って連れて行って」
But the ferryman would not hear of it.
しかし、渡し守はそれを聞き入れなかった。
"Only one at a time," he repeated.
「一度に一つだけ」と彼は繰り返した。
"First let me take across the mattress"
「まずマットレスを渡します」
Sribatsa saw no reason to object to the proposal.
スリバツァ氏はこの提案に反対する理由はないと判断し
た。
The ferryman started taking the mattress across the river.
渡し守はマットレスを川の向こうへ運び始めた。
He had reached halfway across the river.
彼は川の半分まで到達した。
But then, from nowhere, a fierce gale arose.
しかし、突然、どこからともなく猛烈な突風が吹き始め
ました。
The ferryman lost control of his canoe.
渡し守はカヌーのコントロールを失った。
The mattress was blown into the river.
マットレスは川に吹き飛ばされました。
The river carried everything away with it.
川はすべてのものを引きずり去った。

And the ferrymen, canoe, and mattress were never seen again.
そして、渡し守もカヌーもマットレスも二度と姿を現さなかった。
But that was not even the strangest events.
しかし、それは最も奇妙な出来事ではありませんでした。
Because the river also disappeared into thin air.
川も跡形もなく消えてしまったからだ。
Where there was water there was now dry ground.
水があったところは乾いた地面になりました。
Sribatsa knew the evil eye of Sani had been watching.
スリバツァはサニの邪悪な目が監視していたことを知っていた。

Sribatsa and his wife had not a pice in their pockets.
スリバツァ夫妻のポケットには一銭も入っていなかった。
Together, impoverished, they went to a nearby village.
二人は貧しいながらも一緒に近くの村へ行きました。
The village was dwelt in mostly by wood-cutters.
その村には主に木こりが住んでいた。
At sunrise the woodcutters went to cut wood.
日の出とともに、木こりたちは木を切りに出かけました。
And the wood they cut they sold in a faraway town.
そして彼らは切り出した木材を遠くの町で売りました。
Sribatsa asked to work with the wood-cutters.
スリバツァは木こりたちと一緒に働くことを頼みました。
And the wood-cutters agreed to let him cut wood.
そして木こりたちは彼に木を切ることを許可した。
He could fell trees as well as the best of them.
彼は他のどの職人にも劣らず木を伐採することができた。
But Sribatsa was different from the wood-cutters.

しかし、シュリバツァは木こりたちとは違っていました。

The wood-cutters cut any and every sort of wood.
木こりたちはあらゆる種類の木を切りました。
But Sribatsa cut only the precious types of wood.
しかし、スリバツァは貴重な種類の木材だけを切り出しました。
His efforts were focused on cutting down sandal-wood.
彼の努力は白檀の伐採に集中した。
The wood-cutters brought to market large loads of common wood.
木こりたちは大量の普通の木材を市場に持ち込んだ。
Sribatsa brought only a few pieces of sandal-wood to the market.
シュリバツァは市場に白檀を数個だけ持ち込んだ。
He was paid a great deal more money than the others.
彼は他の人たちよりもずっと多くのお金を支払われた。
Things went on this way for some days.
何日間かこのような状況が続きました。
And the wood-cutters became jealous of Sribatsa.
そして木こりたちはシュリバツァに嫉妬しました。
In their jealousy they plotted against Sribatsa.
彼らは嫉妬からスリバツァに対して陰謀を企てた。
And finally they drove Sribatsa and his wife from the village.
そしてついに彼らはスリバツァとその妻を村から追い出した。

Sribatsa and his wife made their way to another village.
スリバツァさんと妻は別の村へ向かった。
In this village there were many women that weaved.
この村には機織りをする女性がたくさんいました。
Here Chintamani made herself useful by spinning cotton.
ここでチンタマニは綿糸を紡いで役に立った。
Chintamani was an intelligent and skillful woman.
チンタマニは知的で有能な女性でした。

So she spun finer thread than the other women.
それで彼女は他の女性たちよりも細い糸を紡ぎました。
And she got paid more money than the other women.
そして彼女は他の女性たちよりも多くのお金をもらって
いました。
This roused the envy of the native women of the village.
このことは村の女性たちの羨望を呼び起こした。
But the envy of the other women was not all.
しかし、他の女性たちの羨望はそれだけではなかった。
Sribatsa wanted to gain the good grace of the weavers.
シュリバツァは機織り職人たちの好意を得たいと考えて
いた。
So he invited the women that spun cotton to a feast.
そこで彼は綿を紡ぐ女性たちを宴会に招待しました。
The dishes of the feat were all cooked by his wife.
この偉業の料理はすべて彼の妻が作ったものである。
Chintamani was a good weaver, and an excellent in cook.
チンタマニは機織りが上手で、料理も上手でした。
She placed the delicacies before the women.
彼女は女性たちの前に珍味を置いた。
And the barbarous weavers were quite charmed.
そして野蛮な織り手たちはすっかり魅了されました。
The men went to their homes with their bellies full.
男たちはお腹をいっぱいにして家に帰った。
But when they got home, they reproached their wives.
しかし、家に帰ると、彼らは妻たちを非難しました。
"Why do you not cook like the wife of Sribatsa"
「なぜあなたはスリバツァの妻のように料理をしないの
ですか？」
And the men called their wives good-for-nothing women.
そして男たちは自分の妻を役立たずの女と呼んだ。
This made the women hate Chintamani the more.
このため、女性たちはチンタマニをますます憎むように
なった。

One day Chintamani went to the river-side.

ある日、チンタマニは川辺へ行きました。
She wanted to bathe along with the other women of the village.
彼女は村の他の女性たちと一緒に入浴したかった。
A boat had been lying on the bank, stranded on the sand.
ボートが岸に横たわり、砂の上に座礁していた。
The boat had been stranded there for many days.
船はそこで何日も座礁していた。
They had tried to move the boat, but in vain.
彼らはボートを動かそうとしたが、無駄だった。
It so happened that Chintamani touched the boat.
たまたまチンタマニがボートに触れたのです。
It was an accident, for she did not mean to touch the boat.
それは事故だった。彼女はボートに触れるつもりはなかったのだ。
But whether she meant to or not, the boat moved.
しかし、彼女が意図したかどうかに関わらず、ボートは動きました。
And soon the boat was heading off to the river.
そしてすぐに船は川へと向かって出発しました。
The boatmen were astonished by what they had seen.
船頭たちは見たものに驚いた。
They thought that the woman had uncommon power.
彼らはその女性が並外れた力を持っていると考えた。
And so they thought she might be useful in future.
そして彼らは彼女が将来役に立つかもしれないと考えました。
They therefore caught hold of her, against her will.
そのため、彼らは彼女の意志に反して彼女を捕らえた。
And they put her in the boat, and rowed off.
そして彼らは彼女をボートに乗せて漕ぎ出した。
The women of the village were present for this kidnapping.
この誘拐事件には村の女性たちも現場にいた。
But they did not offer Chintamani any assistance.
しかし彼らはチンタマニに何の援助も申し出なかった。
Because Chintamani had put them in a bad light.

チンタマニが彼らに悪い印象を与えたからだ。

Sribatsa heard how his wife had been carried away by boatmen.
スリバツァは、妻が船頭に連れ去られたことを聞いた。
I will let you imagine how he became mad with grief.
彼が悲しみのあまり狂乱した様子はご想像にお任せします。
He left the village and went to the river-side.
彼は村を出て川辺へ行った。
And he resolved to follow the course of the stream.
そして彼は川の流れに沿って進むことを決意した。
Along the stream he was sure to meet the kidnappers' boat.
川沿いに行けば誘拐犯のボートに必ず出会うはずだ。
He travelled on and on, along the side of the river.
彼は川沿いにずっと歩き続けた。
And he travelled till it eventually became dark.
そして彼は、やがて暗くなるまで旅を続けました。
Where he was there were no huts to be seen.
彼がいた場所には小屋は見当たらなかった。
So he climbed into a tree to sleep for the night.
それで彼は木に登って夜寝ました。
In the next morning he got down from the tree.
翌朝、彼は木から降りました。
At the foot of the tree he saw a Kapila-cow.
彼は木の根元にカピラ牛を見ました。
A Kapila-cow never has any calves of her own.
カピラ牛は自分の子牛を産むことはありません。
But she can be milked at all hours of the day.
しかし、一日中いつでも搾乳することができます。
Sribatsa milked the cow without her objecting.
スリバツァさんは牛に反対されることなく乳搾りをした。
And he drank the milk to his heart's content.
そして彼は心ゆくまでミルクを飲みました。
And then he noticed something else about the cow.

そして彼は牛について別のことに気づいた。
The dung of the cow was of a bright yellow color.
牛の糞は明るい黄色でした。
In fact, the dung of the cow was made of pure gold.
実のところ、牛の糞は純金でできていました。
The golden cow dung was still in a soft state.
黄金の牛糞はまだ柔らかい状態でした。
So he was able to write his name in the golden dung.
それで彼は黄金の糞に自分の名前を書くことができました。
During the course of the day the dung hardened.
一日の間に糞は固まっていった。
And finally the dung looked like a brick of gold.
そしてついに、糞は金のレンガのように見えました。
The tree he had slept in grew on the river-side.
彼が眠っていた木は川沿いに生えていた。
And the Kapila-cow supplied him with milk all day.
そしてカピラ牛は一日中彼にミルクを供給しました。
So Sribatsa decided to wait there for the boat.
そこでスリバツァさんはそこで船を待つことにしました。
In the morning the cow deposited the precious article.
朝になると、牛は貴重な品物を置きました。
And at night the cow deposited the precious article.
そして夜になると、牛はその貴重な品物を置き去りにしました。
So the gold bricks increased every day.
それで金のレンガは毎日増えていきました。
And on each golden brick he had engraved his name.
そして、それぞれの金のレンガに彼は自分の名前を刻んでいた。
He stacked the bricks on top of each other.
彼はレンガを積み重ねた。
From a distance it looked like a hillock of gold.
遠くから見ると、それは金の小丘のように見えました。

But now we must leave Sribatsa to stack his gold.
しかし今は、スリバツァに金を蓄えることを任せなければなりません。
And we must turn our attention to Chintamani.
そして私たちはチンタマニに注目しなければなりません。
Chintamani was a graceful woman of great beauty.
チンタマニは優雅で非常に美しい女性でした。
She had worried her beauty might be her ruin.
彼女は自分の美しさが破滅をもたらすのではないかと心配していた。
So she offered a prayer as she was being kidnapped.
それで彼女は誘拐されながら祈りを捧げたのです。
"Lakshmi, O Mother Lakshmi! have pity upon me"
「ラクシュミ、ああ母なるラクシュミよ！私を憐れんでください」
"Thou hast made me beautiful, you have"
「あなたは私を美しくしてくださいました」
"But now my beauty will undoubtedly be my ruin"
「しかし今、私の美しさは間違いなく破滅となるだろう」
"I am bound to loss my honor and my chastity"
「私は名誉と貞操を失う運命にある」
"I therefore beseech thee, gracious Mother;"
「それゆえ、慈悲深い母よ、私はあなたに懇願します。」
"Take my beauty from me, and make me ugly"
「私の美しさを奪い、私を醜くしてください」
"Cover my body with some loathsome disease"
「私の体を忌まわしい病気で覆う」
"That way the boatmen might not touch me"
「そうすれば船頭は私に触れないかもしれない」
Chintamani was in the arms of the boatmen.
チンタマニは船頭たちの腕の中にいた。
But the Goddess of good fortune heard her prayer.
しかし、幸運の女神は彼女の祈りを聞き入れました。

In the twinkling of an eye her form changed.
一瞬のうちに彼女の姿は変わった。
Her naturally beautiful form faded away.
彼女の本来の美しい姿は消え去った。
And she was turned into a vile carcass.
そして彼女は卑しい死体と化した。
The boatmen were putting her down in the boat.
船頭たちは彼女をボートに降ろしていた。
They found her body was covered with loathsome sores.
彼女の体はひどい腫れ物で覆われていた。
And the sores were giving out a disgusting stench.
そして、その傷からは不快な悪臭が漂っていました。
They therefore threw her into the hold of the boat.
そこで彼らは彼女を船倉に投げ込んだ。
And they left her amongst the cargo of the ship.
そして彼らは彼女を船の積み荷の中に残しました。
Morning and evening they sent her some food.
彼らは朝と夕方に彼女に食べ物を送ってくれました。
A little boiled rice, and some water to drink.
少しのご飯と、飲み水。
Chintamani was miserable in the hull of the ship.
チンタマニは船の船体の中で惨めな思いをしていた。
But she greatly preferred misery to the alternative.
しかし、彼女は他の選択肢よりも悲惨な状態をはるかに
好んだ。
She would rather be miserable than loss her chastity.
彼女は貞操を失うよりむしろ惨めな思いをしたいのだ。

The boatmen had gone to some port to sell cargo.
船頭たちは貨物を売るためにどこかの港へ出かけていま
した。
While sailing back they caught sight somcthing.
帰路に着くと、彼らは何かを発見した。
By the river-side there seemed to be a hillock of gold.
川のそばには金の小山があるように見えました。
Sribatsa had been keeping watch by the river.

スリバツァは川のそばで監視をしていた。
So he was delighted to see a boat approach him.
それで彼は船が近づいてくるのを見て喜びました。
Because he fondly imagined his wife might be on board.
なぜなら、彼は妻が船に乗っているかもしれないと愛情を込めて想像したからだ。
The boatmen went greedily to the hillock of gold.
船頭たちは貪欲にも金の小山へと向かった。
Of course Sribatsa told them the gold was his.
もちろん、スリバツァは彼らに、その金は自分のものだと言いました。
But that didn't help Sribatsa very much.
しかし、それはスリバツァ氏にとってあまり役に立たなかった。
The sailors took him prisoner on the boat.
船員たちは彼を船上で捕虜にした。
And they loaded the gold onto their vessel.
そして彼らは金を船に積み込んだ。
They happened to imprison him close to the ugly woman.
彼らはたまたま彼を醜い女の近くに監禁した。
Of course the husband and wife recognized each other.
もちろん夫婦はお互いに気づきました。
In spite of the change Chintamani had undergone.
チンタマニが経験した変化にもかかわらず。
And despite their excitement they kept their composure.
そして、興奮していたにもかかわらず、彼らは平静を保っていました。
And they thought it prudent not to speak to each other.
そして彼らは互いに話さないほうが賢明だと考えた。
Instead they communicated their ideas through gestures.
代わりに、彼らはジェスチャーを通じて自分の考えを伝えました。
There is something you should know about the boatmen.
船頭について知っておくべきことがある。
These boatmen were very fond of playing at dice.
これらの船頭たちはサイコロ遊びがとても好きだった。

Sribatsa appeared to them to be a respectable man.
彼らにとって、スリバツァは立派な男に見えた。
So they always asked him to join in the game.
それで彼らはいつも彼にゲームに参加するように頼みました。
Sribatsa happened to be an expert dice player.
スリバツァ氏はサイコロ遊びの達人だった。
Despite their efforts he won almost every game.
彼らの努力にもかかわらず、彼はほとんどすべての試合に勝った。
You can imagine how the sailors felt about losing.
船員たちが負けたことについてどう感じたかは想像に難くありません。
And in jealousy the boatmen threw him overboard.
船頭たちは嫉妬して彼を船外に投げ捨てた。
Chintamani saw the men throw her husband overboard.
チンタマニさんは、男たちが夫を船外に投げ捨てるのを目撃した。
Fortunately for Sribatsa, his wife had great presence of mind.
スリバツァにとって幸運だったのは、彼の妻が冷静さを保っていたことだ。
The boatmen had allowed her a pillow to rest her head.
船頭たちは彼女に頭を休める枕を与えていた。
And she simultaneously threw this pillow into the water.
そして彼女は同時にこの枕を水の中に投げ入れました。
Sribatsa was able to grab hold of the pillow.
スリバツァさんは枕を掴むことができた。
And the pillow helped him float down the stream.
そしてその枕は彼が川を下るのを助けました。
Up until nightfall the river carried him downstream.
夜になるまで、川は彼を下流へ流していった。
At nightfall he arrived at what seemed to be a garden.
日が暮れると、彼は庭らしき場所に到着した。
Because it was dark there was nothing he could do.
暗かったので彼には何もできなかった。

So all night he stayed in the garden, cold and wet.
それで彼は一晩中、寒くて濡れた庭にいました。
I should tell you who this garden belonged to.
この庭が誰のものだったのか教えてあげましょう。
This was the garden of an old widowed woman.
これは年老いた未亡人の庭でした。
This woman used to supply flowers for the king.
この女性は王様に花を納めていた。
But one day some blight had come over her garden.
しかしある日、彼女の庭に疫病が発生しました。
Almost all the trees and plants ceased flowering.
ほとんどすべての木や植物は開花を止めました。
She had therefore given up the business she had.
そのため彼女は自分が営んでいた事業を諦めた。
And she was no longer the royal flower supplier.
そして彼女はもはや王室の花の供給者ではなくなった。
However, Sribatsa's arrival had rejuvenated her garden.
しかし、スリバツァさんの到着により、彼女の庭は生き
返った。
She could scarcely believe her eyes in the morning.
彼女は朝、自分の目が信じられなかった。
The whole garden was ablaze with flowers again.
庭全体が再び花で輝きました。
There was no plant that was not in bloom.
花が咲いていない植物はありませんでした。
And every tree she had was begemmed with flowers.
そして、彼女の所有する木はどれも花で飾られていまし
た。
She had no way of knowing the cause of the miracle.
彼女にはその奇跡の原因を知るすべがなかった。
And so she took a walk through the garden.
それで彼女は庭を散歩しました。
But she soon found the cause of all the flowers.
しかし、彼女はすぐにすべての花の原因を見つけました
。
At the edge of her garden was a cold, wet man.

彼女の庭の端には、寒くてびしょ濡れの男がいた。
He was shivering and almost dead from hypothermia.
彼は低体温症で震え、死にそうだった。
She immediately brought the man into to her cottage.
彼女はすぐにその男を自分の家に招き入れた。
And she lighted a fire to give him some warmth.
そして彼女は彼に暖かさを与えるために火を灯しました
。
She nursed him and showed him every attention.
彼女は彼に看護し、あらゆる注意を払った。
And she ascribed the miracle to his presence.
そして彼女はその奇跡を彼の存在のおかげだと考えた。
She made him as comfortable as she could.
彼女はできる限り彼を安心させてあげた。
And then she ran to the king's palace.
そして彼女は王の宮殿へと走りました。
She asked to speak to the king's chief servant.
彼女は王の主任侍従と話したいと頼んだ。
And she told him the good fortune she had had.
そして彼女は自分が受けた幸運について彼に話しました
。
"I can again supply the palace with flowers"
「再び宮殿に花を供えることができる」
Her flowers had been very much missed at the palace.
宮殿では彼女の花がとても恋しがられていた。
So she was immediately restored to her former position.
それで彼女はすぐに元の地位に戻されました。
She was again the flower-woman of the royal household.
彼女は再び王室の花卉係となった。

Sribatsa spent a few more days recovering his health.
スリバツァさんは健康回復のためにさらに数日を費やし
た。
And eventually he had all his vitality back.
そしてついに彼は活力を取り戻したのです。
He asked the woman if he could speak with a minister.

彼はその女性に、牧師と話してもいいかと尋ねた。
So the woman took him to the palace with her.
それでその女性は彼を宮殿に連れて行きました。
One of the king's ministers gave him an appointment.
王の大臣の一人が彼に任命を与えた。
And he was at once found to be a man of intelligence.
そして、彼はすぐに賢い人間だと分かりました。
So was offered a position in the king's service.
そこで王に仕える地位を提供されました。
In fact, he was allowed to choose what job he wanted.
実際のところ、彼は自分が望む仕事を選ぶことができました。
He asked to be collector of tolls on the river.
彼は川の通行料徴収人になることを希望した。
The minister was happy to give Sribatsa the job.
大臣は喜んでスリバツァ氏にその職を与えた。
The kingdom needed someone to collect river-tolls.
王国には川の通行料を徴収する人が必要でした。
And Sribatsa immediately started his new job.
そしてスリバツァさんはすぐに新しい仕事を始めました。
It wasn't long before his plan came to fruition.
彼の計画が実現するまでにそう長くはかからなかった。
The boat his wife was on was coming down the river.
彼の妻が乗った船は川を下って来ていた。
Under the king's authority he detained the boat.
彼は王の権威のもとで船を拘留した。
And he charged the boatmen with the theft of gold-bricks.
そして彼は船頭らを金のレンガの窃盗で告発した。
The king liked the sound of a boat full of gold.
王は金でいっぱいの船の音が好きだった。
So the king himself came to the river-side.
そこで王自ら川辺に来ました。
Even he was amazed by the quantity of gold they had.
彼でさえ、彼らが保有する金の量に驚嘆した。
And every gold brick had Sribatsa's inscription.

そして、すべての金のレンガにはシュリバツァの碑文が
刻まれていた。

At the same time he rescued his wife from the boatmen.
同時に彼は船頭たちから妻を救出した。

Back on dry land she returned to her previous beauty.
陸に戻ると彼女は以前の美しさを取り戻した。

He told the king the story of their misfortune.
彼は王に彼らの不幸の物語を話した。

And the king had them as a guest in his palace.
そして王は彼らを宮殿の客として迎えました。

The king gave them presents of horses and elephants.
王は彼らに馬と象を贈り物として与えた。

And on the horses and elephants they rode to their country.
そして彼らは馬や象に乗って祖国へ向かいました。

The evil eye of Sani was now turned away from Sribatsa.
サニの邪悪な目は今やスリバツァから逸らされた。

And he again became what he formerly was.
そして彼は再び以前の姿に戻りました。

He was again Sribatsa; the Child of Fortune.
彼は再び、幸運の子、シュリバツァとなった。

The Boy whom Seven Mothers Suckled
七人の母親に乳を与えられた少年

Once on a time there reigned a king who had seven queens.
昔々、7人の王妃を持つ王様がいました。
He was very sad, for the seven queens were all barren.
七人の女王が全員不妊だったので、彼はとても悲しかった。
One day, however, he met a holy mendicant.
ところがある日、彼は聖なる托鉢僧に出会った。
The holy mendicant told the king about a certain forest.
聖なる托鉢僧は王に、ある森について話しました。
In this forest there grew a special kind of tree.
この森には特別な種類の木が生えていました。
On a branch of this tree hung seven mangoes.
この木の枝にはマンゴーが7個ぶら下がっていました。
These mangos could restore the fertilities of his queens.
これらのマンゴーは女王蜂の繁殖力を回復させることができました。
But the king had to pluck the mangoes himself.
しかし王は自分でマンゴーを摘まなければなりませんでした。
The king followed the advice of the mendicant.
王は托鉢僧の忠告に従った。
And he set off to go to the forest with the mango tree.
そして彼はマンゴーの木がある森へ向かって出発しました。
Soon he had found the tree the mendicant spoke of.
やがて彼は、托鉢僧が話していた木を見つけました。
And he plucked the seven mangoes that grew upon one branch.
そして彼は一本の枝に実っていた七つのマンゴーを摘み取りました。
He gave a mango to each of the queens to eat.
彼は女王たち一人一人にマンゴーを与えて食べさせました。

In a short time the king's heart was filled with joy.
すぐに王の心は喜びで満たされました。
He was told that the seven queens were all with child.
七人の女王は皆妊娠していると告げられました。

One day the king was out hunting.
ある日、王様は狩りに出かけました。
On his path he saw a young lady of peerless beauty.
彼は道の途中で、比類のない美しさを持つ若い女性に出
会った。
He instantly fell in love with the beautiful woman.
彼はすぐにその美しい女性に恋に落ちた。
And he brought her to his palace, and married her.
そして彼は彼女を宮殿に連れて行き、結婚した。
This lady was, however, not a human being.
しかし、この女性は人間ではありませんでした。
But what this woman was was a Rakshasi.
しかし、この女性はラークシャシでした。
But the king of course did not know this.
しかし、もちろん王はこれを知りませんでした。
The king became dotingly fond of her.
王は彼女を溺愛するようになった。
And he did whatever she told him to do.
そして彼は彼女の言うことを何でも実行した。
One day she made a very particular request of the king.
ある日、彼女は王様に特別なお願いをしました。
"You say that you love me more than anyone else"
「あなたは私を誰よりも愛していると言う」
"Let me see whether you really love me as much as you say"
「あなたが言うほど私を愛しているか見てみましょう」
"If you love me, make your seven other queens blind"
「もし私を愛しているなら、他の7人の女王を盲目にし
なさい」
"And once they are blind, let them be killed"
「そして彼らが盲目になったら、殺してしまえ」
The king became very sad at the terrible request.

王様はその恐ろしい要求に非常に悲しくなりました。
He was especially sad because the queens were all pregnant.
女王蜂たちが全員妊娠していたので、彼は特に悲しかった。
But he had no choice but to comply with her request.
しかし彼は彼女の要求に従うしか選択肢がなかった。

The eyes of the queens were plucked out of their sockets.
女王たちの目は眼窩からえぐり出されました。
And the queens were delivered up to the chief minister.
そして王妃たちは宰相に引き渡された。
It was up to the chief minister to destroy the queens.
女王たちを滅ぼすのは首相の責任だった。
But the chief minister was a merciful man.
しかし首相は慈悲深い人だった。
In the side of the hill there was secret a cave.
丘の斜面には秘密の洞窟がありました。
Instead of killing the queens, the minister hid them.
大臣は女王を殺す代わりに、女王を隠しました。
In course of time the eldest of the seven queens gave birth.
時が経つにつれ、7人の女王のうち最年長の女王が子供を産みました。
"What shall I do with the child," said she.
「この子をどうしたらいいのでしょう」と彼女は言った。
"we are blind and are dying for want of food?"
「私たちは目が見えず、食べ物もなく死にかけているのですか？」
"Let me kill the child," she proposed.
「この子を殺させてください」と彼女は提案した。
"let us all eat of the child's flesh" she added.
「私たちは皆でその子の肉を食べましょう」と彼女は付け加えた。
Just as she said she would, she killed the infant.
彼女は言ったとおりにその赤ん坊を殺した。
She gave to each of her sister-queens a part of the child.

彼女は姉妹である女王たちにそれぞれその子の一部を与えました。
And the sister queens ate their part of the child.
そして、姉妹の女王たちはその子の自分の分を食べました。
But the youngest queen did not eat her share.
しかし、一番若い女王は自分の分を食べませんでした。
Instead, she laid her part of the child beside her.
その代わりに、彼女は子供の一部を自分のそばに置きました。
In a few days the second queen also was delivered of a child.
数日後、二番目の女王も子供を産みました。
She did with her child as her eldest sister had done with hers.
彼女は姉が自分の子供にしたのと同じことを自分の子供に対してもした。
So did the third, the fourth, the fifth, and the sixth queen.
3番目、4番目、5番目、6番目の女王も同様でした。
Eventually the seventh queen gave birth to a son.
ついに7代目の女王は息子を産みました。
But she did not follow the example of her sister-queens.
しかし彼女は、姉妹である女王たちの例に従わなかった。
Instead, she resolved to raise the child.
その代わりに、彼女は子供を育てようと決心した。
The other queens demanded their portions of the newly-born.
他の女王たちは、新しく生まれた子たちの分け前を要求しました。
But she still had the portions she had not eaten.
しかし、彼女はまだ食べていない部分が残っていました。
And she gave her sister-queens back their children's parts.
そして彼女は姉妹の女王たちに子供たちの部分を返しました。

The other queens at once perceived that their portions were dry.

他の女王たちはすぐに自分たちの食べ物が乾いていることに気づきました。

Therefore the parts could not be of the newly born child.

したがって、その部分は新しく生まれた子供のものではないはずです。

"I have decided not to kill me child," she explained.

「私は子供を殺さないと決めた」と彼女は説明した。

"I will not eat him, but try to raise him instead"

「私は彼を食べませんが、代わりに育てようとします」

The others were glad to hear this news.

他の人たちはこのニュースを聞いて喜んだ。

They all said that they would help her in nursing the child.

彼女らは皆、彼女の子育てを手伝うと言った。

And so the child was suckled by seven mothers.

そしてその子は7人の母親に乳を与えられた。

And the child became the hardiest and strongest boy that ever lived.

そしてその子は、史上最も丈夫で強い少年になりました。

In the meantime the Rakshasi-queen was doing infinite mischief.

その間、ラークシャシ女王は限りない悪事を働いていました。

And she got the royal household into all sorts of trouble.

そして彼女は王室をあらゆるトラブルに巻き込んだ。

What she ate at the royal table did not fill her capacious stomach.

彼女が王室の食卓で食べたものは彼女の大きな胃を満たすことはできなかった。

She therefore, in the darkness of night, went hunting.

そこで彼女は夜の闇の中、狩りに出かけた。

Gradually she ate up all the members of the royal family.

彼女は徐々に王族全員を食べ尽くしました。

She ate all the king's servants, and his attendants.
彼女は王の召使たちと侍従たちを皆食べました。
She ate all his horses, elephants, and cattle.
彼女は彼の馬、象、牛を全て食べました。
And eventually only her royal consort and the king were left.
そして最終的に残ったのは、彼女の王妃と王だけになりました。
After that she used to go out in the evenings into the city.
その後、彼女は夕方になると街へ出かけるようになりました。
And she ate up stray human beings wherever she found any.
そして彼女は、迷い出た人間を見つけたらどこでも食べてしまった。
The king was left without any servants.
王には召使が一人も残されなかった。
There was no person left to cook for him.
彼のために料理を作る人はもう誰もいなかった。
Because no one would accept this job.
誰もこの仕事を引き受けないからです。
But at last someone volunteered their services.
しかし、ついに誰かがボランティアとして協力してくれました。
The boy who had been suckled by seven mothers.
7人の母親に乳を与えられた少年。
He had now grown up to be a stalwart youth.
彼は今や勇敢な若者に成長していた。
He attended on the king and prepared his food.
彼は王に仕え、食事を用意した。
But he took every care while with the queen.
しかし、彼は女王と一緒にいる間はあらゆる注意を払っていました。
And he made sure that she did not swallow him up.
そして彼は、彼女が自分を飲み込まないように注意しました。
The Rakshasi-queen seized her victims only at night.

ラークシャシ女王は夜のみ犠牲者を捕らえた。
So the boy he went home long before nightfall.
それで少年は日が暮れるずっと前に家に帰りました。
So she had to find another way to get rid of the boy.
それで彼女はその少年を追い払う別の方法を見つけなけ
ればなりませんでした。

The boy always boasted that he could do any work.
その少年はどんな仕事でもできるといつも自慢していた
。
So the queen invented a disease for herself.
そこで女王は自分自身のために病気を作り出したのです
。
She said that there was a cure for her disease.
彼女は自分の病気には治療法があると言った。
But she said the cure was not easy to get.
しかし、治療薬を手に入れるのは簡単ではないと彼女は
言った。
This made the boy even more interested in the task.
これにより、少年はその課題に対してさらに興味を持つ
ようになりました。
She said there was a melon which cured her disease.
彼女は病気を治してくれたメロンがあると言った。
The melon was twelve cubits in length.
メロンの長さは12キュビトでした。
But the stone of the lemon was thirteen cubits long.
しかし、レモンの種は13キュビトの長さでした。
The fruit could only be gotten from her mother.
その果物は彼女の母親からしか得られなかった。
And her mother lived on the other side of the ocean.
そして彼女の母親は海の向こう側に住んでいました。
She gave him a letter of introduction to her mother.
彼女は彼に母親への紹介状を渡した。
But actually the note told her to eat the boy.
しかし実際は、そのメモには少年を食べるように書かれ
ていた。

The boy had suspected there was some foul play.
その少年は何か不正行為があったのではないかと疑って
いた。
So he tore up the letter and proceeded on his journey.
そこで彼は手紙を破り捨てて旅を続けました。
The dauntless youth passed through many lands.
その勇敢な若者は多くの土地を通過した。
After much travel he stood on the shore of the ocean.
長い旅の末、彼は海岸に立った。
On the other side of the ocean was the country of the
Rakshasis.
海の向こう側には、ラクシャシ族の国がありました。
He then bawled as loud as he could, and said;
それから彼はできるだけ大きな声で怒鳴りました。
"Granny! granny! come and save your daughter"
「おばあちゃん！おばあちゃん！来て娘を助けて」
"Your daughter, my mother, is dangerously ill"
「あなたの娘、私の母は危篤です」
On the other side of the ocean an old Rakshasi heard him.
海の向こうの海で、年老いたラクシャシが彼の話を聞き
ました。
The old Rakshasi crossed the ocean to the boy.
年老いたラクシャシは海を渡って少年のところへ行きま
した。
The boy told her the message of the queen.
少年は女王のメッセージを彼女に伝えた。
And the Rakshasi took the boy on her back.
そして、ラクシャシはその少年を背負って連れて行きま
した。
She re-crossed the ocean to the land of the Rakshasi.
彼女は再び海を渡り、ラークシャシの国へ向かいました
。
And the boy was at once given the medicinal melon.
そしてその少年にはすぐに薬用メロンが与えられました
。
The Rakshasi told him to hurry back to her daughter.

ラクシャシは彼に、娘のところへ急いで戻るように言いました。
But the boy said he was too tired to keep travelling.
しかし少年は旅を続けるには疲れすぎていると言った。
And he begged to be allowed to rest one day.
そして彼は、一日だけ休ませてほしいと懇願しました。
The old Rakshasi consented to her grandson's wishes.
老いたラクシャシは孫の願いに同意した。

The boy noticed interesting things in the Rakshasi's room.
少年はラクシャシの部屋で興味深いものに気づきました。
There was a stout club and a rope hanging in the room.
部屋には頑丈な棍棒とロープがぶら下がっていた。
The boy inquired what the stout club and rope were for.
少年は、その頑丈な棍棒とロープは何のためにあるのかと尋ねました。
"Child, with that club and rope I cross the ocean"
「子供よ、その棍棒とロープで私は海を渡る」
"One just has to take the club and the rope in his hands"
「棍棒とロープを手に取るだけでいい」
"And then you have to say the following magical words:"
「そして次の魔法の言葉を言ってください。」
"O stout club! O strong rope!"
「ああ、頑丈な棍棒よ！ 強いロープよ！」
"Take me at once to the other side"
「すぐに向こう岸へ連れて行ってください」
"Then they will take him to the other side of the ocean"
「それから彼らは彼を海の向こう側に連れて行くでしょう」
The boy noticed another interesting thing in the room.
少年は部屋の中でもう一つ興味深いものに気づいた。
There was a bird in a cage in the corner of the room.
部屋の隅の籠の中に鳥がいました。
The boy also wanted to know what this bird was for.

少年はまた、この鳥が何のためにいるのか知りたがって
いました。
"The bird contains a secret, my child"
「その鳥には秘密があるのよ、我が子よ」
"But that secret must not be disclosed to mortals"
「しかし、その秘密は人間に明かしてはならない」
"But how can I hide this secret from my own grandchild?"
「でも、自分の孫にこの秘密をどうやって隠せばいいの
？」
"That bird, child, contains the life of your mother.
「その鳥には、君の母親の命が宿っているんだよ、子ど
もよ。」
"If the bird is killed, your mother will at once die"
「鳥が殺されれば、あなたのお母さんもすぐに死ぬでし
ょう」
Armed with these secrets, the boy went to bed that night.
少年はこれらの秘密を携えて、その夜寝床に就いた。

Next morning the old Rakshasi went to distant countries.
翌朝、老いたラクシャシは遠い国へ出発しました。
Together with all the other Rakshasis, she went to forage.
彼女は他のラクシャシたち全員と一緒に食料を探しに出
かけました。
The boy took down the bird-cage from the ceiling.
少年は天井から鳥かごを外した。
And the boy took the club and the rope.
そして少年は棍棒とロープを手に取りました。
And then he spoke the magic words to the club and rope.
そして彼は棍棒とロープに魔法の言葉を唱えた。
"O stout club! O strong rope!"
「ああ、頑丈な棍棒よ！　強いロープよ！」
"Take me at once to the other side"
「すぐに向こう岸へ連れて行ってください」
In the twinkling of an eye the boy was put on this side of the
ocean.
瞬く間に、少年は海のこちら側に連れて行かれました。

He then retraced his steps, back to the queen.
それから彼は来た道を引き返し、女王のところへ戻りました。
To her astonishment he really had the medicinal lemon.
彼女は驚いたことに、彼は本当に薬用レモンを持っていた。
But the bird in the cage he kept carefully concealed.
しかし、彼は籠の中の鳥を注意深く隠していた。

In the course of time the people of the city came to the king.
時が経つにつれ、町の人々は王のもとへやって来ました。
And they told the king of their troubles.
そして彼らは王に自分たちの苦難を告げた。
"A monstrous bird comes from the palace every evening"
「毎晩、宮殿から怪物のような鳥がやってくる」
"The bird seizes the people in the streets"
「鳥は通りの人々を捕らえる」
"And the bird swallows the people up whole"
「そして鳥は人々を丸ごと飲み込む」
"This has been going on for a long time"
「これは長い間続いています」
"And now the city has become almost desolate"
「そして今、街はほとんど荒廃してしまった」
The king did not know what this monstrous bird was.
王はこの怪鳥が何であるかを知りませんでした。
But the king's servant, the boy, said he knew.
しかし、王の召使いである少年は知っていると言いました。
"I will kill the monstrous bird," he offered.
「私はその怪物のような鳥を殺します」と彼は申し出た。
"But the queen has to stand beside us," he added.
「しかし女王は我々の側に立たなければならない」と彼は付け加えた。
The king saw no reason to object to the proposal.

王はその提案に反対する理由はないと考えた。
And so the queen was made to stand beside the king.
そして女王は王の隣に立つことになりました。
The boy then took the bird out from its cage.
それから少年は鳥をケージから取り出した。
On seeing the bird she fell into a fainting fit.
その鳥を見ると彼女は気絶してしまいました。
Then the boy turned to the king, and spoke.
それから少年は王のほうを向いて、言いました。
"King, you will soon perceive who the monstrous bird is"
「王様、あなたはすぐにその怪物の鳥が誰であるかお分
かりになるでしょう」
"You will see what devours your people every evening"
「毎晩、あなたの民を食い尽くすものが何なのか、あな
たは見ることになるだろう」
"I tear off each limb of this bird"
「私はこの鳥の四肢を全て切り落とす」
"The corresponding limb of the man-eater will fall off"
「人食い獣の対応する手足は落ちるだろう」
The boy then tore off one leg of the bird in his hand.
それから少年は手に持っていた鳥の片足を引きちぎりま
した。
All assembled were astonished at what happened next.
集まった人々は皆、次に起こったことに驚いた。
One of the legs of the queen fell off.
女王の片方の足が落ちてしまいました。
Then the boy squeezed the throat of the bird.
それから少年は鳥の喉を締めました。
And as he squeezed the bird, the queen gave up the ghost.
そして彼が鳥を絞め殺すと、女王は息を引き取った。
The boy then retold his history to the king.
それから少年は王様に自分の歴史を語りました。
"You used to have seven barren wives"
「あなたには不妊の妻が7人いた」
"To treat their barrenness, you gave them each a mango"

「不妊治療のため、あなたはそれぞれにマンゴーを与え
ました」
"And each of your wives fell pregnant with a child"
「そして、あなたたちの妻たちは皆、子供を身ごもった
」
"However, you then married an eighth wife"
「しかし、その後、あなたは8番目の妻と結婚しました
」
"This wife ordered you to blind your other wives"
「この妻はあなたに他の妻たちの目をくらませるように
命じた」
"And she ordered you to have your other wives killed"
「そして彼女はあなたに他の妻たちを殺すように命じた
」
"Your minister blinded your seven wives"
「あなたの牧師はあなたの7人の妻の目をくらませまし
た」
"But he was too good hearted to kill your wives"
「しかし彼はあなたの妻を殺すほどの心優しい人ではな
かった」
"Your seven wives were taken to a hiding place"
「あなたの7人の妻は隠れ場所に連れて行かれました」
"And in this hiding place they each gave birth"
「そしてこの隠れ場所で彼らはそれぞれ出産した」
"But they were forced to eat their newly born children"
「しかし、彼らは生まれたばかりの子供を食べることを
強制されたのです」
"Only my mother did not let me be eaten"
「母だけが私を食べさせなかった」
"Instead, I was suckled by seven mothers"
「その代わりに、私は7人の母親に乳を与えられた」
"And I grew up strong and capable"
「そして私は強く、有能に成長しました」
"Eventually I came to work in your palace"
「結局私はあなたの宮殿で働くようになりました」
"Your wife, my stepmother, sent me on a mission"

「あなたの妻、私の継母が私を伝道に送りました」
"She sent me to her mother for a medicine"
「彼女は薬を買うために私を母親のところに送った」
"However, her mother was a Rakshasi"
「しかし、彼女の母親はラークシャシでした」
"From her I found the secret of your wife's life"
「彼女からあなたの奥さんの人生の秘密を見つけました
」
"And so I brought the bird that held your wife's life"
「それで私はあなたの妻の命を宿した鳥を連れてきたの
です」
The king had listened to the story his son told him.
王は息子が語った物語を聞いていた。
The seven queens were brought back to the palace.
七人の女王は宮殿に連れ戻されました。
And their eyes were miraculously restored.
そして彼らの目は奇跡的に回復しました。
The boy that was suckled by seven mothers was crowned.
七人の母親に乳を与えられた男の子が戴冠されました。
And he was recognized by the king as his rightful heir.
そして彼は王から正当な後継者として認められました。
And they lived together happily.
そして彼らは幸せに暮らしました。

The Story of Prince Sobur
ソブル王子の物語

Once upon a time there lived a merchant.
昔々、あるところに商人が住んでいました。
This merchant had seven daughters.
この商人には7人の娘がいました。
One day the merchant asked them a question.
ある日、商人が彼らに質問をしました。
"From whose fortune do you live?"
「あなたは誰の財産で暮らしているのですか？」
The eldest daughter answered first.
最初に長女が答えました。
"Papa, I live from your fortune"
「パパ、私はあなたの財産で暮らしています」
The second daughter gave the same answer.
次女も同じ答えをしました。
The same answer was given by the third daughter.
三女も同じ答えを返した。
His fourth daughter also lived from his fortune.
彼の四番目の娘も彼の財産で暮らしていた。
His fifth daughter was no different.
彼の5番目の娘も同様でした。
And his sixth daughter was like the rest.
そして彼の6番目の娘も他の娘たちと同じでした。
But his youngest daughter surprised him.
しかし、末娘が彼を驚かせた。
She had a very different answer.
彼女の答えは全く違った。
"I live from my own fortune"
「私は自分の財産で暮らしている」
He did not like this answer.
彼はこの答えが気に入らなかった。
Her answer made the merchant very angry.
彼女の答えは商人を非常に怒らせた。
"You are very ungrateful," he told her.

「君は本当に恩知らずだね」と彼は彼女に言った。
"See how well you do on your own"
「自分でどれだけうまくできるか見てみましょう」
"I am kicking you out of my house"
「家から追い出すぞ」
"You will not have a rupee in your pocket"
「ポケットにルピーは1ルピーもありません」
He called his palanquins to come.
彼はかごを呼び寄せて来た。
And he ordered them to take the girl away.
そして彼は彼らにその少女を連れ去るように命じた。
"Leave her in the midst of a forest"
「彼女を森の真ん中に置き去りにしろ」
The girl begged to be allowed one thing.
少女は一つのことだけ許してほしいと懇願した。
"Please let me take my work-box"
「仕事用の箱を持って行かせてください」
"In the box are my needles and threads"
「箱の中には針と糸が入っている」
Her father allowed her to take her box.
彼女の父親は彼女が箱を持ち帰ることを許可した。
She got into the seat of the palanquins.
彼女はかごの席に座った。
And the bearers lifted her up.
そして担ぎ手たちは彼女を持ち上げた。
And they put her onto their shoulders.
そして彼らは彼女を肩に乗せました。
As the bearers ran they chanted.
担ぎ手たちは走りながら詠唱した。
"hoon! hoon! hoon! hoon! hoon!"
「フン！フン！フン！フン！フン！」
But they didn't get very far.
しかし、彼らはあまり遠くまで行けませんでした。
An old woman stood in their way.
一人の老婆が彼らの行く手を阻んだ。
She came up to the carriage.

彼女は馬車まで来た。
"Where are you taking my daughter?"
「娘をどこに連れて行くのですか？」
She was the maid of the child.
彼女はその子のメイドでした。
"We have been given orders by the merchant"
「商人から命令を受けました」
"He told us to take her away"
「彼は私たちに彼女を連れて行くように言った」
"We will leave her in a forest"
「彼女を森に残します」
"We are going to do his bidding"
「我々は彼の命令に従うつもりだ」
"I must go with her," said the old woman.
「私も彼女と一緒に行かなければなりません」と老婦人
は言った。
But the bearers were not sure.
しかし、担ぎ手たちは確信が持てなかった。
Bearers run when they carry a sedan chair.
輿を担ぐときは担ぎ手が走ります。
"How will you be able to keep pace with us?"
「どうやって私たちと歩調を合わせていくつもりですか
？」
The old woman was not deterred.
その老婦人はひるまなかった。
"It does not matter how I do it"
「どうやってやるかは問題ではない」
"I must go where my daughter goes"
「娘が行くところへ私も行かなければならない」
The youngest daughter begged the bearers.
末娘は担ぎ手に懇願した。
"Please carry my mother with me"
「母を連れて行ってください」
And the bearers gracefully agreed.
そして担ぎ手たちは優雅に同意した。
They carried mother and child to the forest.

彼らは母親と子供を森へ運びました。
"hoon! hoon! hoon! hoon! hoon!"
「フン！フン！フン！フン！フン！」
In the afternoon they reached a dense forest.
午後、彼らは深い森に到着した。
They went deeper and deeper into the forest.
彼らは森の奥深くへと進んでいった。
Towards sunset they reached their goal.
日没ごろ、彼らは目的地に到着した。
They stopped at the foot of an old tree.
彼らは古い木の根元で立ち止まった。
They lowered the girl and the old woman.
彼らは少女と老女を降ろした。
And they left them in the forest.
そして彼らはそれを森の中に残しました。
Then they retraced their steps home.
それから彼らは家路を引き返した。

The merchant's youngest daughter looked around.
商人の末娘は辺りを見回した。
You would not have wanted to be in her shoes.
あなたは彼女の立場にはなりたくないでしょう。
Her situation was truly pitiable.
彼女の状況は本当に哀れなものでした。
She was hardly fourteen years old.
彼女はまだ14歳になったばかりだった。
She had grown up in luxury.
彼女は贅沢な環境で育った。
But now there was no luxury for her.
しかし今、彼女には贅沢は許されていなかった。
She was in the heart of a dark forest.
彼女は暗い森の真ん中にいた。
She had not a rupee in her pocket.
彼女のポケットには１ルピーもなかった。
And she had nothing for protection.
そして彼女には身を守るものが何もなかった。

Nothing except an old, decrepit, woman.
年老いて衰弱した女性以外何もない。
Even the trees of the forest pitied her.
森の木々さえも彼女を哀れんだ。
The young girl and old woman sat together.
若い女の子と老女が一緒に座った。
They were at the foot of an old tree.
彼らは古い木の根元にいました。
And together they cried over their situation.
そして彼らは一緒に自分たちの状況を嘆き悲しみました
。
I should say this all happened long ago.
これらはすべてずっと前に起こったことだと言わなけれ
ばなりません。
In these times the trees could talk.
この時代には木々が話すことができた。
And the old tree spoke to the girl.
そして古い木は少女に話しかけました。
"Unhappy women, I much pity you"
「不幸な女性たちよ、私はあなたたちをとても哀れに思
う」
"There are wild beasts in this forest"
「この森には野生動物がいる」
"Soon they will come out of their lairs"
「もうすぐ彼らは巣穴から出てくるだろう」
"They will roam about for prey"
「彼らは獲物を求めて歩き回るだろう」
"And they are sure to devour you two"
「そして彼らはあなたたち二人を必ず食い尽くすだろう
」
"But I can help you, if you want"
「でも、もしよければお手伝いしますよ」
"I will make an opening for you"
「私はあなたのためにチャンスを作ってあげます」
"When you see the opening, go into it"
「チャンスを見つけたら、そこへ入ろう」

"And then I will close the opening up"
「そして開口部を閉じます」
"As long as you are in me you'll be safe"
「私の中にいる限り、あなたは安全よ」
"This way the wild beasts can't touch you"
「こうすれば野獣はあなたに触れられない」
And then the tree split itself in two.
そして木は二つに割れました。
The two women went inside the tree.
二人の女性は木の中に入りました。
And the old tree resumed its natural shape.
そして古い木は元の自然な形に戻りました。

The shade of night darkened the forest.
夜の闇が森を暗くした。
Everything the tree had said was true.
木が言っていたことはすべて真実でした。
The wild beasts came out of their lairs.
野獣たちが巣穴から出てきました。
The fierce tiger came out at night.
夜には獰猛な虎が出てきた。
The wild bear left his lair.
野生の熊は巣穴から出て行った。
The rhinoceros roamed the forest.
サイは森の中を歩き回っていた。
The bushy bear was there that night.
その夜、ふさふさしたクマがそこにいました。
The great elephant could be heard.
大きな象の鳴き声が聞こえた。
And there was the horned buffalo.
そして角のあるバッファローもいました。
They all growled as they circled the tree.
彼らは皆、木の周りを回りながらうなり声を上げました。
They had gotten the scent of human blood.
彼らは人間の血の匂いを嗅ぎつけていた。

They could hear the growls of the beasts.
彼らは獣たちのうなり声を聞くことができた。
The beasts came dashing against the tree.
獣たちは木に向かって突進してきた。
They broke the old tree's branches.
彼らは古い木の枝を折った。
Their horns pierced the tree's trunk.
彼らの角が木の幹を突き破った。
They scratched its bark with their claws.
彼らは爪で樹皮を引っ掻いた。
But all their efforts were in vain.
しかし、彼らの努力はすべて無駄になった。
The girl and woman were safe in the tree.
少女と女性は木の中にいて安全だった。
Towards dawn the wild beasts went away.
夜明けが近づくと、野獣たちは去っていった。
After sunrise the good tree spoke again.
日の出後、善良な木は再び話し始めました。
"The wild beasts have gone back"
「野獣は帰った」
"They are in their lairs again"
「彼らはまた巣穴に戻った」
"But they did their best to torment me"
「でも彼らは私を苦しめるために全力を尽くしました」
"The sun has risen up again"
「太陽はまた昇った」
"So you can come out now"
「だから、もう出てきなさい」
The tree split itself into two again.
木はまた二つに分かれた。
The girl and the old woman came out.
少女と老婆が出てきました。
They saw the extent of the damage.
彼らは被害の規模を目にした。
The tree's branches had been broken off.
木の枝は折れていた。

The tree's trunk had been pierced.
木の幹は貫かれていた。
The bark had been stripped off.
樹皮が剥がれていました。
"Good mother, we thank you"
「良いお母さん、ありがとう」
"You have been very kind to us"
「あなたは私たちにとても親切でした」
"You gave us shelter from the beasts"
「あなたは獣から私たちを守ってくれました」
"But it was at a great cost to yourself"
「しかし、それはあなた自身にとって大きな犠牲を伴いました」
"You have many wounds from the wilds beasts"
「あなたは野獣から受けた多くの傷を負っています」
"You must be in great pain?"
「とても痛いでしょうね？」
Close by there was a flowing river.
近くには川が流れていた。
The young girl went to the river bank.
その少女は川岸へ行った。
At the bank of the river she found mud.
彼女は川の土手で泥を見つけた。
She covered the tree with the mud.
彼女は木を泥で覆った。
She especially covered the damaged parts.
特に損傷部分をカバーしてくれました。
The tree thanked her for the treatment.
木は彼女の治療に感謝した。
"My good girl, I thank you"
「いい子だね、ありがとう」
"I am greatly relieved of my pain"
「痛みがかなり楽になりました」
"I am, however, more concerned for you"
「しかし、私はあなたのことをもっと心配しています」
"You must be hungry"

「お腹が空いているでしょう」
"You have not eaten since yesterday"
「昨日から何も食べていない」
"But what can I give you?"
「でも、何をあげたらいいんですか？」
"I have no fruit of my own"
「私には実がありません」
"But I do have some advice"
「でも、アドバイスはあるよ」
"Give the old woman whatever money you have"
「おばあさんに持っているお金を全部あげなさい」
"Let her go into the city"
「彼女を街へ行かせなさい」
"In the city she can buy some food"
「街では食べ物が買える」
They explained their situation to the tree.
彼らは木に自分たちの状況を説明しました。
"We have been sent out with no money"
「私たちはお金も持たずに派遣されました」
But she searched through her work-box anyway.
しかし、彼女はとにかく自分の仕事箱の中を探しました
。
And in the box she found five cowries.
そして箱の中にはタカラガイが 5 匹見つかりました。
The tree continued to give its advice.
木はアドバイスをし続けました。
"Go with your cowries to the city"
「タカラガイと一緒に街へ行きなさい」
"Use the cowries to buy some fried rice"
「タカラガイを使ってチャーハンを買ってください」
So the old woman went to the city.
それで老婆は町へ行きました。
Fortunately the city was not far away.
幸運にもその街はそれほど遠くありませんでした。
She went to the first shopkeeper she found.
彼女は最初に見つけた店主のところへ行きました。

"Please give me five cowries worth of rice"
「タカラガイ5匹分の米をください」
The shopkeeper laughed at her.
店主は彼女に向かって笑った。
"Where can rice be had for five cowries?"
「タカラガイ5匹で米が買えるところはどこ？」
"Be off, you old hag," he told her.
「出て行け、この老婆」と彼は彼女に言った。
So she tried to barter at another shop.
それで彼女は別の店で物々交換をしようとしました。
This shopkeeper could see her distress.
この店主は彼女の苦悩に気付いた。
And the shopkeeper took pity on her.
そして店主は彼女に同情した。
She gave her a large quantity of rice.
彼女は彼女に大量の米を与えた。
The old woman returned with the rice.
老婆が米を持って戻ってきた。
And the tree gave further instructions.
そして木はさらに指示を与えました。
"Eat less than half of the rice"
「ご飯は半分以下で食べてください」
"Go to the embankments of the river bank"
「川岸の土手へ行ってください」
"Cast the remaining rice on the river bank"
「残った米を川岸に投げなさい」
They did not understand the sense of it.
彼らはその意味を理解しなかった。
"Why sow the riverbank with rice?"
「なぜ川岸に米を蒔くのか？」
But they did as they were advised.
しかし彼らはアドバイス通りにした。
And they threw their rice onto the ground.
そして彼らは米を地面に投げ捨てました。

They spent the day lamenting their fate.

彼らはその日一日、自分たちの運命を嘆きながら過ごした。
Just as before the beasts came out at night.
以前と同じように、夜に獣たちが出てくるのです。
The tree housed them inside of its trunk again.
木は再びそれらを幹の中に収容しました。
Again they mutilated and tortured the tree.
彼らは再び木を切り倒し、拷問した。
But that night something else happened.
しかしその夜、別の出来事が起こりました。
The women only saw it the next day.
女性たちは翌日になって初めてそれを目にした。
The rice had attracted hundreds of peacocks.
その米は何百羽もの孔雀を引き寄せました。
The peacocks competed for the rice.
孔雀たちは米をめぐって競争した。
And their feathers fell on the floor.
そして彼らの羽は床に落ちました。
The tree had known what would happen.
木は何が起こるかを知っていました。
And the tree advised them what to do next.
そして木は彼らに次に何をすべきかをアドバイスしました。
"Go back to the bank of the river"
「川岸に戻って」
"Go to where you cast the rice"
「米を投げるところへ行きなさい」
"There you will see many feathers"
「そこにはたくさんの羽が見えるでしょう」
"Collect all the feathers you can find"
「見つけた羽根をすべて集めなさい」
"Use the feathers to make a beautiful fan"
「羽根を使って美しい扇子を作ろう」
"And take the feather-fan to the city"
「そして羽根扇を街へ持って行きなさい」
The two women did as they were advised.

二人の女性はアドバイス通りにした。
It was good the girl had taken her work-box.
少女が仕事用の箱を持ってきていてよかった。
In her work-box was some string.
彼女の作品箱の中には紐が入っていた。
The tied the feathers together.
羽根を結びました。
And she had made a fan from the feathers.
そして彼女は羽根で扇子を作りました。
She took the feather fan to the city.
彼女は羽根扇子を街へ持って行きました。
The son of the king happened to be there.
王の息子がたまたまそこにいた。
He admired the feathers greatly.
彼はその羽根を大いに賞賛した。
He paid a large sum of money for the feathers.
彼はその羽根に多額のお金を払った。
Each morning a quantity of feathers was collected.
毎朝大量の羽が集められました。
And each day a feather fan was made and sold.
そして毎日、羽根扇が作られ、売られていました。
Within a short time the two women got rich.
短期間で二人の女性は金持ちになった。
The tree then advised them to build a house.
すると木は彼らに家を建てるようにアドバイスしました
。
"Employ men to burn bricks for you"
「レンガを焼く人を雇いなさい」
"Get them to cut beams and rafters"
「梁と垂木を切ってもらいましょう」
"Make them plaster the walls with lime"
「壁に石灰を塗らせろ」
In a few months a stately house was built.
数か月で立派な家が建てられました。
The tree was pleased for the women.
木は女性たちを喜ばせました。

"You should add a garden to your house"
「家に庭をつけるべきです」
"And you want to be able to store water"
「そして水を貯められるようにしたいのです」
"Dig a water tank in your garden"
「庭に貯水タンクを掘る」

The girl had not had much time.
その少女にはあまり時間がなかった。
So she didn't think of her family.
だから彼女は家族のことを考えなかったのです。
The merchant's luck had taken a turn.
商人の運は好転した。
The goddess of wealth frowned upon him.
富の女神は彼に眉をひそめた。
He was struck by a sudden misfortune.
彼は突然の不幸に見舞われた。
All at once he lost all of his money.
突然彼は全財産を失った。
He was forced to sell his house.
彼は家を売らざるを得なかった。
But he made a great loss on the property.
しかし彼はその不動産で大きな損失を被った。
He and his family were left penniless.
彼と彼の家族は一文無しになってしまった。
So they were forced to live elsewhere.
そのため、彼らは他の場所で暮らすことを余儀なくされ
ました。
They happened to move to a nearby village.
彼らはたまたま近くの村に引っ越した。
The palace was not far from their new house.
宮殿は彼らの新しい家からそれほど遠くありませんでし
た。
But the merchant was not rich anymore.
しかし、その商人はもう裕福ではありませんでした。
And he still had to support his family.

そして彼はまだ家族を養わなければなりませんでした。
He had been reduced to doing manual labour.
彼は肉体労働を強いられていた。
He applied for the job at the palace.
彼は宮殿の仕事に応募した。
He was going to dig the hole for the water.
彼は水のために穴を掘るつもりだった。
His wife also offered to work with him.
彼の妻も彼と一緒に働くことを申し出た。
But they got there too late to work.
しかし、彼らは仕事に着くのが遅すぎた。
The water tank had already been finished.
水槽はすでに完成していました。
And they did not know whose house it was.
そして彼らはそれが誰の家であるかを知りませんでした
。
The merchant's daughter was looking out the window.
商人の娘は窓の外を眺めていた。
She happened to see her parents in the garden.
彼女は庭で偶然両親に会った。
She could see the rags they were wearing.
彼女は彼らが着ているぼろ布を見ることができた。
Her eyes filled with tears at the sight.
その光景を見た彼女の目には涙が溢れた。
She could not believe what she saw.
彼女は自分が見たものが信じられなかった。
Her parents had come to her for work.
彼女の両親は仕事のために彼女のところに来ていた。
She immediately called her servants.
彼女はすぐに召使たちを呼びました。
"Outside in the garden are my parents"
「庭の外には両親がいます」
"Please offer them these fine clothes"
「この素晴らしい服を彼らに提供してください」
"And ask them to come into the palace"
「そして彼らに宮殿に入るように頼む」

Her servants did as they were told.
彼女の召使いたちは言われた通りにした。
But her parents were frightened beyond measure.
しかし、彼女の両親は計り知れないほど怖がっていた。
They had seen that the tank was finished.
彼らはタンクが完成したことを確認しました。
There used to be a strange tradition.
昔は奇妙な伝統がありました。
In those days human sacrifices were offered.
当時は人身供犠が捧げられていました。
One of those occasions was after digging a pool.
そのうちの一つは、プールを掘った後のことでした。
You can imagine her parents' fear.
彼女の両親の恐怖は想像に難くない。
They had come to dig the water tank.
彼らは貯水タンクを掘りに来ていました。
But now servants were calling them.
しかし今、召使たちが彼らを呼びました。
They thought they going to be sacrificed.
彼らは犠牲になると思っていた。
"Throw away your rags" they said.
「ぼろ布を捨てなさい」と彼らは言った。
"Here, wear these fine clothes"
「さあ、この素敵な服を着なさい」
And their fears increased even more.
そして彼らの恐怖はさらに増大しました。
But they did not have to fear for long.
しかし、彼らは長く恐れる必要はなかった。
Their rich daughter came out to meet them.
彼らの金持ちの娘が彼らを迎えに出てきました。
She hugged and kissed her parents.
彼女は両親を抱きしめキスをした。
And she told them everything that had happened.
そして彼女は彼らに起こったことすべてを話しました。
The father felt that she had been right.
父親は彼女の言うことが正しかったと感じた。

"You do live from your own fortune"
「あなたは自分の財産で暮らしている」
The daughter did not blame her father.
娘は父親を責めなかった。
And she gave him a large fortune.
そして彼女は彼に多額の財産を与えました。
With the money he moved back to the city.
そのお金を持って彼は街に戻った。
Soon he became a merchant again.
やがて彼は再び商人になった。
And he went to distant countries for trade.
そして彼は貿易のために遠い国々へ出かけました。

One day he got ready for another business venture.
ある日、彼は新たな事業を始める準備をしました。
But that day something strange happened.
しかし、その日奇妙なことが起こりました。
The ship was ready to leave the port.
船は港を出港する準備ができていた。
But for some reason the ship did not move.
しかし、何らかの理由で船は動かなかった。
No one could explain what was happening.
何が起こっているのか誰も説明できなかった。
But the merchant had an idea.
しかし、商人には考えがありました。
"Perhaps my daughters would like presents"
「娘たちはプレゼントを喜ぶかもしれない」
"I need to ask them what they would like"
「彼らに何が欲しいか聞いてみる必要がある」
He went to see his daughters.
彼は娘たちに会いに行った。
He asked them what they would like.
彼は彼らに何が欲しいか尋ねた。
And he promised to bring them presents.
そして彼は彼らにプレゼントを持ってくると約束しました。

But the ship would still not move.
しかし、船はまだ動きませんでした。
He had not asked all his daughters.
彼は娘全員に尋ねたわけではなかった。
His youngest daughter was not there.
彼の末娘はそこにはいなかった。
She was living in a different city.
彼女は別の都市に住んでいました。
So he ordered his servants go to her palace.
そこで彼は召使たちに彼女の宮殿へ行くよう命じました。
The messenger came at the wrong time.
使者は間違った時間に来た。
The young girl was engaged in devotions.
その少女は祈りに熱中していた。
But the messenger asked her anyway.
しかし、使者はとにかく彼女に尋ねました。
She just told him"sobur"
彼女はただ彼に「sobur」と言った
The meaning of this was"wait"
これは「待つ」という意味です
But the messenger didn't know this.
しかし使者はそれを知らなかった。
He thought she wanted something called"sobur"
彼は彼女が「ソバー」と呼ばれるものを望んでいると思った
So he went back to the city of the merchant.
それで彼は商人の町に戻りました。
And he delivered the message he received.
そして彼は受け取ったメッセージを伝えました。
"Your daughter wants something called 'sobur'"
「あなたの娘は『ソブル』というものを欲しがっている」
This time the ship could move again.
今度は船は再び動くことができた。
So the merchant started on his travels.

それで商人は旅に出ました。
He visited many ports on his journey.
彼は旅の途中で多くの港を訪れた。
And he made good profits from his trades.
そして彼は取引で大きな利益を得た。
Finding the presents was not difficult.
プレゼントを見つけるのは難しくなかった。
He found everything his oldest daughters wanted.
彼は長女たちが望んでいたものをすべて見つけました。
But his youngest daughter's wish was difficult.
しかし、末娘の願いは叶え難いものだった。
He could not find the thing called"sobur"
彼は「ソブル」と呼ばれるものを見つけられなかった
He asked at every port he came to.
彼は訪れる港ごとに尋ねた。
"Do you have something called 'sobur'?"
「『ソブル』ってあるんですか？」
But the merchants all shook their heads.
しかし、商人たちは皆首を横に振った。
"We've never heard of 'sobur'"
「『ソブル』なんて聞いたことない」
His voyage had almost come to its end.
彼の航海はほぼ終わりに近づいていた。
He was soon going to head back home.
彼はすぐに家に帰るつもりだった。
But he wanted"sobur" for his daughter.
しかし彼は娘のために「ソブル」を望んでいた。
So he went calling through the streets.
それで彼は通りを歩きながら呼びかけました。
"Sobur, does anyone have sobur?!"
「ソバー、誰かソバー持ってる人いる？」
The son of the King was in his castle.
王の息子は城にいました。
He happened to be looking out the window.
彼はたまたま窓の外を眺めていた。
And the calls attracted his attention.

そしてその電話は彼の注意を引いた。
Because his name happened to be Sobur.
なぜなら彼の名前はたまたまソバーだったからです。
He came to the merchant to speak with him.
彼は商人と話をするために商人のところへ来た。
"I have the Sobur that you want"
「あなたが望むソブールがあります」
"Take this box, but be careful with it"
「この箱を持って行ってください。ただし、気をつけて
ください」
"In the box is a magical feather fan and mirror"
「箱の中には魔法の羽根扇子と鏡が入っています」
"This is the Sobur your daughter wishes for"
「これがあなたの娘が望んでいるソブルです」
The merchant thanked the prince for the box.
商人は箱をくれた王子に礼を言った。
And he returned back to his country.
そして彼は国に帰りました。

He gave the box to his daughter.
彼はその箱を娘にあげた。
But the daughter didn't think about it.
しかし娘はそれについては考えなかった。
She thought it was just a common box.
彼女はそれがただの普通の箱だと思った。
She had forgotten about the messenger.
彼女は使者のことを忘れていた。
But one day she decided to open the box.
しかしある日、彼女はその箱を開けることにしました。
Inside the box she found a beautiful fan.
彼女は箱の中に美しい扇子を見つけました。
In the feather fan there was a beautiful mirror.
羽根扇の中には美しい鏡が入っていました。
She waved the feather fan to cool herself.
彼女は涼をとるために羽根つきの団扇を振った。
And Prince Sobur appeared before her.

そしてソブール王子が彼女の前に現れた。
"You called me, so here I am," he said.
「あなたが電話してくれたので、ここに来ました」と彼は言った。
"What is it you wish for?" he asked.
「あなたは何を望んでいるのですか？」と彼は尋ねた。
She was astonished at what she saw.
彼女は見たものに驚いた。
A handsome prince had suddenly appeared!
突然ハンサムな王子様が現れた！
"Who are you?" she asked the prince.
「あなたは誰ですか？」と彼女は王子に尋ねました。
"And how did you suddenly appear?"
「それで、どうやって突然現れたんですか？」
The Prince explained what had happened.
王子は何が起こったのかを説明した。
"Your father was looking for 'sobur'"
「あなたのお父さんは『ソブル』を探していました」
"I am prince Sobur," he explained.
「私はソブル王子です」と彼は説明した。
"I gave your father a box"
「お父さんに箱をあげたよ」
"In this box there is a feather fan and mirror"
「この箱の中には羽根扇と鏡が入っています」
"When you shake the feather fan I will appear"
「羽根扇を振ると私が現れる」
She asked the prince to stay as a guest.
彼女は王子に客として滞在するよう頼んだ。
And for two days the prince stayed with her.
そして王子は二日間彼女と一緒に過ごしました。
And she entertained him in her palace.
そして彼女は宮殿で彼をもてなした。
During that time the two fell in love.
その間に二人は恋に落ちた。
They made their vows to each.
彼らはそれぞれ誓いを立てた。

And they became husband and wife.
そして彼らは夫婦になりました。
After this the prince returned to his father.
この後、王子は父親の元に戻りました。
He told him that he had selected a wife.
彼は妻を選んだことを彼に伝えた。
The day for the wedding was decided.
結婚式の日が決まりました。
All the family was invited.
家族全員が招待されました。
And they had a beautiful wedding.
そして彼らは美しい結婚式を挙げました。

But there was a death in the marriage bed.
しかし、結婚生活において死が訪れました。
The six daughters of the merchant were envious.
商人の6人の娘たちは嫉妬しました。
They were jealous of their sister's success.
彼らは妹の成功を嫉妬していた。
So they decided to destroy her happiness.
そこで彼らは彼女の幸せを破壊しようと決めた。
They broke several glass bottles.
彼らは数本のガラス瓶を割った。
And they ground the glass into fine powder.
そして彼らはガラスを細かい粉末に粉砕しました。
Then they scattered the powder on the bed.
それから彼らはベッドの上に粉を撒いた。
The prince suspected no danger.
王子は危険を疑わなかった。
He laid himself down in the bed.
彼はベッドに横たわった。
Soon he felt an acute pain.
すぐに彼は激しい痛みを感じた。
All of his whole body ached.
全身が痛んだ。
The powder had gone through his skin.

粉は彼の皮膚を通り抜けた。
The prince became restless through pain.
王子は痛みのために落ち着かなくなった。
And he started to kick and scream.
そして彼は足を蹴ったり、叫び始めた。
He was taken away to his own country.
彼は自分の国へ連れて行かれた。
The king and queen were very worried.
王様と女王様はとても心配しました。
They consulted all the kingdom's physicians.
彼らは王国のすべての医師に相談した。
But their efforts were in vain.
しかし彼らの努力は無駄になった。
Day and night the young prince was screaming.
若い王子は昼も夜も叫び続けていました。
No one could ascertain the disease.
誰もその病気を突き止めることはできなかった。
So they had no way of knowing the remedy.
そのため、彼らはその解決策を知るすべがなかったので
す。
You can imagine the grief of his wife.
彼の妻の悲しみは想像に難くない。
The marriage knot had only just been tied.
結婚の絆が結ばれたばかりだった。
She thought a terrible disease had attacked him.
彼女は彼を恐ろしい病気が襲ったのだと思った。
Then he was carried hundreds of miles away.
それから彼は何百マイルも離れたところまで運ばれまし
た。
She had never been to his country.
彼女は彼の国へ一度も行ったことがなかった。
But she was determined to go there.
しかし彼女はそこへ行く決心をしていました。
And she was determined to nurse him better.
そして彼女は彼をもっとよく看護しようと決心した。
She put on the garb of a Sannyasi.

彼女はサンニャーシの衣装を着ました。
And she carried a dagger in her hand.
そして彼女は手に短剣を持っていました。
And then she set out on her journey.
そして彼女は旅に出発した。

The princess was still relatively young.
王女はまだ比較的若かった。
She was unaccustomed to long journeys.
彼女は長い旅に慣れていなかった。
And she wasn't used to walking so far.
そして彼女はそんなに遠くまで歩くことに慣れていなか
った。
She soon got weary of walking.
彼女はすぐに歩くのに疲れてしまった。
So she sat under a tree to rest.
それで彼女は木の下に座って休みました。
On the top of the tree there was a nest.
木の上には巣がありました。
It was the nest of two divine birds.
それは二羽の神聖な鳥の巣でした。
Bihangami and Bihangama lived here.
ビハンガミとビハンガマはここに住んでいました。
They were not in their nest at the time.
その時彼らは巣の中にいませんでした。
But two of their chicks were in the nest.
しかし、巣の中には2羽の雛がいました。
Suddenly the chicks gave a scream.
突然、ひよこたちが悲鳴をあげました。
This roused the half-drowsy princess.
これによって、半分眠っていた王女は目を覚ましました
。
The little birds had seen huge serpent.
小鳥たちは巨大な蛇を見ました。
The snake was about to climb the tree.
ヘビは木に登ろうとしていました。

This would have been the end of the birds.
これは鳥たちの終わりを意味していたでしょう。
But the Sannyasi took out her dagger.
しかし、サンニャーシは短剣を取り出した。
And she cut the serpent in two.
そして彼女は蛇を二つに切りました。
Of course even this frightened the young birds.
もちろん、これでも若い鳥たちは怖がりました。
And they flew from the nest screaming.
そして彼らは叫びながら巣から飛び立ちました。
Bihangama and Bihangami were on their way back.
ビハンガマとビハンガミは帰る途中だった。
They came sailing through the air.
彼らは空を飛んでやって来た。
They thought they already knew what had happened.
彼らはすでに何が起こったか知っていると思っていた。
"I don't expect to see our children"
「子供たちに会えないと思う」
"The nest will be empty again"
「巣はまた空っぽになる」
"All our previous children were eaten"
「私たちの前の子供たちは皆食べられてしまった」
"They were eaten by our great enemy the serpent"
「彼らは我々の大敵である蛇に食べられた」
"They will have met the same fate"
「彼らも同じ運命を辿るだろう」
"I do not hear the cries of my young ones"
「私は子供たちの泣き声を聞きません」
The two birds got to their nest.
二羽の鳥は巣に着きました。
And as predicted, the nest was empty.
そして予想通り、巣は空っぽでした。
This seemed to confirm their suspicions.
これは彼らの疑惑を裏付けるものだったようだ。
But soon the young birds returned.
しかし、すぐに若い鳥たちは戻ってきました。

The divine birds were pleasantly surprised.
神鳥たちは嬉しい驚きを覚えた。
The young birds told them what had happened.
若い鳥たちは彼らに何が起こったかを話しました。
"There was a young Sannyasi under the tree"
「木の下には若いサンニャーシがいた」
"He destroyed the serpent"
「彼は蛇を滅ぼした」
"He cut the snake in two with his dagger"
「彼は短剣で蛇を真っ二つに切った」
The parents went to foot of the tree.
両親は木の根元まで行きました。
Two halves of the snake were still there.
蛇の半分がまだそこに残っていました。
"The young Sannyasi has saved our offspring"
「若いサンニャーシは私たちの子孫を救った」
"I wish we could do him some service in return"
「お返しに何かしてあげられたらいいのに」
The divine bird Bihangama replied.
神鳥ビハンガマは答えました。
"We shall do our service to HER"
「我々は彼女に奉仕する」
"The Sannyasi under the tree is not a man"
「木の下のサンニャーシは人間ではない」
"The Sannyasi under the tree is a woman"
「木の下のサンニャーシは女性です」
"Last night she got married to Prince Sobur"
「昨夜、彼女はソブル王子と結婚しました」
"Shortly after their marriage he was poisoned"
「結婚後まもなく彼は毒殺された」
"His skin was pierced with small shards of glass"
「彼の皮膚には小さなガラスの破片が突き刺さっていた
」
"His sisters-in-law envied his wife"
「義理の姉妹たちは彼の妻を羨んでいた」
"Her sisters spread the powder over the bed"

「彼女の姉妹はベッドの上に粉を撒いた」
"He is still suffering from his pain"
「彼はまだ痛みに苦しんでいます」
"But he is in his native land"
「しかし彼は故郷にいる」
"And now he is at the point of death"
「そして今、彼は死に瀕している」
"Beneath the tree is his heroic bride"
「木の下には勇敢な花嫁がいる」
"She is wearing the garb of a Sannyasi"
「彼女はサンニャーシの衣装を着ている」
"And she is going to nurse him"
「そして彼女は彼を看護するつもりです」
The Bihangami asked the Bihangama.
ビハンガミはビハンガマに尋ねました。
"Is there no cure for the prince?"
「王子には治療法がないのですか？」
"Yes, there is a cure" replied the Bihangama.
「はい、治療法はあります」とビハンガマは答えました
。
"There is hardened dung lying on the ground"
「地面には固まった糞が横たわっている」
"She must take this hardened dung"
「彼女はこの固まった糞を飲まなければならない」
"Then she must reduce the dung to powder"
「それから彼女は糞を粉にしなくてはならない」
"And then she must bathe the prince"
「そして王子を入浴させなければなりません」
"She must bathe him in seven jars of water"
「彼女は彼を七つの壺の水で洗わなければならない」
"Then she must bathe him in seven jars of milk"
「それから彼女は彼を7つの瓶のミルクで入浴させなけ
ればならない」
"Then she must apply the powder to his body"
「それから彼女は彼の体に粉を塗らなければなりません
」

"After this Prince Sobur will get well"
「これでソブル王子は元気になるだろう」
"I have no doubts about this remedy"
「この治療法には何の疑いもありません」
The Bihangami saw a problem though.
しかし、ビハンガミは問題に気づきました。
"The princess is but a young girl"
「王女様はまだ若い娘です」
"She cannot walk such a distance"
「彼女はそんな距離を歩くことはできない」
"The journey would take her many days"
「旅には何日もかかるだろう」
"By that time the poor prince will have died"
「その時までに、かわいそうな王子は亡くなっているだ
ろう」
"I can," replied the Bihangama.
「できます」とビハンガマは答えました。
"I will take the young lady on my back"
「私はその若い女性を背負って連れて行きます」
"I will fly her to Prince Sobur's city"
「彼女をソバール王子の街まで飛ばします」
"If she takes no presents, I will fly her back"
「もし彼女がプレゼントを持ってこなかったら、私は彼
女を飛行機で連れ戻します」
The merchant's daughter heard this conversation.
商人の娘がこの会話を聞いた。
She begged the Bihangama to take her on his back.
彼女はビハンガマに背中に乗せてくれるよう懇願した。
And of course the bird willingly consented.
そしてもちろん、鳥は喜んで同意しました。
First she gathered some of the birds dung.
まず彼女は鳥の糞を集めました。
And then she reduced the dung to fine powder.
そして彼女は糞を細かい粉末にしました。
She was armed with this potent drug.
彼女はこの強力な薬を所持していた。

And she got on the back of the kind bird.
そして彼女は優しい鳥の背中に乗りました。

The Bihangama flew as fast as lightning.
ビハンガマは稲妻のように速く飛んだ。
They soon reached Prince Sobur's city.
彼らはすぐにソバール王子の街に到着した。
The young Sannyasi went up to the palace.
若いサンニャーシは宮殿へ行きました。
And she spoke to the guards at the gate.
そして彼女は門の警備員に話しかけました。
"Send word to the king that I have a drug"
「王様に薬を持っていると伝えてくれ」
"This drug will save the prince's life"
「この薬は王子の命を救うだろう」
"Within hours I will have cured the prince"
「数時間以内に王子を治すだろう」
The king had tried all the best doctors.
王はあらゆる優秀な医師に診察を依頼した。
But no doctor had been able to cure his son.
しかし、彼の息子を治せる医者はいなかった。
So he didn't believe the Sannyasi's words.
それで彼はサンニャーシの言葉を信じなかった。
But his councilors advised him otherwise.
しかし、彼の顧問たちは彼に別のことを助言した。
The Sannyasi ordered for seven jars of water.
サンニャーシは7つの瓶の水を注文しました。
And seven jars of milk were ordered.
そして、牛乳の瓶が7つ注文されました。
He poured a jar of water on the prince.
彼は王子に瓶一杯の水をかけました。
And he poured a jar of milk on the prince.
そして彼は王子に瓶一杯のミルクを注ぎました。
He had a feather from the divine bird.
彼は神聖な鳥の羽を持っていました。
And he used the feather to apply the powder.

そして彼はその羽を使って粉を塗りました。
All of the prince's body was covered.
王子の体全体が覆われていました。
This was repeated another six times.
これをさらに6回繰り返しました。
The last treatment did the magic.
最後の治療が魔法のように効きました。
The prince started to feel well again.
王子は再び気分が良くなり始めました。
The king was happier than words can describe.
王は言葉では言い表せないほど幸せでした。
"Give the Sannyasi the finest treasures"
「サンニャーシに最高の宝物を与えなさい」
But the Sannyasi refused to take presents.
しかし、サンニャーシは贈り物を受け取ることを拒否しました。
"Let me have the ring on the prince's finger"
「王子様の指の指輪をください」
The king and the prince were happy.
王様と王子様は幸せでした。
And they gave him what he wanted.
そして彼らは彼が望んだものを与えた。
The merchant's daughter hastened back.
商人の娘は急いで戻ってきた。
The Bihangama was waiting at the sea-shore.
毘半馬は海岸で待っていました。
They reached the tree of the divine birds.
彼らは神鳥の木に着いた。
The young bride walked back to her palace.
若い花嫁は宮殿へ歩いて戻りました。

The following day she shook the magical feather fan.
翌日、彼女は魔法の羽根扇を振りました。
Just as before, her husband appeared.
前回と同じように、夫が現れた。
Of course he was happy to see his wife.

もちろん彼は妻に会えて嬉しかった。
But he was infinitely surprised.
しかし、彼は非常に驚きました。
She had his ring on her finger.
彼女の指には彼の指輪がはまっていた。
His own wife was his doctor.
彼の妻は彼の医者だった。
It was his wife that had cured him!
彼を治したのは彼の妻だった！
The prince took his bride to his palace.
王子は花嫁を宮殿に連れて行きました。
He forgave his sisters-in-law.
彼は義理の姉妹たちを許した。
They lived happily for many years.
彼らは何年も幸せに暮らしました。
And they were blessed with children.
そして彼らは子供に恵まれました。

The Origins of Opium
アヘンの起源

Once upon on a time there lived a Rishi.
昔々、あるところにリシが住んでいました。
He lived on the banks of the holy Ganges.
彼は聖なるガンジス川のほとりに住んでいました。
This Rishi was a very religious man.
このリシは非常に信心深い人でした。
He spent his days performing religious rites.
彼は宗教儀式を執り行って日々を過ごした。
From sunrise to sunset he sat on the river bank.
彼は日の出から日没まで川岸に座っていた。
For the whole time he sat engaged in devotion.
彼はずっと座って祈りを捧げていた。
At night he took shelter in his hut.
夜、彼は小屋に避難した。
His hut was made from palm-leaves.
彼の小屋はヤシの葉で作られていた。
The palms he had grown from saplings.
彼が苗木から育てたヤシの木。
There was no one around for miles.
周囲何マイルも誰もいなかった。
However, in the hut there was a mouse.
ところが、小屋の中にはネズミがいました。
She lived from what the Rishi left for her.
彼女はリシが残したもので生活していました。
The Rishi was a kind-hearted man.
リシは心優しい人でした。
He would not hurt any living thing.
彼はいかなる生き物も傷つけないだろう。
So our mouse never ran away from him.
だから私たちのネズミは彼から逃げることはなかったのです。
In fact, our mouse went to him.
実際、私たちのマウスは彼のところへ行きました。

She touched his feet when he was sitting.
彼が座っているとき、彼女は彼の足に触れた。
And she enjoyed playing with him.
そして彼女は彼と遊ぶのを楽しんだ。
The Rishi also liked the little mouse.
リシもその小さなネズミが好きでした。
So he wanted to be kind to her.
それで彼は彼女に優しくしたいと思った。
And he wanted someone to talk to.
そして彼は誰かと話したいと思っていました。
So he gave her the power of speech.
そこで彼は彼女に話す力を与えました。

One night the mouse stood up.
ある夜、ネズミが立ち上がりました。
She got onto her hind legs.
彼女は後ろ足で立ち上がった。
And she stood in front of the Rishi.
そして彼女はリシの前に立った。
And she put her front paws together.
そして彼女は前足を合わせました。
"Holy Sage, you have been kind to me"
「聖賢様、あなたは私に優しくしてくださいました」
"And you have given me human language"
「そしてあなたは私に人間の言葉を与えました」
"I hope it doesn't displease your reverence"
「あなたの尊敬の念を不快にさせないことを願います」
"But I have one more boon to ask"
「でも、もう一つお願いがあるんです」
The Rishi listened to his mouse.
リシはネズミの言うことを聞きました。
"What is it?" asked the Rishi.
「それは何ですか?」とリシは尋ねました。
"Say what you want, little mouse"
「言いたいことを言えよ、小さなネズミ」
The mouse answered the Rishi.

ネズミはリシに答えました。
"By day your reverence goes to the river"
「昼間は川へ敬意を払う」
"And there you practice your devotions"
「そしてそこであなたは信仰を実践するのです」
"During this time a cat comes to the hut"
「この時間になると小屋に猫がやって来ます」
"This cat has been trying to catch me"
「この猫は私を捕まえようとしていた」
"She still has some fear of your reverence"
「彼女はまだあなたの尊敬を恐れているようです」
"Otherwise she would have eaten me long ago"
「そうでなければ、彼女はとっくに私を食べていただろう」
"But I fear the cat will eat me someday"
「でも、いつか猫に食べられてしまうのではないかと怖いんです」
"So I have one prayer to ask of you"
「それで、私はあなたに一つお願いがあります」
"Please may I be changed into a cat!"
「どうか私を猫に変えてください！」
"Then I would be a match for my foe"
「そうすれば私は敵に匹敵するだろう」
The Rishi understood the mouse's plight.
リシはネズミの苦境を理解した。
He threw some holy water on the mouse.
彼はネズミに聖水をかけました。
And the mouse instantly turned into a cat.
そしてネズミは一瞬にして猫に変身しました。

She had lived as a cat for some days.
彼女は数日間猫として暮らしていた。
One night she went to the Rishi again.
ある夜、彼女は再びリシのところへ行きました。
And the Rishi spoke to his pet.
そしてリシはペットに話しかけました。

"Well, little kitty, how are you!"
「さて、子猫ちゃん、元気かい？」
"How do you like your present life!"
「今の生活はどうですか？」
The cat thought about what to say.
猫は何を言うべきか考えました。
But she didn't have to say anything.
しかし彼女は何も言う必要はなかった。
The Rishi could tell by her expression.
リシは彼女の表情からそれを知った。
"Why don't you like it?" asked the sage.
「なぜ気に入らないのですか？」と賢者は尋ねました。
"Are you not as strong as the other cats!"
「他の猫たちほど強くないの？」
"Yes, I am strong enough," answered the cat.
「はい、私は十分強いです」と猫は答えました。
"Your reverence has made me a strong cat"
「あなたの尊敬の念が私を強い猫にしてくれました」
"As strong as any cat in the world"
「世界中のどの猫よりも強い」
"Now I do not fear cats anymore"
「もう猫を怖がらない」
"But now I have got a new foe"
「しかし今、新たな敵が現れた」
"By day your reverence goes to the river"
「昼間は川へ敬意を払う」
"During this time dogs come to the hut"
「この時間になると犬たちが小屋にやって来ます」
"These dogs have been barking at me"
「この犬たちが吠えているんです」
"And I have been frightened for my life"
「そして私は命の危険を感じました」
"So I have one more prayer to ask of you"
「それで、もう一つお願いがあります」
"Please may I be changed into a dog!"
「どうか私を犬に変えてください！」

The Rishi understood the cat's plight.
リシは猫の窮状を理解した。
He threw some holy water on the cat.
彼は猫に聖水をかけました。
And the cat instantly became a dog.
そして猫は一瞬にして犬になった。

She lived as a dog for some days.
彼女は数日間犬として暮らしました。
But one night she spoke to the Rishi.
しかしある夜、彼女はリシに話しかけました。
"I cannot thank your reverence enough"
「あなたの尊敬の念にいくら感謝しても足りません」
"You have been most kind to me"
「あなたは私にとても親切でした」
"I was but a poor mouse"
「私はただの哀れなネズミでした」
"You not only gave me speech"
「あなたは私に言葉を教えてくれただけでなく」
"But you also turned me into a cat"
「でも、あなたは私を猫にも変えた」
"And your kindness didn't end there"
「あなたの優しさはそれだけでは終わらなかった」
"Then you changed me into a dog"
「それであなたは私を犬に変えた」
"As a dog, however, I suffer greatly"
「しかし、犬として私は大いに苦しんでいます」
"I do not get enough to eat"
「十分に食べられない」
"My only food is what you leave me"
「私の唯一の食べ物はあなたが残してくれたものだけです」
"That was fine when I was a mouse"
「ネズミだった頃はそれでよかった」
"But you have made me much larger"
「でもあなたは私をもっと大きくしてくれました」

"And it is not enough to fill my mouth"
「口いっぱいにするには足りない」
"OH your reverence, how I envy those monkeys"
「ああ、尊師よ、あの猿たちが羨ましいです」
"They jump about from tree to tree"
「彼らは木から木へと飛び回ります」
"They eat all sorts of delicious fruits!"
「彼らはおいしい果物をいろいろ食べます！」
"Please may reverence not get angry"
「どうかお怒りにならないで下さい」
"I pray to be changed into an monkey"
「猿に変えて欲しいと祈ります」
The sage was a very understanding man.
その賢者は非常に理解力のある人でした。
His heart was filled with patience.
彼の心は忍耐で満たされていた。
He was happy to grant his pet's wish.
彼はペットの願いを叶えて嬉しかった。
He threw some holy water on the dog.
彼は犬に聖水をかけました。
And the dog instantly became an monkey.
そして犬は一瞬にして猿になった。

Our monkey was at first wild with joy.
私たちの猿は最初、大喜びでした。
She leaped from one tree to another.
彼女は一本の木から別の木へと飛び移った。
She sucked every luscious fruit.
彼女はおいしい果実を全部吸いました。
But her joy was short-lived again.
しかし、彼女の喜びはまた長くは続かなかった。
Summer had brought with it its drought.
夏は干ばつをもたらした。
Monkeys find it hard to climb down.
サルは降りるのが難しいです。
So she couldn't drink from the river.

それで彼女は川の水を飲むことができませんでした。
She saw how the wild boars lived.
彼女はイノシシがどのように暮らしているかを観察しました。
All day they splashed in the water.
彼らは一日中水の中で遊びました。
She envied their life now.
彼女は彼らの今の生活を羨ましく思った。
"Oh how happy those wild boars are!"
「ああ、あのイノシシたちはなんて幸せだろう！」
"All day their bodies are cooled"
「彼らの体は一日中冷えている」
"All day they are refreshed by water"
「一日中水で元気になる」
"How I wish I were a wild boar"
「イノシシだったらよかったのに」
That night she went to the Rishi.
その夜、彼女はリシのところへ行きました。
She recounted her troubles to him.
彼女は彼に自分の悩みを詳しく話した。
She told him all about the wild boars.
彼女はイノシシについてすべて彼に話した。
"Oh how pleasant their lives must be"
「ああ、彼らの人生はなんと楽しいのだろう」
And she begged to be changed again.
そして彼女はまた着替えを懇願しました。
"I pray to be changed into a wild boar"
「猪に変身することを祈ります」
The sage's kindness knew no bounds.
賢者の優しさには限りがなかった。
and he complied with his pet's request.
そして彼はペットの要求に応じた。
He threw some holy water on the monkey.
彼は猿に聖水をかけました。
And the monkey instantly became a wild boar.
そして猿は一瞬にしてイノシシに変わったのです。

Our boar was now very content.
私たちのイノシシは今ではとても満足していました。
She kept her body soaking wet.
彼女は体をびしょ濡れにしたままだった。
Every day she went to the river.
彼女は毎日川へ行きました。
She splashed about in her favorite element.
彼女は大好きな水しぶきをあげて遊びました。
But life is not safe for wild boars.
しかし、イノシシにとって生活は安全ではありません。
One day the king was out hunting.
ある日、王様は狩りに出かけました。
He was riding on an adorned elephant.
彼は飾り立てられた象に乗っていた。
Only by luck did our wild boar escape.
幸運にも、私たちのイノシシは逃げることができました
。
She thought a lot about her experience.
彼女は自分の経験についてよく考えました。
She dwelt on the dangers of her life.
彼女は自分の人生の危険について考え続けた。
And she envied the stately elephant.
そして彼女はその堂々とした象を羨ましがりました。
The elephant was more fortunate than her.
象は彼女よりも幸運でした。
He got to carry the king on his back.
彼は王を背負って運ばなければならなかった。
Now she longed to be an elephant.
今、彼女は象になりたいと願っていました。
And at night she besought the Rishi.
そして夜、彼女はリシに懇願した。

Our elephant was roaming the wilderness.
私たちの象は荒野を歩き回っていました。
On her adventures she saw the king.

彼女は冒険の途中で王様に会いました。
Our elephant went towards the king's suite.
私たちの象は王様の部屋へ向かいました。
She had every intention of being caught.
彼女は捕まるつもりでいた。
The king saw the elephant from a distance.
王様は遠くから象を見ました。
He couldn't help but admire her beauty.
彼は彼女の美しさに感嘆せずにはいられなかった。
He gave his orders to his servants.
彼は召使たちに命令を下した。
"Catch and tame this elephant"
「この象を捕まえて飼いならす」
Our elephant was easily caught.
私たちの象は簡単に捕まえられました。
She was taken into the royal stables.
彼女は王室の厩舎に連れて行かれた。
And she was tamed without any trouble.
そして彼女は何の問題もなく飼い慣らされました。

One day the queen had a wish.
ある日、女王様は願い事をしました。
She wished to go to the holy Ganges.
彼女は聖なるガンジス川へ行きたいと思った。
She wished to bathe in the holy waters.
彼女は聖水で沐浴したいと思った。
The king wanted to accompany his wife.
王は妻に同行したかった。
So he made his orders to his servants.
そこで彼は召使たちに命令を下した。
"Bring us the newly caught elephant"
「新しく捕まえた象を連れてきてください」
The king and queen mounted on her back.
王と女王は彼女の背中に乗りました。
Our elephant had gotten her wish.
私たちの象は願いを叶えました。

Well... she seemed to have gotten her wish.
まあ…彼女は願いを叶えたようです。
The king had mounted on her back.
王は彼女の背中に乗っていた。
But no, the elephant didn't get her wish.
しかし、象は願いを叶えられませんでした。
She looked upon herself as a lordly beast.
彼女は自分自身を高貴な獣とみなしていた。
She could not a woman riding on her back.
彼女は背中に女性が乗っているのを見ることはできなか
った。
It wasn't enough that she was a queen.
彼女が女王であるというだけでは十分ではなかった。
She could not bear the idea of it.
彼女はその考えに耐えられなかった。
She felt she had been degraded.
彼女は自分が侮辱されたと感じた。
She jumped up as violently as elephants can.
彼女は象のように激しく飛び上がった。
Both the king and queen fell to the ground.
王も女王も二人とも地面に倒れた。
The king carefully picked up the queen.
王は女王を慎重に抱き上げた。
He took the queen in his arms.
彼は女王を抱きしめた。
He asked her whether she had been hurt.
彼は彼女に怪我をしたかどうか尋ねた。
He wiped off the dust from her clothes.
彼は彼女の服の埃を拭き取った。
And he tenderly kissed her a hundred times.
そして彼は彼女に優しく百回キスをした。
Our elephant witnessed the king's caresses.
私たちの象は王様の愛撫を目撃しました。
And she scampered off to the woods.
そして彼女は森へ駆けて行きました。
She ran as fast as her legs could carry her.

彼女は足の速さの限り速く走った。
As she ran, she thought within herself;
彼女は走りながら心の中で考えました。
"I have experienced many different lives"
「私は様々な人生を経験してきました」
"And I have experienced different happiness"
「そして私は様々な幸せを経験しました」
"But those lives cannot be compared"
「しかし、それらの命は比較できない」
"A queen is the happiest creature of all"
「女王はすべての生き物の中で最も幸せな生き物です」
"Of what infinite regard is she the object of!"
「彼女はどれほどの尊敬の対象なのでしょう！」
"The king lifted her off the ground"
「王は彼女を地面から持ち上げた」
"And he carefully took her in his arms"
「そして彼は彼女をそっと抱きしめた」
"He made many tender inquiries to her"
「彼は彼女に何度も優しい質問をした」
"And he wiped off the dust from her clothes"
「そして彼は彼女の服の埃を拭き取った」
"And he kissed her a hundred times!"
「そして彼は彼女に100回キスしたんです！」
"Oh, the happiness of being a queen!"
「ああ、女王になる幸せ！」
"I must ask the Rishi to make me a queen!"
「リシに頼んで、私を女王にしなくてはいけません！」

The sun was just about to set.
太陽はちょうど沈もうとしていた。
Our elephant made it back to the hut.
私たちの象は小屋に戻ってきました。
The Rishi had just finished his devotions.
リシはちょうど祈りを終えたところだった。
She fell on the ground at his feet.
彼女は彼の足元に倒れた。

She was still the little mouse.
彼女はまだ小さなネズミのままでした。
And he was still the holy sage.
そして彼は依然として聖なる賢者でした。
"What's the news?" inquired the Rishi.
「ニュースは何ですか？」とリシは尋ねました。
"Why have you left the king's palace!"
「なぜ王宮から去ったのですか！」
Our elephant thought about her words.
私たちの象は彼女の言葉について考えました。
"What shall I say to your reverence!"
「何と申し上げたらよいでしょうか！」
"You have been very kind to me"
「あなたは私にとても親切でした」
"You have granted every wish of mine"
「あなたは私の願いをすべて叶えてくれました」
"I was a mouse and you gave me speech"
「私はネズミだったが、あなたは私に言葉をくれた」
"But as a mouse my life was in danger"
「しかしネズミだったので命が危険にさらされていた」
"You saved me by turning me into a cat"
「あなたは私を猫に変えて救ってくれた」
"But as a cat my life was no safer"
「でも猫になっても私の人生は安全ではなかった」
"And you helped me become a dog"
「そしてあなたは私を犬にするのを手伝ってくれた」
"But as a dog I had not enough to eat"
「でも犬だったので食べるものが足りなかった」
"You provided for me again"
「あなたはまた私に恵みを与えてくださいました」
"And you turned my into a monkey"
「そしてあなたは私を猿に変えた」
"I had all I could wish to eat"
「食べたいものはすべて食べました」
"But I had no way of cooling my body"
「でも体を冷やす方法がなかった」

“You helped me with this too”
「これも手伝ってくれたよ」
“And you turned me into a wild boar”
「そしてあなたは私をイノシシに変えた」
“Wild boars have a comfortable life”
「イノシシは快適な暮らしをしている」
“But they don't live without danger”
「しかし、彼らは危険なしに生きているわけではない」
“And again you protected me”
「そしてまたあなたは私を守ってくれました」
“And you turned me into an elephant”
「そしてあなたは私を象に変えた」
“Being an elephant has increased my bulk”
「象になったことで体重が増えた」
“But being an elephant has not increased my happiness”
「でも象になったからといって幸せになれるわけではない」
“I have one more boon to ask of you”
「もう一つお願いがあるんです」
“It will be the last boon I ask for”
「これが私が求める最後の恩恵となるだろう」
“I see now who the happiest creature is”
「今、誰が一番幸せな生き物なのかが分かりました」
“A queen is the happiest in the world”
「女王は世界で最も幸せだ」
“Holy father, please make me a queen”
「聖なる父よ、私を女王にして下さい」
“Silly child,” answered the Rishi.
「愚かな子だ」とリシは答えました。
“How can I make you a queen!”
「どうしたらあなたを女王にできるの！」
“Where can I get a kingdom for you!”
「あなたのために王国をどこで手に入れられますか！」
“Where would I find a royal husband!”
「王室の夫はどこで見つけられるの！」
But the Rishi was still patient.

しかし、リシは依然として忍耐していました。
"There is one thing I can do for you"
「あなたのためにできることが一つあります」
"I can change you into a beautiful girl"
「あなたを美しい少女に変えてあげられる」
"You will be as beautiful as a queen"
「あなたは女王のように美しくなるでしょう」
"You will possess all the charms you need"
「必要な魅力はすべて手に入る」
"Your charms can captivate a prince's heart"
「あなたの魅力は王子様の心を虜にするでしょう」
"But you must wait for what the gods decide"
「しかし、神々の決定を待たなければなりません」
"They will grant you an interview"
「面接は許可されるでしょう」
"Tou will have your chance with a prince!"
「王子様と付き合えるチャンスがあなたにはあるわよ！
」
Our elephant agreed to the change.
私たちの象はその変更に同意しました。
The beast was transformed by the Rishi.
その獣はリシによって変身させられました。
And now she was a beautiful young lady.
そして今、彼女は美しい若い女性でした。
The holy sage named her Postomani.
聖賢は彼女をポストマニと名付けました。
Her name meant 'the poppy-seed lady'.
彼女の名前は「ケシの実の女性」を意味します。

Postomani lived in the Rishi's hut.
ポストマニはリシの小屋に住んでいました。
She spent her time tending the flowers.
彼女は花の手入れに時間を費やした。
And she watered the plants in the garden.
そして彼女は庭の植物に水をあげました。
One day she was sitting at the hut.

ある日、彼女は小屋に座っていました。
The Rishi was at the holy Ganges.
リシは聖なるガンジス川にいました。
A richly dressed man came towards the cottage.
豪華な服を着た男が小屋に向かってやってきた。
She stood up to welcome the man.
彼女はその男を迎えるために立ち上がった。
And she asked the stranger who he was.
そして彼女はその見知らぬ人に彼が誰なのか尋ねました
。
"What have you come for?" she asked.
「何しに来たの？」と彼女は尋ねた。
"I have been on a hunt"
「私は狩りをしてきました」
"But we chased the deer in vain"
「しかし、鹿を追いかけても無駄だった」
"Now I am thirsty from the heat"
「暑さで喉が渇いた」
"I thought that a Rishi lives here"
「ここにリシが住んでいると思っていました」
"I had come to ask him for water"
「私は彼に水をもらいに来たのです」
"But now I see you live here"
「でも今はあなたがここに住んでいるのがわかります」
Postomani answered the stranger.
ポストマニは見知らぬ人に答えた。
"Look upon this hut as your own"
「この小屋を自分のものだと思ってください」
"I am sorry, but we are poor"
「申し訳ありませんが、私たちは貧しいのです」
"We cannot offer you any entertainment"
「私たちはあなたに娯楽を提供することはできません」
"But let me make your visit comfortable"
「でも、あなたの訪問を快適にさせてください」
"Because, I believe you are a king"

「なぜなら、私はあなたが王様だと信じているからです
」
"If I am not mistaken," she added.
「もし私が間違っていなければ」と彼女は付け加えた。
The stranger smiled in recognition.
見知らぬ人は認識して微笑んだ。

Postomani then brought a pot of water.
するとポストマニが水の入ったポットを持ってきた。
She went to wash her royal guest's feet.
彼女は王室の客の足を洗いに行きました。
But the visitor did not let her do this.
しかし、訪問者は彼女にそうさせませんでした。
"Holy maid, do not touch my feet"
「聖女よ、私の足に触れないでください」
"I am only a Kshatriya," he confessed.
「私はただのクシャトリヤです」と彼は告白した。
"And you are the daughter of a holy sage"
「そしてあなたは聖なる賢者の娘です」
"Noble sir;" Postomani begun to confess.
「高貴なる方」ポストマニは告白し始めた。
"I am not the daughter of the Rishi"
「私はリシの娘ではない」
"And am I not a Brahmani girl either"
「私もブラフマニの娘ではないのですか?」
"There is no harm in me touching your feet"
「あなたの足に触れても何の問題もありません」
"Besides, you are my guest"
「それに、あなたは私の客です」
"And I am bound to wash your feet"
「そしてわたしはあなたの足を洗う義務がある」
"Forgive my impertinence," the king wished.
「私の無礼をお許しください」と王は願った。
"What caste do you belong to?" he asked.
「あなたはどのカーストに属していますか?」と彼は尋
ねました。

"I only know what the sage told me"
「私は賢者が私に言ったことだけを知っている」
"I heard my parents were Kshatriyas"
「両親はクシャトリヤだと聞きました」
The stranger wanted to know more.
その見知らぬ人はもっと知りたいと思った。
"May I ask whether your father was a king!"
「あなたのお父様は王様だったのですか？」
"You have an uncommon beauty," he said.
「君は並外れた美しさを持っているね」と彼は言った。
"And you possess a stately demeanor"
「そして、あなたは堂々とした態度をお持ちです」
"These qualities cannot be worked for"
「これらの資質は努力で得られるものではない」
"It shows that you were born a princess"
「あなたは王女として生まれたのですね」
Postomani avoided answering the question.
ポストマニ氏は質問に答えることを避けた。
Instead she went inside the hut.
その代わりに彼女は小屋の中に入りました。
She brought out a tray of delicious fruits.
彼女はおいしいフルーツのトレイを持ってきました。
And she set the fruits before the king.
そして彼女はその果物を王の前に置いた。
The king, however, did not touch the fruits.
しかし、王は果物に触れなかった。
He waited until his question was answered.
彼は質問に答えられるまで待った。
"I only know what the holy sage says"
「私は聖賢が何を言うかしか知らない」
"He says that my father was a king"
「私の父は王様だったと言っている」
"But he was overcome in a battle"
「しかし彼は戦いに打ち負かされた」
"So he, with my mother, fled into the woods"
「それで彼は母と一緒に森へ逃げたのです」

"My poor father was eaten by a tiger"
「私のかわいそうな父は虎に食べられてしまった」
"My mother closed her eyes as I opened mine"
「私が目を開けると母は目を閉じました」
"There was a bee-hive on the tree"
「木に蜂の巣がありました」
"I lay at the foot of that tree"
「私はあの木の根元に横たわっていた」
"Drops of honey fell into my mouth"
「蜂蜜の雫が口の中に落ちた」
"The honey maintained the spark inside me"
「蜂蜜は私の中の輝きを維持してくれた」
"And then the kind Rishi found me"
「そして優しいリシが私を見つけてくれた」
"The holy sage brought me into his hut"
「聖なる賢者は私を小屋に連れて行きました」
"This is the simple story of this wretched girl"
「これはこの哀れな少女の単純な物語です」
"The girl who now stands before the king"
「今、王の前に立つ少女」
"Call not yourself wretched," replied the king.
「自分を惨めだと言うな」と王は答えた。
"You are the most beautiful of women"
「あなたは最も美しい女性です」
"And you are the loveliest of women"
「そしてあなたは最も美しい女性です」
"You would adorn the grandest palaces"
「あなたは最も壮大な宮殿を飾るでしょう」

Postomani had gotten her interview.
ポストマニはインタビューを受けた。
She fell in love with the king.
彼女は王に恋をした。
And the king fell in love with her.
そして王は彼女に恋をしました。
The Rishi joined them in marriage.

リシは彼らと結婚しました。
Postomani became the king's favourite queen.
ポストマニは王のお気に入りの王妃となった。
And the former queen was in disgrace.
そして元女王は不名誉に陥った。
But Postomani's happiness was short-lived.
しかしポストマニの幸福は長くは続かなかった。
One day as she was standing by a well.
ある日、彼女は井戸のそばに立っていました。
She was overcome by a moment of giddiness.
彼女は一瞬、めまいのような気分に襲われた。
Fortune had her fall into the water.
幸運にも彼女は水の中に落ちた。
And she died in the water of the well.
そして彼女は井戸の水の中で死んだ。
The Rishi then came to the king.
それからリシは王のもとへ行きました。
"O king, grieve not over the past"
「王よ、過去を嘆かないでください」
"What is fixed by fate must come to pass"
「運命によって定められたことは必ず起こる」
"The queen drowned in your well"
「女王はあなたの井戸で溺死した」
"But she was not of royal blood"
「しかし彼女は王族の血筋ではなかった」
"She was born to a family of mice"
「彼女はネズミの家族に生まれました」
"Each evening she came to my hut"
「毎晩彼女は私の小屋に来ました」
"And I gave her the power of speech"
「そして私は彼女に話す力を与えた」
"With speech she could express her wishes"
「彼女は話すことで自分の願いを伝えることができました」
"I changed her according to her wishes"
「私は彼女の望みに従って彼女を変えた」

"As a mouse she feared the cat"
「彼女はネズミのように猫を恐れていた」
"And so I changed her into a cat"
「それで私は彼女を猫に変えた」
"As a cat she feared the dogs"
「猫だったので犬を恐れていた」
"And so I changed her into a dog"
「それで私は彼女を犬に変えた」
"As a dog she had not enough to eat"
「犬のように食べるものが足りなかった」
"And so I changed her into a monkey"
「それで私は彼女を猿に変えた」
"As a monkey she couldn't bear the heat"
「猿なので暑さに耐えられなかった」
"And so I changed her into a wild boar"
「それで私は彼女をイノシシに変えた」
"As a boar her life was not safe"
「イノシシだった彼女の命は安全ではなかった」
"And so I changed her into an elephant"
「それで私は彼女を象に変えた」
"That was the elephant you caught"
「あれはあなたが捕まえた象でした」
"But as an elephant she was not loved"
「しかし象として彼女は愛されなかった」
"And so I changed her one last time"
「それで最後にもう一度着替えた」
"I changed her into a beautiful girl"
「彼女を美しい少女に変えた」
"That is the girl that you married"
「あれはあなたが結婚した女の子よ」
"And that is the girl that drowned"
「そして、それが溺死した少女です」
"Take into favor your former queen"
「元女王を寵愛せよ」
"And don't worry for my daughter"
「娘のことは心配しないで」

"I will make her name immortal"
「私は彼女の名を不滅にする」
"Let her body remain in the well"
「彼女の遺体は井戸の中に残しておけ」
"Fill the well up with earth"
「井戸を土で満たしなさい」
"In her flesh there is a seed"
「彼女の肉には種がある」
"From her bones a tree will grow"
「彼女の骨から木が生える」
"We will name this tree after her"
「この木に彼女の名前をつけましょう」
"The tree shall be called 'Posto'"
「その木は『ポスト』と呼ばれる」
"This means 'the Poppy tree'"
「これは『ポピーの木』を意味します」
"From this tree there will come a drug"
「この木から薬が出る」
"This drug will be called opium"
「この薬はアヘンと呼ばれるだろう」
"Opium will be a powerful medicine"
「アヘンは強力な薬になるだろう」
"People will consume opium in every epoch"
「人々はどの時代でもアヘンを消費するだろう」
"Opium will either be swallowed or smoked"
「アヘンは飲み込むか吸うかのどちらかだ」
"And opium will be a wonderful narcotic"
「そしてアヘンは素晴らしい麻薬となるだろう」
"Opium will be used till the end of time"
「アヘンは永遠に使われるだろう」
"You will recognize the opium smoker"
「あなたはアヘンを吸う人を認識するでしょう」
"He will have many different qualities"
「彼は様々な資質を持っているだろう」
"One quality for each of the animals"
「それぞれの動物に一つの特質がある」

"The animals which Postomani had lived as"
「ポストマニが生きていた動物たち」
"He will be mischievous, like a mouse"
「彼はネズミのようにいたずら好きになるだろう」
"He will be fond of milk, like a cat"
「彼は猫のようにミルクが好きになるでしょう」
"He will be quarrelsome, like a dog"
「彼は犬のように喧嘩好きになるだろう」
"He will be filthy, like a monkey"
「彼は猿のように汚れているだろう」
"He will be savage, like a boar"
「彼はイノシシのように野蛮になるだろう」
"He will be confident, like an elephant"
「彼は象のように自信に満ちているだろう」
"And he will be high-tempered, like a queen"
「そして彼は女王のように気性が激しい」

Strike, but Listen First
攻撃するが、まずは聞く

There was once a king who had three sons.
昔、三人の息子を持つ王様がいました。
His royal subjects came to him one day and said;
ある日、王家の臣下たちが彼のもとに来てこう言いました。
「Oh incarnation of justice! hear our plea"
「正義の化身よ！私たちの嘆願をお聞きください」
"The kingdom is infested with thieves and robbers"
「王国は泥棒と強盗で溢れている」
"Our property is not safe from their thievery"
「私たちの財産は彼らの盗難から安全ではない」
"We pray your majesty to catch hold of these thieves"
「陛下、この泥棒たちを捕まえて下さるようお願い申し上げます」
"We beg you punish them to the full extent of the law"
「彼らを法の及ぶ限りの罰を与えてください」
The king said to his sons, "Oh, my sons, I am old"
王は息子たちに言いました。「ああ、息子たちよ、私は年老いている」
"But you are all in the prime of manhood"
「でも、君たちは皆、まさに男の絶頂期だよ」
"How is it that my kingdom is full of thieves?"
「どうして私の王国は泥棒でいっぱいなのでしょう？」
"I look to you to catch hold of these thieves"
「この泥棒たちを捕まえるのは君に任せる」
The three princes then made up their minds.
そこで三人の王子たちは決心しました。
They were going to patrol the city every night.
彼らは毎晩市内を巡回するつもりだった。
They set up a watch out in the outskirts of the city.
彼らは街の郊外に監視所を設置した。
The early part of the night had arrived.
夜も明け始めた。

So the eldest prince took on his duties.
そこで長男の王子が職務を引き受けました。
He rode upon his horse through the whole city.
彼は馬に乗って町中を巡った。
But did not see a single thief anywhere he looked.
しかし、どこを見ても泥棒は一人も見当たりませんでした。
He came back to the policing station.
彼は警察署に戻ってきた。
The middle part of the night had arrived.
夜も半ばを過ぎた。
So the second prince took on his duties.
そこで第二王子がその職務を引き受けました。
And he too rode through every part of the city.
そして彼もまた、街のあらゆる場所を馬で巡りました。
But he did not see or hear of a single thief.
しかし、泥棒は一人も見なかったし、聞いたこともなかった。
He came also back to the policing station.
彼もまた警察署に戻ってきた。
The latter part of the night had arrived.
夜も更けてきた。
So the youngest prince took on his duties.
そこで末っ子の王子が任務を引き受けました。
He went near the gate of his father's palace.
彼は父の宮殿の門の近くに行った。
There he saw a beautiful woman leaving the palace.
そこで彼は美しい女性が宮殿から去っていくのを見ました。
The prince asked the woman, "who are you?"
王子は女性に尋ねました。「あなたは誰ですか？」
"Where are you going at this hour of the night?"
「こんな時間にどこへ行くんですか？」
The woman answered the young prince.
女性は若い王子に答えました。
"I am Rajlakshmi, the guardian deity of this palace"

「私はこの宮殿の守護神、ラージラクシュミです」
"The king will be killed this night"
「王は今夜殺されるだろう」
"I am therefore not needed here"
「だから私はここには必要ない」
"And that is why I am going away"
「だから私は去るのです」
The prince did not know what to make of this message.
王子はこのメッセージをどう解釈したらよいか分からな
かった。
After a moment's reflection he said to the goddess;
少し考えた後、彼は女神に言いました。
"But, suppose the king is not killed tonight"
「しかし、もし今夜王が殺されなかったら」
"Have you any objection to return to the palace?"
「宮殿に戻ることに異議はございませんか？」
"I have no objection," replied the goddess.
「異論はありません」と女神は答えました。
The prince then begged the goddess to go back.
すると王子は女神に帰って来るように懇願しました。
And he promised to do his best to protect the king.
そして彼は王を守るために最善を尽くすことを約束しま
した。
Then the goddess entered the palace again.
それから女神は再び宮殿に入りました。
Within a moment she disappeared into the palace.
一瞬のうちに彼女は宮殿の中に姿を消した。

The prince went straight into the palace too.
王子もまっすぐ宮殿へ入りました。
And he went into the bedroom of his royal father.
そして彼は王である父の寝室へ行きました。
There his father lay immersed in deep sleep.
そこで父親は深い眠りに落ちていた。
The king had a second, younger wife.
王には二人目の若い妻がいた。

This woman was the stepmother of our prince.
この女性は私たちの王子の継母でした。
She was sleeping in another bed in the room.
彼女は部屋の別のベッドで寝ていました。
There was a light that was burning dimly.
ぼんやりと灯っている光がありました。
But then the prince saw something that surprised him!
しかし、王子は驚くようなものを目にしました！
A huge cobra going round and round the golden bedstead.
金色のベッドの周りをぐるぐる回る巨大なコブラ。
The bedstead on which his father was sleeping.
彼の父親が眠っていたベッド。
The prince with his sword cut the serpent in two.
王子は剣で蛇を二つに切りました。
But he was not satisfied with killing the cobra.
しかし彼はコブラを殺すだけでは満足しなかった。
So he cut the cobra up into a hundred pieces.
そこで彼はコブラを百個に切り分けました。
And he put the pieces of the cobra inside a pan.
そして彼はコブラの切り身をフライパンの中に入れました。
But while cutting the cobra a misfortune happened.
しかし、コブラを切っているときに不幸が起こりました。
A drop of blood fell on the breast of his stepmother.
一滴の血が継母の胸に落ちた。
The prince was in great distress by what had happened.
王子は起こった出来事に非常に困惑した。
"I have saved my father, but killed my stepmother"
「私は父を救ったが、継母を殺してしまった」
How could he remove the drop of blood from her breast?
彼はどうやって彼女の胸から一滴の血を取り除くことができたのでしょうか?
He wrapped round his tongue a piece of cloth sevenfold.
彼は布を舌の周りに七重に巻き付けました。
And with the cloth he licked up the drop of blood.

そして布で血の一滴を舐め取った。
But his stepmother's sleep was not so deep.
しかし、継母の眠りはそれほど深くありませんでした。
And in his attempt to save her he awoke her.
そして彼女を救おうとして彼は彼女を目覚めさせた。
When opening her eyes she saw it was her stepson.
目を開けると、それは彼女の義理の息子だった。
The young prince rushed out of the room.
若い王子は部屋から飛び出しました。
The queen, hated her stepson, the youngest prince.
女王は、継子である末っ子の王子を憎んでいた。
And she had every intention to ruin his reputation.
そして彼女は彼の評判を台無しにするつもりでいた。
She called out to her husband, "My lord, my lord"
彼女は夫に呼びかけました。「ご主人様、ご主人様」
"Are you awake? are you awake? Rouse yourself up"
「起きてる？起きてる？起きろよ」
"Here is a nice piece of news for you"
「いいニュースです」
The king on awaking inquired what the matter was.
王は目を覚ますと、何が起こったのか尋ねました。
"What the matter is, my lord, let me tell you"
「どうしたんですか、殿下、お話ししましょう」
"Your worthy son was just here in this room"
「あなたの立派な息子がちょうどこの部屋にいました」
"The youngest prince, of whom you speak so highly"
「あなたが高く評価している末の王子様」
"I caught him in the act of touching my breast"
「彼が私の胸を触っているところを目撃した」
"I don't doubt he came with wicked intents"
「彼が悪意を持って来たことは間違いない」
The king was horror-struck by what he heard.
王は聞いたことに恐怖を覚えた。
The prince went back to where his brothers kept watch.
王子は兄弟たちが監視している場所に戻りました。
But he told them nothing of what had happened.

しかし彼は彼らに何が起こったのか何も話さなかった。

Early in the morning the king called his eldest son.
朝早く、王は長男を呼びました。
"I entrust my life and my honor to men"
「私は私の命と名誉を人々に託します」
"But what if one of these men prove faithless?
「しかし、これらの男たちのうちの1人が不誠実だと判明したらどうなるでしょうか？
"How should such a man be punished?"
「このような男はどのように罰せられるべきでしょうか？」
The eldest prince replied to his father, the king.
長男の王子は父である王に答えました。
"Doubtless such a man's head should be cut off"
「そのような男の首は間違いなく切り落とされるべきである」
"But first you should establish the facts"
「しかし、まずは事実を明らかにするべきだ」
"You must see whether the man is really faithless"
「その男が本当に不誠実かどうかを見なければならない」
"What do you mean?" inquired the king.
「どういう意味ですか？」と王は尋ねた。
"Let your majesty be pleased to listen"
「陛下、どうぞお聞きください」
Once upon on a time there lived a goldsmith.
昔々、あるところに金細工師が住んでいました。
This goldsmith had a son who had a wife.
この金細工師には妻のいる息子がいました。
His wife had the rare faculty of understanding beasts.
彼の妻は動物を理解するという稀有な才能を持っていた。
But she never told anyone about her uncommon gift.
しかし彼女はその珍しい才能について誰にも話さなかった。

Not even her husband knew she could understand animals.
彼女が動物のことを理解できるのは夫さえも知らなかっ
た。
One night she was lying in bed beside her husband.
ある夜、彼女は夫の隣でベッドに横たわっていました。
From the river by their house she heard a jackal howl.
彼女は家の近くの川からジャッカルの遠吠えを聞いた。
"There goes a carcass floating on the river"
「川に死体が浮かんでいる」
"There's a diamond ring on the dead man's finger"
「死んだ男の指にはダイヤモンドの指輪がある」
"Will anyone take the ring and give me the corpse?"
「誰か指輪を受け取って死体を渡してくれる人はいます
か？」
The woman understood the jackal's language.
その女性はジャッカルの言葉を理解した。
She got up from bed and went to the river-side.
彼女はベッドから起き上がり、川辺へ行きました。
The husband had not been in deep sleep.
夫はぐっすり眠っていなかった。
So with his wife's movements he woke up too.
妻の動きで彼も目が覚めたのです。
And he followed his wife to see where she went.
そして彼は妻がどこへ行くのかを見るために後を追った
。
But he kept his distance, so that he could observe her.
しかし彼は彼女を観察できるように距離を保った。
The woman went into the water next to their house.
その女性は家の隣の水の中へ入った。
She tugged the floating corpse towards the shore.
彼女は漂う死体を岸の方へ引っ張った。
And she saw the diamond ring on the finger.
そして彼女は指にダイヤモンドの指輪があるのを見まし
た。
She was unable to loosen the ring with her hand.
彼女は手で指輪を外すことができなかった。

Because the fingers of the dead body had swelled.
死体の指が腫れていたからだ。
So she bit off the finger with her teeth.
それで彼女は歯でその指を嚙み切ったのです。
And she put the dead body upon land, for the jackal.
そして彼女はジャッカルのためにその死体を陸に置いた。
Then she returned to bed, where her husband already was.
それから彼女は、夫がすでに寝ているベッドに戻りました。
The young goldsmith lay almost petrified with fear.
若い金細工師は恐怖でほとんど石のように固まって横たわっていた。
He was convinced he was lying next to a Rakshasi.
彼は自分がラークシャシの隣に横たわっていると確信していた。
He spent the rest of the night tossing in his bed.
彼はその晩の残りをベッドの中で寝返りを打ちながら過ごした。
And early in the morning spoke to his father.
そして朝早くに父親に話しかけました。
"The woman thou hast given me is not a real woman"
「あなたが私に与えた女性は本当の女性ではありません」
"The woman thou hast given me to wife is a Rakshasi"
「あなたが私に妻として与えてくださった女性はラークシャシです」
"Last night I was lying in bed with her"
「昨夜私は彼女と一緒にベッドに横たわっていた」
"By the river I heard the howl of a jackal"
「川辺でジャッカルの遠吠えを聞いた」
"My wife too, heard the howl of the jackal"
「私の妻もジャッカルの遠吠えを聞いた」
"Thinking I was asleep; she went towards the howl"
「私が眠っていると思って、彼女は遠吠えの方へ向かった」

"I was surprised to see her go out of bed alone"
「彼女が一人でベッドから出るのを見て驚きました」
"Suspecting some sort of evil, I followed her outside"
「何か悪いことをしていると疑い、私は彼女を外まで追いかけました」
"But she could not see that I had followed her"
「しかし彼女は私が彼女を追いかけていたことに気づかなかった」
"What did she do, do you think? O horror of horrors!"
「彼女は何をしたと思いますか？
まったく恐ろしい！」
"From the stream she dragged a dead body out"
「彼女は小川から死体を引きずり出した」
"And what do you think she did with the dead body?"
「それで彼女は死体をどうしたと思いますか？」
"She wasted no time devouring the dead man!"
「彼女は時間を無駄にせず、死んだ男を食い尽くした！
」
"All this I had the misfortune to see with my own eyes"
「私はこれらすべてを自分の目で見るという不幸に見舞われた」
"While she feasted on the carcass I went back to bed"
「彼女が死骸を食べていたら、私はベッドに戻った」
"In a few minutes she also returned to bed"
「数分後、彼女もベッドに戻りました」
"She bolted the door shut, and lay beside me"
「彼女はドアを閉めて、私の横に横たわった」
"Oh my father, how can I live with a Rakshasi?"
「お父様、私はどうしてラークシャシと一緒に暮らせますか？」
"She will certainly kill me and eat me up one night"
「彼女はきっと一晩で私を殺して食べてしまうだろう」
You can imagine the shock of the old goldsmith.
老いた金細工師がどれほどショックを受けたかは想像に難くない。
Both father and son agreed about what should be done.

父と息子は、何をすべきかについて意見が一致した。
The woman should be taken deep into the forest.
その女性は森の奥深くに連れて行かれるべきだ。
And she should be left for wild beasts to devoured.
そして彼女は野獣に食べられるままに放置されるべきで
す。
Accordingly, the young goldsmith spoke to his wife.
そこで、若い金細工師は妻に話しかけました。
"My dear love," he said to his wife.
「愛しい人よ」と彼は妻に言った。
"You had better not cook much this morning"
「今朝はあまり料理をしないほうがいいよ」
"Boil a little rice and burn a brinjal"
「米を少し炊いて、ナスを焼く」
"Because today we are going to see your parents"
「今日はご両親にお会いするから」
"Your mother and father are dying to see you"
「あなたのお母さんとお父さんはあなたに会いたいと待
ち望んでいます」
The woman was full of joy at the unexpected news.
その女性は思いがけない知らせに大喜びした。
She loved returning to her father's house.
彼女は父親の家に帰るのが大好きだった。
And she finished the cooking in no time.
そして彼女はあっという間に料理を終えました。
The husband and wife snatched a hasty breakfast.
夫婦は急いで朝食をとった。
And soon after breakfast they started their journey.
そして朝食後すぐに彼らは旅を始めました。
The way to her father's house was through dense jungle.
彼女の父親の家への道は深いジャングルを通っていた。
It was the perfect place to abandon his wife.
そこは妻を置き去りにするのに最適な場所だった。
She was bound to be eaten up by wild beasts there.
彼女はそこで野獣に食べられてしまうに違いなかった。
But while they were walking the woman heard a snake.

しかし、彼らが歩いている間に、女性は蛇の鳴き声を聞きました。

"Oh passer-by, in yonder hole there is a frog"
「ああ、通行人よ、あそこの穴にカエルがいます」
"How thankful I would be if you caught the frog"
「カエルを捕まえてくれたらどんなに感謝するだろう」
"And the hole is full of gold and precious stones"
「そしてその穴は金と宝石で満ちている」
"Give me the frog, and take the treasure for yourself"
「カエルを私に渡して、宝物はあなたのものにしてください」

The woman forthwith went to the frog's hole.
女性はすぐにカエルの穴へ行きました。
And she began digging the hole with a stick.
そして彼女は棒で穴を掘り始めました。
The young goldsmith was now quaking with fear.
若い金細工師は恐怖で震えていた。
He thought his Rakshasi-wife was about to kill him.
彼は、自分のラクシャシの妻が自分を殺そうとしていると思った。
And then his wife called for him to help her.
すると妻が彼に助けを求めました。
"Take all this gold and these precious stones"
「この金と宝石を全部持って行きなさい」
The goldsmith did not understand her request.
金細工師は彼女の要求を理解しなかった。
Timidly he went to where she had dug the hole.
彼は恐る恐る彼女が穴を掘った場所へ向かった。
But he was infinitely surprised by what he saw.
しかし、彼は見たものに非常に驚いた。
The hole was full of gold and precious stones.
その穴は金と宝石でいっぱいでした。
"How did you know there was a treasure here?"
「ここに宝物があるとどうしてわかったのですか？」
And finally his wife told him of her gift.

そしてついに、彼の妻は彼に贈り物のことを話しました
。
"I can understand all the beasts in the forest"
「森の中の獣たちの声が聞こえる」
"Just over there, there is a snake coiled up"
「あそこに蛇がとぐろを巻いている」
"She had told me there was a treasure here"
「ここに宝物があると彼女は言っていた」
The husband now felt very blessed with his wife.
夫は今、妻にとても恵まれていると感じていました。
"My love, it has gotten very late today"
「愛しい人よ、今日はすっかり遅くなってしまいました
ね」
"I don't think we will reach your father's house"
「お父さんの家まで行けないと思うよ」
"Nightfall will catch us before we get there"
「到着する前に夜が来るだろう」
"If we stay we might be devoured by wild beasts"
「ここに留まれば野獣に食べられてしまうかもしれない
」
"I propose therefore that we both return home"
「それゆえ、私たちは二人とも帰国することを提案しま
す」
You can imagine the wife's disappointment.
妻の失望は想像に難くない。
But she agreed with her husband's assessment.
しかし彼女は夫の評価に同意した。
It took them a long time to reach home.
彼らが家に着くまでに長い時間がかかった。
They were laden with a large quantity of gold.
彼らは大量の金を積んでいた。
And they were carrying many precious stones.
そして彼らは多くの宝石を運んでいた。
But eventually the got close to their home.
しかし、結局彼らは家に近づきました。
"My dear, go by the back door," said the goldsmith.

「親愛なる君、裏口から行ってください」と金細工師は
言った。
"I will go by the front door and see my father"
「玄関に行って父に会います」
"And I will show him all this treasure"
「そして私は彼にこの宝のすべてを見せる」
So she entered the house by the back door.
それで彼女は裏口から家に入りました。
But the old goldsmith had reason to be there too.
しかし、老いた金細工師にもそこにいる理由があった。
He had gone there to collect a hammer.
彼はハンマーを取りにそこへ行った。
The old goldsmith saw his Rakshasi daughter-in-law.
年老いた金細工師は、自分のラークシャシーの嫁に会っ
た。
He concluded she had swallowed up his son.
彼は彼女が彼の息子を飲み込んだと結論した。
And he therefore struck her with the hammer.
そこで彼は彼女をハンマーで殴りつけた。
The blow immediately killed his daughter-in-law.
その打撃により彼の義理の娘は即死した。
At that moment the son came into the house.
ちょうどその時、息子が家に入ってきた。
But it was too late for him to explain.
しかし、彼が説明するには遅すぎた。
And so the eldest prince's story concluded.
こうして長男の物語は終わった。
"You might have to cut a man's head off"
「人の首を切らなければならないかもしれない」
"But first you should establish the facts"
「しかし、まずは事実を明らかにするべきだ」
"You must see whether the man is really faithless"
「その男が本当に不誠実かどうかを見なければならない
」

The king then called his second son to him.

すると王は次男を呼び寄せた。

"I entrust my life and my honor to men"
「私は私の命と名誉を人々に託します」
"But what if one of these men prove faithless?
「しかし、これらの男たちのうちの1人が不誠実だと判明したらどうなるでしょうか？
"How should such a man be punished?"
「このような男はどのように罰せられるべきでしょうか？」
The second prince replied to his father, the king.
二番目の王子は父である王に答えました。
"Doubtless such a man's head should be cut off"
「そのような男の首は間違いなく切り落とされるべきである」
"But first you should establish the facts"
「しかし、まずは事実を明らかにするべきだ」
"What do you mean?" inquired the king.
「どういう意味ですか？」と王は尋ねた。
"Let your majesty be pleased to listen"
「陛下、どうぞお聞きください」
Once upon a time there reigned a king.
昔々、あるところに王様がいました。
This king was very fond of going out hunting.
この王は狩りに出かけるのがとても好きでした。
One day his horse took him into a dense forest.
ある日、彼は馬に乗って深い森の中へ行きました。
He went far from his followers, deep into the woods.
彼は信奉者たちから遠く離れて、森の奥深くへ入っていった。
He rode on and on through the endless, quiet forest.
彼は果てしなく続く静かな森の中をずっと走り続けた。
He saw neither villages nor towns, only trees.
彼は村も町も見ず、木々だけを見た。
On the long, lonely journey he became very thirsty.
長く孤独な旅の途中で、彼はひどく喉が渇いた。
He could see no pond, nor lake, nor stream.

彼は池も湖も小川も見なかった。
But then he saw something dripping from a tree.
しかしその時、彼は木から何かが滴り落ちているのに気づきました。
He concluded it was rainwater resting in a cavity.
彼は、それは空洞に溜まった雨水だと結論付けた。
He stood on horseback beneath the tree, cup in hand.
彼はカップを手に持ち、木の下で馬に乗って立っていた。
He caught the drops slowly dripping into the small cup.
彼は小さなカップの中にゆっくりと滴り落ちる水滴を受け止めた。
The water, however, was not rain from the sky.
しかし、その水は空から降ってきた雨ではありませんでした。
A huge cobra sat on top of the tall tree.
巨大なコブラが高い木の上に座っていました。
The snake had struck the tree in rage with its sharp fangs.
蛇は怒りに任せて鋭い牙で木を殴りつけた。
The snake's poison came out and fell downward in heavy drops.
蛇の毒が流れ出て、大きな滴となって下に落ちました。
The king thought the falling liquid was simple rainwater.
王は、落ちてきた液体は単なる雨水だと思った。
The horse sensed the danger and tried to warn him.
馬は危険を察知し、彼に警告しようとした。
The cup was nearly filled with the deadly snake-poison.
カップは致命的な蛇の毒でほぼ満たされていました。
The king raised the cup and prepared to drink.
王は杯を掲げて飲む準備をした。
But the horse moved wildly, with the king on its back.
しかし、王を乗せた馬は激しく動きました。
The cup fell from his hand, and the poison spilled.
カップは彼の手から落ち、毒がこぼれました。
The king became angry and struck the horse's neck.
王は怒って馬の首を叩きました。

The blow from the sword immediately killed his horse.
剣の一撃で彼の馬は即座に死んだ。
And so the second prince's story concluded.
こうして第二王子の物語は終わった。
"You might have to cut a man's head off"
「人の首を切らなければならないかもしれない」
"But first you should establish the facts"
「しかし、まずは事実を明らかにするべきだ」
"You must see whether the man is really faithless"
「その男が本当に不誠実かどうかを見なければならない
」

The king then called to him his third youngest son.
すると王は三番目に年下の息子を呼びました。
"I entrust my life and my honor to men"
「私は私の命と名誉を人々に託します」
"But what if one of these men prove faithless?
「しかし、これらの男たちのうちの1人が不誠実だと判
明したらどうなるでしょうか？
"How should such a man be punished?"
「このような男はどのように罰せられるべきでしょうか
？」
"Doubtless such a man's head should be cut off"
「そのような男の首は間違いなく切り落とされるべきで
ある」
"But first you should establish the facts"
「しかし、まずは事実を明らかにするべきだ」
"What do you mean?" inquired the king.
「どういう意味ですか？」と王は尋ねた。
"Let your majesty be pleased to listen"
「陛下、どうぞお聞きください」
Once long ago there reigned a wise and noble king.
昔々、賢明で高貴な王様が統治していました。
In his palace he kept a bird of Suka species.
彼は宮殿でスカ種の鳥を飼っていた。
One day the bird went out flying into the fields.

ある日、鳥は野原へ飛び立ちました。
There he saw his father and mother calling from above.
そこで彼は、父と母が上から呼んでいるのを見ました。
They asked him to come visit them in their nest.
彼らは彼に巣に遊びに来るように頼みました。
The nest was far away in a distant hidden land.
巣は遠く離れた隠れた土地にありました。
The Suka said, "I'll come if I get king's leave"
スカは「王の許可があれば行きます」と言った
"I'll speak to the king today and return tomorrow"
「今日は王様に話をして明日また戻ってきます」
"Please wait at this same spot in the morning"
「朝も同じ場所でお待ちください」
That very day, Suka spoke with the gentle, kind king.
まさにその日、スカは優しくて親切な王様と話しました
。
The king gave permission for the bird to leave.
王は鳥が去ることを許可した。
Although he was sad to part with his bird.
彼は鳥と別れるのが悲しかった。
The next morning, Suka met his parents again.
翌朝、スカは再び両親に会いました。
He flew with them to their nest on a tall tree.
彼は彼らと一緒に高い木の上の巣まで飛んで行きました
。
The three birds lived together happily in peaceful joy.
３羽の鳥は平和で幸せに暮らしました。
They stayed like this for a fortnight of lovely days.
彼らはこのようにして、楽しい2週間を過ごしました。
But even those quiet and pleasant days had to end.
しかし、そんな静かで楽しい日々も終わりを迎えなけれ
ばならなかった。
Suka said, "Beloved parents, the king gave me two weeks"
スカは言いました。「愛する両親、王様は私に2週間を
与えてくださいました」
"That time is now over, so I must return tomorrow"

「もうその時間は終わったので、明日また来なければな
りません」
His father and mother agreed and blessed his decision.
彼の両親は同意し、彼の決断を祝福した。
They told him to carry a gift for the king.
彼らは彼に王への贈り物を運ぶように言いました。
After some talk, they chose some fruit as a gift.
少し話し合った後、彼らは贈り物として果物を選びまし
た。
The fruit had grown from the Immortality Tree.
その果実は不死の木から生えていた。
Early the next morning, Suka went to the tree.
翌朝早く、スカは木へ行きました。
And he plucked a magical glowing fruit.
そして彼は魔法のように光る果実を摘み取りました。
He held the fruit gently in his beak, full of care.
彼は注意深く果物をくちばしに優しくくわえました。
The fruit was heavy and slowed his swift flying pace.
果物は重かったので、彼の速い飛行速度が遅くなりまし
た。
He could not reach the city before night arrived.
彼は夜になる前に町に着くことができなかった。
Suka stopped to rest in a tree along the way.
スカは途中で木に止まって休みました。
He feared the fruit might drop while he slept.
彼は寝ている間に果物が落ちてしまうのではないかと心
配した。
If he kept the fruit in his beak, it could fall.
果物をくちばしにくわえたままにしておくと、落ちてし
まうかもしれません。
But he saw a hole in the trunk of the tree.
しかし、彼は木の幹に穴があるのに気づきました。
He placed the fruit safely inside the dark tree.
彼は果物を暗い木の中に安全に置きました。
But inside the hole, there lived a poisonous black snake.

しかし、その穴の中には毒のある黒い蛇が住んでいました。

In the night, the snake bit the fruit with venom.
夜になると、蛇は毒をもって果物を嚙みました。

And the fruit became smeared with deadly poison.
そしてその果物は猛毒で塗られることになった。

At dawn Suka took the fruit back in his beak.
夜明けになると、スカはくちばしで果物を再び飲み込んだ。

He flew again on his journey to the king's palace.
彼は再び飛び立ち、王宮へと旅立った。

As he reached the palace the king was sitting with ministers.
宮殿に着くと、王は大臣たちと一緒に座っていました。

The king was overjoyed to see Suka return once more.
王はスカが再び戻ってきたことを非常に喜んだ。

He greatly admired the beautiful, shining fruit gift.
彼は美しく輝く果物の贈り物に大いに感心した。

The fruit was lovely to look at and admire.
その果物は見て感嘆するほど美しかった。

It was the finest fruit found across the earth.
それは地球上で見つかった最高の果物でした。

And anyone who ate the fruit was granted immortality.
そしてその果実を食べた者は誰でも不死を与えられた。

The king was about to eat the beautiful fruit.
王様は美しい果物を食べようとしていました。

But his ministers warned him the fruit might be poisoned"
しかし大臣たちは、果物には毒が入っているかもしれないと警告した。

"It would be better to test the fruit before you eat it"
「果物は食べる前に試した方が良いでしょう」

He threw the fruit to a crow sitting on the wall.
彼は壁の上に止まっていたカラスに果物を投げました。

The crow ate from the fruit, and dropped dead instantly.
カラスはその果実を食べ、すぐに死んでしまいました。

The king, thinking Suka tried to kill him, grew furious.

王は、スカが自分を殺そうとしていると思い、激怒しま
した。
He seized the bird and killed him with his bare hands.
彼はその鳥を捕まえて素手で殺した。
He ordered the seed to be planted outside the city.
彼はその種を町の外に植えるよう命じた。
The seed became a tree with the same glowing fruit.
その種は、同じように光る果実をつける木になりました
。
The king feared the fruit would bring more death.
王はその果実がさらなる死をもたらすのではないかと恐
れた。
So he had the tree fenced off and guarded.
そこで彼は木を柵で囲って警備しました。

There lived in that city an old, poor Brahman man.
その町に、年老いた貧しいバラモンの男が住んでいまし
た。
He and his wife survived only on the town's charity.
彼と妻は町の慈善事業によってのみ生き延びた。
One day the Brahman mourned his long, miserable, life.
ある日、ブラフマンは自分の長く惨めな人生を嘆きまし
た。
He said, "Instead of begging, I will eat poison fruit."
彼は言いました。「物乞いをする代わりに、毒の実を食
べます。」
"I'll end my life beneath that deadly tree in silence."
「私はあの恐ろしい木の下で静かに人生を終えるつもり
だ。」
That very night, he rose quietly and left his home.
その夜、彼は静かに起きて家を出た。
His wife suspected and followed behind in silence.
妻は疑って黙って後を追った。
She had decided to die too, alongside her sad husband.
彼女も、悲しむ夫とともに死ぬことを決意した。
She loved him deeply and didn't wish to stay behind.

彼女は彼を深く愛していたので、彼のそばに留まるつも
りはなかった。
The palace guard was asleep that night, unaware of visitors.
その夜、宮殿の衛兵は訪問者に気づかず眠っていた。
The Brahman reached the garden and plucked a hanging
fruit.
ブラフマンは庭に到着し、ぶら下がっている果物を摘み
取りました。
He looked at it once and ate the entire fruit.
彼はそれを一度見て、果物を全部食べました。
His wife cried, "If you die, my life becomes nothing"
妻は「あなたが死んだら私の人生は無になる」と泣きま
した
"I will also eat and die here with you now"
「私もあなたたちと一緒にここで食べて死ぬつもりです
」
So saying she plucked a fruit and ate it.
そう言って彼女は果物を摘み取って食べました。
They thought the poison would act slowly through the
night.
彼らは毒が夜の間にゆっくりと作用するだろうと考えた
。
So they both went home and quietly lay down in bed.
それで二人は家に帰り、静かにベッドに横たわりました
。
They believed they would never again rise from sleep.
彼らは二度と眠りから目覚めることはないだろうと信じ
ていた。
To their surprise, they woke up feeling full of life.
驚いたことに、彼らは生き生きとした気分で目覚めた。
Not only were they alive, but they were young again.
彼らは生きていただけでなく、若返ったのです。
And they were strong and had new found energy.
そして彼らは強くなり、新たなエネルギーを得ました。
Neighbors hardly recognized them, so changed they looked.

見た目が変わってしまったので、近所の人たちはほとん
ど彼らを認識できなかった。
The old Brahman was now handsome and full of youth.
老いたブラフマンは今やハンサムで若々しく輝いていた
。
His grey hair vanished, and had colour again.
彼の白髪は消えて、再び色を取り戻した。
His wrinkled cheeks turned smooth, and his skin shone.
彼のしわだらけの頰は滑らかになり、肌は輝いていまし
た。
And as for his wife, she became extremely beautiful.
そして彼の妻は、非常に美しくなりました。
She looked as beautiful as any lady of the kingdom.
彼女は王国のどの女性にも劣らず美しかった。
The king heard of their miraculous transformation.
王は彼らの奇跡的な変化について聞いた。
He asked his guards to send the Brahman to him.
彼は護衛たちにブラフマンを彼のところへ送るよう頼み
ました。
And he asked the Brahman the source of his youth.
そして彼はブラフマンに彼の若さの源を尋ねました。
The Brahman told the king every detail of the story.
ブラフマンは王にその物語の詳細をすべて話した。
The king then wept for his poor, loyal pet bird.
王様は、かわいそうな忠実なペットの鳥のことを思って
泣きました。
He deeply regretted killing his faithful bird.
彼は忠実な鳥を殺したことを深く後悔した。
And he wished he had known the bird's loyalty.
そして彼は、その鳥の忠誠心を知っていればよかったと
思った。
And so the second prince's story concluded.
こうして第二王子の物語は終わった。
"You might have to cut a man's head off"
「人の首を切らなければならないかもしれない」
"But first you should establish the facts"

「しかし、まずは事実を明らかにするべきだ」
"You must see whether the man is really faithless"
その男が本当に不誠実かどうかを見なければならない
"I know Your Majesty suspects me of evil last night"
「陛下が昨夜私に悪事を働いたと疑われていることは承
知しております」
"Please allow me to explain myself before punishing me"
「罰する前に説明させてください」
"While making rounds I saw a woman leave the palace"
「巡回中に、ある女性が宮殿から出て行くのを見た」
"I stopped her, and she said her name was Rajlakshmi"
「私は彼女を止めました、そして彼女は自分の名前はラ
ジラクシュミだと言いました」
"She claimed to be the guardian deity of the palace"
「彼女は宮殿の守護神であると主張した」
"She said she was leaving because death was near"
「彼女は死が近づいたから去ると言った」
"The king," she said, "would be killed later that night"
「王は」と彼女は言った。「その夜遅くに殺されるでし
ょう」
"I begged her to go back into the palace"
「私は彼女に宮殿に戻るよう懇願した」
"And I promised to do my best to protect you."
「そして私はあなたを守るために全力を尽くすと約束し
ました。」
"I ran quickly into Your Majesty's chamber without delay."
「私はすぐに陛下の部屋に駆け込みました。」
"There I saw a cobra circling your golden bedstead."
「そこで私はあなたの金色のベッドの周りを回っている
コブラを見ました。」
"I fought the snake and killed it with my blade."
「私は蛇と戦い、刃でそれを殺しました。」
"I chopped the body into many exactly one hundred pieces."
「私はその死体を正確に百個に切り刻みました。」
"I placed those pieces inside the pan for proof."

「証拠として、それらの破片をフライパンの中に入れました。」
"But something occurred as I was cutting up the snake."
「しかし、私が蛇を解体しているときに何かが起こったのです。」
"A drop of blood fell onto the breast of your wife."
「あなたの奥さんの胸に一滴の血が落ちました。」
"I feared I had saved my father, but killed my stepmother."
「私は父を救ったが、継母を殺してしまったのではないかと恐れました。」
"I wrapped my tongue tightly with cloth seven times."
「私は舌を布で7回しっかりと巻きました。」
"Then I licked up the drop of venomous blood."
「それから私は毒の血を一滴舐め取ったのです。」
"While I was licking the blood, my stepmother awoke."
「血を舐めていると、義母が目を覚ましました。」
"She saw me and opened her eyes with confusion."
「彼女は私を見て、困惑した様子で目を開けました。」
"This is the truth of what I did last night."
「これが昨夜私がしたことの真実です。」
"If Your Majesty commands, then cut off my head now."
「陛下のお命じなら、今すぐ私の首をはねてください」
The king, full of love and joy, embraced his son.
王は愛と喜びに満ちて息子を抱きしめました。
From that moment, he loved him more than ever before.
その瞬間から、彼は今まで以上に彼を愛した。